Manuela Martini

Flieh in die Nacht, mein Herz

In der Reihe X-Thriller sind außerdem erschienen:
Beatrix Gurian: Dann fressen sie die Raben
Beatrix Gurian: Der süße Kuss der Lüge
Inge Löhnig: Dein Blick so kalt
Inge Löhnig: Die Flammen flüstern dein Lied
Manuela Martini: Wenn es dunkel wird
Susanne Mischke: Röslein stach
Susanne Mischke: Schneeweiß, blutrot

Weitere Bücher von Manuela Martini im Arena Verlag:
Die Insel
Die Rache der Insel
Wenn es dunkel wird
Sommerfrost
Sommernachtsschrei
Puppenrache
Der Tod ist unter uns

Manuela Martini
wurde 1963 in Mainz geboren. Nach ihrem Studium – Geschichte und Literaturwissenschaft – arbeitete sie als Regie- und Produktionsassistentin im Filmgeschäft. Sie lebte in München und Australien, wo auch ihre ersten Krimis entstanden. Heute schreibt Manuela Martini insbesondere Thriller für Jugendliche. Inzwischen steht ihr Schreibtisch in Südspanien, wo sie mit ihren Hunden und Pferden auf einer Finca wohnt.

Manuela Martini

Flieh in die Nacht, mein Herz

Arena

FSC
www.fsc.org
MIX
Papier aus verantwortungsvollen Quellen
FSC® C110508

1. Auflage 2015

Das Zitat in Kapitel 14 stammt aus Cat Stevens: »Wild World«.
Dieses Werk wurde vermittelt durch die Literarische Agentur
Thomas Schlück, 30827 Garbsen.
Covergestaltung: Frauke Schneider
Gesamtherstellung: Westermann Druck Zwickau GmbH
ISBN 978-3-401-06847-3

www.arena-verlag.de
www.arena-thriller.de
Mitreden unter *forum.arena-thriller.de*

Das Ende

Wir gingen weiter diese Straße entlang, die es schon lange nicht mehr gab. Zentimeterdick lag der Sand über dem Asphalt, der dort zum Vorschein kam, wo der Wind den Staub weggeweht hatte. Weiß und endlos spannte sich der Himmel über der Wüste, die glühende Sonne verbrannte uns die Haut, riss uns die Lippen auf, sog jeden Tropfen Wasser aus unseren Körpern.

Ich stolperte, Corey fing mich auf und erschöpft schleppten wir uns weiter. Meine Füße brannten vor Schmerzen und meine Glieder waren bleischwer. In meinem Kopf stach es, als würde er von Pfeilen durchbohrt, und mein Mund war so trocken, dass ich kaum noch schlucken konnte.

»Wir haben sie verpasst, oder?«, sagte ich.

»Oder Rico hat sich geirrt«, murmelte Corey. »Und die neue Interstate ist viel weiter weg.«

Flimmernd vor Hitze breitete sich die Wüste vor uns aus.

Hin und wieder lagen von der Sonne gebleichte Knochen am Rand der Straße. Ich wollte nicht darüber nachdenken, was nun mit uns geschehen würde.

Als wir den letzten Schluck aus den Flaschen tranken, wurde mir klar: Die Sonne würde uns töten. Es war lediglich noch eine Frage von Stunden. Vielleicht würden wir noch den Sonnenuntergang erleben und uns in der Nacht ein wenig erholen. Aber dann würde die Sonne wie jeden Morgen wieder aufgehen und diesen Tag würden wir nicht überleben. Wir warfen die Flaschen weg und gingen weiter. Auch Corey fing an zu taumeln, mal stolperte er und fiel hin und ich nahm meine Kräfte zusammen und wollte ihm helfen aufzustehen. Aber dann stürzte ich neben ihn auf die Knie.

»Ich hab Angst zu sterben«, sagte ich, und wenn mir noch Tränen übrig geblieben wären, hätte ich geweint. Aber die Sonne hatte mich ausgetrocknet. »Es hat doch gerade erst angefangen, unser Leben ...«

»Es war ziemlich rasant, zuletzt ...«, sagte er mit einem leisen Lächeln.

Ich umarmte ihn. Und er hielt mich fest.

Sechs Monate früher

1

Die winterliche Nachmittagssonne schien durch die halb zugezogenen roten Gardinen und tauchte alles in dieses warme Licht, das oft so etwas Tröstliches hat. Aber an diesem Nachmittag nutzte es nichts. Ich fühlte mich so allein. So unverstanden.

»Annanina, andere können nur davon träumen!«, sagte meine Mutter. »Es ist das Beste für dich, glaub mir. Dein Vater ist derselben Meinung.« Meine Mutter stand vor mir. Sie war gerade schon wieder in mein Zimmer gekommen, um es mir noch mal zu erklären.

»Einer Meinung sein, nennt ihr das Rumgeschreie!« Dass ich jetzt auch schrie, war mir egal. Sie taten es ja die ganze Zeit. Wegen der kleinsten Kleinigkeit stritten sie. Sie konnten seit Monaten schon gar nicht mehr normal miteinander sprechen.

»Annanina, ich weiß, die ganze ... Situation ist nicht einfach für dich ...«, sagte meine Mutter in ihrer typischen Es-tut-mir-so-leid-Tonlage. Aber sie war doch schuld. Sie und mein Vater.

»Du weißt gar nichts! Du hast doch keine Ahnung!«, fauchte ich. Ich hatte das alles so satt, so satt, so satt.

»Annanina, bitte!« Jetzt flehte sie. Es war immer

dasselbe Programm. »Warum können wir nicht wie erwachsene Menschen ...«

»Weil ich nicht erwachsen bin. Ich bin nämlich erst sechzehn!« Und das war ja das Problem. Sonst wäre ich bestimmt längst ausgezogen. Oder weggerannt oder ...

»Annanina!«

»Lasst mich einfach in Ruhe! Lasst euch doch scheiden! Ist mir doch egal! Ihr seid mir egal!« Nein, es war mir überhaupt nicht egal. Warum konnte denn nicht alles so sein wie früher, als alles noch irgendwie gut war? Ich war einfach so: Manchmal wollte ich alles Schöne festhalten, wollte, dass es immer so bliebe und nie zu Ende ging.

»Aber Schatz«, fing meine Mutter wieder an, »andere Mädchen aus deiner Klasse wären glücklich, wenn sie nach ...«

»Andere Mädchen aus meiner Klasse«, fuhr ich sie an. »Du willst immer, dass ich wie andere Mädchen bin!«

»Was ist daran so falsch, Annanina? Warum machst du dir das Leben so schwer? Warum machst du dich nicht mal hübsch, wie ... wie zum Beispiel Vanessa. Ich hab sie gestern mit Benjamin gesehen. So einen wie ihn könntest du auch haben ...«

Vanessa, die kannte meine Mutter doch nur, weil Vanessas Mutter zum selben Friseur ging wie meine Mutter. Ich gab einen verächtlichen Laut von mir. »Vanessa ist einfach anders! Okay? Anders als ich. Und Benjamin ist nett, aber das war's auch. Hör endlich auf, mich immer mit anderen zu vergleichen!« Ich fuhr mir durch meine kurzen Haare. Meine Mutter kannte mich überhaupt nicht.

»Annanina, jetzt lass uns doch mal vernünftig miteinander reden«, versuchte es meine Mutter erneut. Sie konnte ziemlich hartnäckig sein. »Glaub mir, es wird eine tolle neue Erfahrung für dich.«

»Ich hab aber keine Lust auf eine tolle neue Erfahrung.«

»Ich hätte meinen Eltern auf Knien gedankt, es war mein Traum!«

»Deiner vielleicht, aber nicht meiner!«

Ich rannte aus meinem Zimmer, die Treppe hinunter.

Geschwungene, knarrende, mit dickem Teppichboden belegte Holzstufen in einem Zuhause, um das mich andere Kids wirklich beneideten – und das meine Eltern bestimmt verkauften, wenn sie sich scheiden lassen würden. Wir wohnten in einer restaurierten Altbauvilla in Berlin, umgeben von einem großen Garten. Einem Garten, der im Sommer grün wie ein Dschungel ist. Mit alten, hohen Bäumen und dichtem, saftigem Gras, mit einem dunklen Teich und Fröschen und einem Baumhaus. Das Baumhaus war schon vor mir da gewesen. Wahrscheinlich hatten es Kids gebaut, die vor uns hier wohnten. Im Baumhaus hatte ich früher oft auf einem Berg Kissen gelegen und gelesen. Eine ganze Zeit lang im letzten Sommer war ich auch mit Celina oft da oben. Jeden Nachmittag nach der Schule war sie zu uns mitgekommen, weil ihre Eltern erst am Abend von der Arbeit heimkehrten und sie nicht den ganzen Tag allein zu Hause rumhocken wollte. Dann sind wir meistens sofort ins Baumhaus geklettert, weil wir da unsere Ruhe hatten, und haben Hausaufgaben gemacht und ewig lang geredet und vor uns hin geträumt: über die Schule, über Jungs und die anderen Mädchen in unserer Klasse und über unsere Zukunft. Celina wollte als Anwältin für Non-Profit-Organisationen arbeiten, die sich vor allem im Tierschutz engagierten. Ich hatte ehrlich gesagt noch keinen blassen Schimmer, was ich vielleicht gern mal machen wollte.

Na ja, und wenn wir nicht im Baumhaus hockten, kuschelten wir uns mit jeder Menge Kakao und Chips aufs Sofa und zogen uns die schrägsten Filme rein. Je nach Filmauswahl haben wir dann geheult, gelacht – oder uns so gefürchtet, dass Celina nicht mehr alleine nach Hause gehen wollte. Jedenfalls liebte sie Filme genauso wie ich.

Aber dann war Celina mitten im Schuljahr mit ihren Eltern weggezogen – ihr Vater war bei der Bundeswehr und wurde nach Süddeutschland versetzt.

Seitdem fehlte mir meine engste und älteste Freundin so sehr.

Als ich da im Garten wütend im feuchten Laub herumstapfte, vermisste ich sie mehr denn je.

Am Tag davor hatte das ganze Drama mit meinen Eltern angefangen. Jedenfalls für mich. Ausnahmsweise aßen wir mal wieder alle zusammen. Seitdem meine Eltern dauernd stritten – oder auch tagelang nur noch das Nötigste miteinander redeten –, kam mein Vater abends noch später als gewöhnlich aus dem Büro. Mal hatte er ein Meeting, mal ein Arbeitsessen und mal gar keine Erklärung. Oft hörte ich die beiden dann noch streiten, wenn ich im Bett lag. Manchmal zog ich mir in meiner Verzweiflung die Decke über den Kopf, schnappte mir meinen MP3-Player samt Kopfhörern und drehte die Lautstärke bis zum Anschlag auf.

An diesem Abend aber saßen wir zusammen an unserem runden Esstisch, der von dem modernen Kronleuchter beschienen würde. Alles sehr stylish. Bei uns war alles stylish, darauf achteten meine Eltern. Und natürlich sollte es auch für mich sehr wichtig sein: wie ich nach außen wirkte. Ordentlich. Gepflegt. Kultiviert. Wir aßen etwas Asiatisches mit Tofu, was meine Mutter zweimal die Woche kochte – weil es gesund war und es eines der wenigen Rezepte war, die sie auswendig wusste. Sonst hatte sie immer ein aufgeschlagenes Kochbuch neben dem Herd liegen oder ihr iPad. Manchmal fand ich das sogar richtig rührend, weil sie sich solche Mühe gab, dass es uns schmeckte. Warum konnten sich die beiden nicht einfach wieder vertragen?

Als beide plötzlich die Stäbchen zur Seite legten, sich mit diesem Eltern-Blick ansahen, dachte ich: Jetzt ist es so weit. Ich muss mich entscheiden, ob ich bei Mom oder bei Dad bleiben will. Da fing meine Mutter mit einem sanften Lächeln an:

»Schatz, würde dir ein Jahr Amerika gefallen?«

Ich ließ die Stäbchen fallen. »Amerika?« Wow! Das war ja etwas ganz anderes, als ich erwartet hatte!

Vielleicht, dachte ich, würde alles wieder gut werden! Seit Monaten stritten sie sich und redeten von Scheidung. Und jetzt würden wir alle nach ... L. A. oder New York fliegen und alles würde wieder gut werden. Das Leben konnte doch großartig sein!

»Super! Wann geht's los?«, rief ich ganz aufgeregt, dachte allerdings gleich an Tim. Wir würden ihn zu Moms Freundin Sabine aufs Land bringen.

Meine Mutter biss sich auf die Lippen und sah schnell zu meinem Vater hinüber. In diesem Augenblick wurde ich stutzig und dachte mir schon, dass da was nicht stimmte. Sonst wären sie doch gleich mit der Sprache rausgerückt.

»Kann Dad nicht mitkommen?«, fragte ich misstrauisch. Vielleicht hatte er einen großen Auftrag, den Umbau der Stadtbibliothek zum Beispiel. Damit war er doch seit Monaten beschäftigt. Vielleicht hatte er ja die Ausschreibung gewonnen ...

Die Mundwinkel meines Vaters bewegten sich, es sah so aus, als ob er gern gelächelt hätte, es aber nicht hinbekam. Er faltete seine Hände und tippte mit den Zeigefingern gegeneinander. Nein, das war's nicht, dachte ich, bevor er den Kopf schüttelte und dann Hilfe suchend zu meiner Mutter sah. Die schwierigen Fragen musste immer meine Mutter beantworten. Sie räusperte sich.

»Schatz, dein Vater und ich finden«, begann sie zögerlich mit vielen Seitenblicken, als würden wir hier von der NSA überwacht, »dass es eine großartige Erfahrung für dich wäre, wenn du für ein Jahr in die USA zu einer Gastfamilie gehen würdest. Wie andere auch in deiner Klasse.«

Ich spürte so was wie einen Baumstamm, der auf mich herabstürzte. Das war ein Witz, oder? Doch keiner der beiden sah so aus, als wäre hier irgendwas besonders witzig.

»Das ist nicht euer Ernst! Ihr schickt mich weg?«

Ich sah erst meine Mutter, dann meinen Vater an und entdeckte die Enttäuschung in ihren Blicken. Sie hatten sich das hier eindeutig ganz anders vorgestellt.

»Warum fahren wir denn nicht einfach alle zusammen mal in den Urlaub?« Das war doch das Einfachste der Welt. Wir würden zusammen Neues erleben und Mom und Dad könnten sich wieder versöhnen.

Doch sie schwiegen.

Das hielt ich nicht aus. Ich schob den Teller von mir, sprang so heftig auf, dass der Stuhl umfiel, und rannte hinaus in den Garten.

Tim war von seiner Decke neben der Couch aufgesprungen und rannte hinter mir her.

Es war schon dunkel und ziemlich kalt – wir hatten schließlich Februar –, aber wenigstens hatte es noch nicht geschneit.

»Mann, Tim«, ich setzte mich auf die Stufen unserer Villa und kraulte den Golden Retriever hinter den Ohren. »Die beiden spinnen doch.« Warum wollten sie unbedingt, dass ich für ein Jahr so weit wegging? Vielleicht wollten sie mich nur aus dem Weg haben? Um sich in der Zwischenzeit scheiden zu lassen? Und wer blieb dann hier wohnen – Mom? Oder Dad?

Ich wollte nicht in die USA zu einer Gastfamilie.

Ich wollte hierbleiben.

Ich wollte, dass alles so blieb, wie es war. Oder, na ja, mal gewesen war.

Tim sah mich mit seinen großen braunen Hundeaugen an. »Wir bleiben zusammen«, versprach ich ihm und drückte mein Gesicht in sein Fell, wie ich es oft gemacht hatte, als ich noch klein war.

Es war kalt, der Himmel dunkel und ich stand auf und ging wieder rein. Tim trottete hinter mir her.

Meine Eltern saßen immer noch am Tisch.

Als ich wieder zu ihnen hereinkam, sahen sie mich abwartend an. Sie überlegten vermutlich, ob ich gleich wieder rumschreien würde. Aber ich überraschte sie. Ich setzte mich auf meinen Platz und schnappte mir die Stäbchen. In aller Ruhe aß ich alles auf, legte schließlich die Stäbchen neben den Teller, lehnte mich zurück und sah sie an.

»So, und wohin wollt ihr mich schicken?«

Beide wirkten erleichtert.

»Wir dachten, es sollte was Besonderes sein«, fing mein Dad an.

»Und da kamt ihr auf ... Alaska?«

Sie lächelten, froh darüber, dass ich einen Witz gemacht hatte.

»Nein? Lasst mich raten ... hm ... Hawaii? Oder New York? L. A. oder geht's gleich nach Alcatraz? One Way Ticket?«

Auf den Wangen meiner Mutter erschienen hektische rote Flecken. Sie wischte mit der Handfläche Krümel vom Tisch, die gar nicht da waren.

»Nein, Liebes«, sagte mein Dad übertrieben begeistert: »Nach Santa Fe, der Hauptstadt von New Mexico!« Ich starrte ihn an.

Ich wusste ganz genau, wo das war.

»Ihr schickt mich in die Scheißwüste?«, sagte ich aufrichtig entsetzt. »Warum nicht wenigstens nach Kalifornien oder New York?«

Meinem Dad fiel offensichtlich gar nichts mehr ein, jedenfalls sah er erneut etwas hilflos zu meiner Mutter.

»Annanina, weißt du«, die Stimme meiner Mutter bekam einen scharfen Unterton, »es ist nicht so einfach, einen Platz in einer guten Familie zu finden. Und in New York leben sehr viele Menschen in beengten Verhältnissen. Ich wollte immer nach Santa Fe!« Ihr Blick verklärte sich – wie in der letzten Zeit öfter, wenn sie von *früher* sprach. Früher. Keine Ahnung, wann das war. Bevor sie Dad kennenlernte? Bevor sie erwachsen wurde? Bevor sie mich bekam? Ich wusste nur: Früher hieß – in einer besseren Zeit.

Dad war aufgestanden und hatte sein iPad geholt. Er schob es mir hin.

»Guck mal, da wohnen deine Gasteltern. Ist doch cool.«

Ich fand es komisch, wenn meine Eltern Wörter benutzten, von denen sie glaubten, dass ich sie gut fand. *Cool. Krass. Chillen.* Irgendwie passte das nicht zu ihnen.

Auf dem Foto war ein lehmrotes Haus in einem Garten aus Kakteen und Büschen zu sehen.

»Dort drüben bauen sie wieder in dieser Adobe- oder Pueblo-Bauweise. Das sind Strohballen, die mit Lehm verputzt sind. Die speichern tagsüber die Hitze und geben sie nachts ins Hausinnere ab. Eine uralte Erfindung. Na ja, die meisten Häuser sehen allerdings nur so aus, sie sind aus Beton und verputzt«, erklärte mein Dad, der Architekt.

Ich versuchte es wirklich, aber ich verstand es einfach nicht.

»Ihr habt das alles hinter meinem Rücken geplant«, sagte ich langsam. »Warum ... warum habt ihr mich denn nie gefragt?«

Mein Vater seufzte. »Ich hab dir gesagt, wir hätten Annanina mit einbeziehen sollen«, sagte er mit vorwurfsvollem Unterton zu meiner Mutter. Ich mochte es überhaupt nicht, wenn die beiden, obwohl ich dabei war, in der dritten Person von mir sprachen.

»Warum hast du es dann nicht getan?«, fuhr ihn meine Mutter an. »Warum muss ich das alles immer entscheiden?!«

»Warum? Weil du immer so tust, als wüsstest du alles! Weil du immer recht haben musst! Weil ...«

»Aufhören!«, brüllte ich. »Das ist ja nicht zum Aushalten!« Sprachlos sahen sie mich an.

Der arme Tim, ihn wollte ich nicht erschrecken. Er hatte sich in die hinterste Ecke neben dem Fernseher verkrochen.

Meine Mutter fand zuerst die Sprache wieder. »Wir wollten dich doch nur ... überraschen«, sagte sie auf einmal kleinlaut.

»Die Überraschung ist euch gelungen! Ein Lehmhaus in der Wüste!« Ich stampfte mit Tim hoch in mein Zimmer, warf mich aufs Bett und stülpte mir die Kopfhörer über die Ohren. Ich drehte die Musik so laut auf, bis mir die Ohren piepsten.

2

Am nächsten Morgen war wenigstens Dad schon weg zur Arbeit, als ich verschlafen in die Küche schlurfte. Meine Mutter trank ihren George-Clooney-Espresso im Stehen. Dad fing immer früh in seinem Büro in der Stadt an. *Ich bin ein Morgenmensch,* behauptete er. Was nicht stimmte, er arbeitete auch bis spätabends und oft auch am Wochenende. *Ich bin ein Workaholic,* hätte er sagen müssen oder *I love my office.* Meine Mutter warf ihm das oft vor, aber es änderte nichts. Und deshalb glaubte sie, sie müsste alles wiedergutmachen. Indem sie versuchte, meine beste Freundin zu sein, und mit mir shoppen ging. Das war meistens natürlich der reinste Horror, weil sie mir dann immer irgendwelche fürchterlichen Teilchen und Blüschen und Kleidchen aufschwatzen wollte, nur weil sie ihr gefielen. Sie hatte eben einen völlig anderen Geschmack. Aber irgendwie ließ sie sich auch nicht davon abbringen. *Es stünde mir ja so gut.*

Ich zuckte bei solchen Bemerkungen immer nur die Schultern, was sie noch mehr frustrierte. Dabei müsste sie nur mal aufhören, mich dauernd wie ihre Zwillingsschwester anziehen zu wollen. Ich mochte nun mal keine Röcke und keine Strumpfhosen.

Manchmal tat sie mir sogar ein bisschen leid, wenn sie mir immer wieder neue Vorschläge machte und mit neuen Ideen zu mir kam, was wir zusammen unternehmen könnten. In ein neues Musical gehen oder in einen Film. Oft sagte ich nur deshalb Ja, weil ich sie nicht enttäuschen wollte. Sie verstand es einfach nicht, dass ich herausfinden wollte, wer ich war. Wer auch immer das sein würde.

Dass mein Vater so viel arbeitete, war jedenfalls einer der Gründe, weshalb sich meine Eltern so oft stritten.

Meine Mutter warf ihm vor, sich nicht mehr für sie zu interessieren und sich nicht mehr um sie zu bemühen. Er brachte ihr keine Blumen mit und angeblich war er früher anders.

Aber wenn ich dann mal was gegen meinen Vater sagte, nahm sie ihn sofort in Schutz. Er würde sich solche Gedanken um mich machen. Wegen mir hätte er schon wieder Magenschmerzen. Und natürlich hatte er auch *nur wegen mir* nachts immer diese Herzrhythmus-Probleme. Tja, eigentlich müsste ich doch froh sein, von ihnen wegzukommen und mich selbst kennenzulernen, dachte ich. Aber das Widersprüchliche war: Ich liebte sie. Ich hing an ihnen. Und ich hatte Angst, ohne sie sein zu müssen.

Wie jeden Morgen war meine Mutter auch jetzt perfekt frisiert, geschminkt und angezogen – für ihren Job in der Marketing-Agentur. Sie wirkte absolut zuverlässig und kompetent.

Wenn sie nicht meine Mutter wäre, hätte ich dieser Frau bestimmt liebend gern all meine Probleme verraten und darauf vertraut, dass sie mir ruck, zuck einen

Fünf-Punkte-Plan ausdruckte, mit dem sich alles im Handumdrehen lösen ließe.

»Guten Morgen, Schatz« begrüßte sie mich mit einem gezwungenen gut gelaunten Lächeln, »hast du dir alles noch mal durch den Kopf gehen lassen?«

»Nö«, sagte ich nur und nahm mir die Flasche Orangensaft aus dem Kühlschrank. Mir war schon klar, dass meine Mutter auf ein *Schon okay. Ich freue mich cool krass aufs Chillen in der* Wüste gehofft hatte, aber das brachte ich einfach nicht über die Lippen.

Kaltes, noch dazu am frühen Morgen, konnte meine Mutter ja gar nicht gutheißen und so beobachtete sie mich entsprechend skeptisch, als ich mir ein großes Glas kühlschrankkalten O-Saft einschenkte.

»Magst du heute keinen Tee? Soll ich dir nicht ein Brot toasten?«

»Ich hab keinen Hunger.«

»Müsli?«

Meistens aß ich was, aber heute würde mir schon der erste Löffel Müsli im Hals stecken bleiben. Ich war einfach zu bedrückt und durcheinander.

In der Schule musste ich die Neuigkeit erst mal loswerden. Deswegen marschierte ich noch vor der ersten Stunde als Allerserstes zu Tanja und Nele, meinen Freundinnen.

Die beiden beneideten mich sowieso schon immer wahnsinnig und sagten mir auch oft genug rundheraus, dass ich einfach nur verwöhnt und eine alte Meckertante war. *Sie* hätten nicht das Geringste gegen so ein großes Haus gehabt, gegen den jährlichen Skiurlaub und Sommerurlaub und den gelegentlichen Städtetrip in den Herbstferien. Beide liebten es, shoppen zu gehen, und hätten dafür sogar die Gesellschaft meiner Mutter in Kauf genommen. Mode, Nägel, Frisuren ... darüber konnten sie ewig reden. Oft wünschte ich mir, dass für mich das alles auch so einfach wäre. Dass ich mich genauso wie sie für Nägel und Schuhe interessieren und einfach, na ja, einfach so unbeschwert sein könnte. Und jetzt, als ich ihnen von der »Überraschung« meiner Eltern erzählte, war da von Mitleid keine Spur. Im Gegenteil, sie waren ganz aus dem Häuschen.

»Amerika! Mensch, das ist doch so super!« Nele warf gedankenverloren ihre dunklen langen Haare zurück. Sie dachte sich gar nichts dabei, benahm sich nur manchmal unbewusst so, als wäre sie mitten in einem Shooting und posierte für eine Shampoo-Werbung. Sie hatte wirklich tolle Haare.

»Du hast's gut! Meine Eltern wollen, dass ich nächstes Jahr nach Kanada gehe.« Sie verdrehte ihre großen Augen. »Dabei will ich doch unbedingt nach Australien! Da sollen die Typen so süß sein.« Ich wusste nicht, ob sie das ernst meinte, denn sie schnitt dabei eine Grimasse.

»In Amerika aber auch!« Tanja kicherte. »Ach, Annanina, ich bin so neidisch!« Sie streckte die Arme nach mir aus. »Können wir nicht alle zusammen gehen?«

»Ja«, sagte Nele, »das wäre super!«

Ich zuckte die Schultern.

»Hey, wie bist du denn drauf?« Tanja blies sich eine lange Strähne aus der Stirn.

»Wisst ihr, ich frage mich einfach, ob meine Eltern mich bloß aus dem Weg haben wollen«, sagte ich. »Und dann, wenn ich wieder heimkomme? Dann sind sie vielleicht schon geschieden.«

»Hm. Okay, das ist hart«, meinte Nele und nagte an ihrer Unterlippe. »Aber mach dir doch nicht so einen Kopf. Echt! Eltern sind halt so! Die streiten und man denkt, alles ist aus, und dann geht's auch wieder.« Sie lächelte mich an. Manchmal war sie wirklich süß.

»Genau!«, sagte Tanja. »Mann, was glaubst du, wie meine Eltern manchmal sind! Da denke ich, ich bin im Kindergarten!« Die beiden lachten und ich musste auch ein bisschen mitlachen.

»Ich werde dich auf jeden Fall ganz schön vermissen, wenn du dann erst mal weg bist«, sagte Nele.

»Ehrlich?«, fragte ich ehrlich verblüfft. Oft dachte ich, ich wäre ihnen eigentlich gar nicht so wichtig.

»Aber klar! Bei wem sollen wir denn sonst abschreiben?«, Nele kicherte.

»Und wer erzählt uns dann die schrägsten Hundestorys?«, fragte Tanja.

»Genau!« Nele nickte und sah mich mit großen traurigen Hundeaugen an: »Was macht denn der arme Tim ohne dich?«

»Und Niklas erst – hast du es ihm schon erzählt?«, fragte Tanja.

Niklas – oje ... ich wusste auch nicht so recht, was wir miteinander hatten – außer dass er mich immer anlächelte, wenn sich zufällig unsere Blicke begegneten, in der Pause zum Beispiel. Wir sprachen auch miteinander, aber ich hatte das Gefühl, dass er ein bisschen Angst vor mir hatte. Ich machte es ihm auch nicht gerade leicht mit meiner kühlen Art. Manchmal wünschte ich mir sogar, ich wäre so drauf wie Nele oder Tanja, die sofort ein anderes Programm starteten, wenn ein Typ ins Spiel kam. Dann wurden ihre Stimmen höher, ihre Gesten übertriebener und vor allem kicherten sie dauernd. Sie kicherten und hingen an den Lippen der Typen. Ich bekam so was überhaupt nicht hin, obwohl ich es echt ein paarmal probiert hatte.

Aber sie hatten schon recht, ich kam nicht drum herum, demnächst auch Niklas von der ganzen Sache zu erzählen. Einen Moment lang sah ich die beiden nachdenklich an, wie sie da vor mir standen und sich Sorgen wegen Tim und wegen Niklas und sich zugleich ein bisschen lustig machten und mich beneideten ... und mir ging auf, dass ich sie auch vermissen würde.

An diesem Tag beschloss ich, die Sache mit dem Auslandsjahr zumindest mit meinen Eltern nicht mehr endlos durchzukauen. Ich würde, wenn es dann so weit wäre, brav mit zum Flughafen dackeln, in den Flieger steigen und zu dieser Familie nach Santa Fe fliegen. Entweder schickte die mich dann früher heim, weil ich sie mit meiner Passivität nervte – oder ich würde halt die Zeit absitzen. Das einzige Problem, ich meine, das einzige wirkliche Problem, war Tim. Ein ganzes Jahr musste ich ohne ihn auskommen und er ohne mich. Der Arme – allein mit meinen Eltern. Ich wusste nicht, wie ich ihm klarmachen konnte, dass er es am besten auch so machen sollte wie ich. Einfach die Zeit absitzen.

Und er war der Einzige, bei dem ich mir erlaubte zu weinen.

So langsam rückte der Tag näher, an dem ich nach Santa Fe fliegen würde. Mein Koffer war so gut wie gepackt und auch mit meiner Gastfamilie hatte ich inzwischen schon das Wichtigste besprochen. Sie würden mich abholen, Mrs und Mr Fetzer. Vielleicht würden auch ihre beiden Söhne mit zum Flughafen kommen – Corey und Adam. Wir hatten ein paar Mails hin- und hergeschickt und meine Eltern hatten mit ihnen geskypt. Ich war dabei gewesen, hatte aber nicht allzu viel gesagt.

Mrs und Mr Fetzer waren ungefähr im Alter meiner Eltern. Also so um die vierzig. Mrs Fetzer war mir sofort sympathisch, sie hatte so etwas Unkompliziertes. Auch Mr Fetzer fand ich auf Anhieb ganz nett. Ihr jüngerer Sohn Adam hatte das Trisomie-21-Syndrom. Er winkte mir sofort stürmisch zu und wollte mir per Video das ganze Haus zeigen.

Und schließlich war da noch ihr älterer Sohn Corey. Mit ihm redete ich jedoch nur einmal und auch das nur, weil seine Mutter offensichtlich darauf bestand, dass er sich kurz vorstellte und mir versicherte, wie »toll« er es fände, dass ich käme. Das war's dann aber auch. Danach war er hastig aufgestanden und seine Mutter hatte übernommen. Mir war das nur recht gewesen – ich hatte ja auch nicht mehr gesagt.

Eigentlich hatte ich es Niklas nun schon seit Wochen sagen wollen. Beiläufig. Es sollte so wirken, als würde es mir gar nichts ausmachen, für ein Jahr wegzugehen ... so als ob ich ihn nur mal eben darüber informieren wollte.

Aber irgendwie hatte es sich nie so richtig ergeben, bis er dann eines Tages nach der Schule – er war eine

Klasse über mir – von selbst auf mich zukam und sich vor mir aufbaute.

»Ich hab gehört, du gehst nach Amerika. Hattest du vor, mir irgendwann davon zu erzählen?«

Ich stöhnte. »Mist, ja, ich wollte es dir die ganze Zeit schon sagen, aber es war immer so viel los.«

»Übermorgen, stimmt's?«

»Ja ... äh ...«

»Hast du noch ein bisschen Zeit, später am Bach, nach der Schule?«

Er fragte das in einem Ton, dass ich unmöglich Nein sagen konnte. Dann hätte ich ihm wehgetan. Und das wollte ich nicht.

Also sagte ich Ja.

Normalerweise hätte ich jetzt den nächsten Bus nach Hause genommen, aber ich konnte genauso gut einen etwas späteren nehmen als sonst. Meine Mutter wartete sowieso nicht zu Hause auf mich. Sie kam immer erst um fünf oder sechs aus ihrer Marketing-Agentur.

Wie saßen also auf den Steinen am Ufer des Bachs, der hinter der Schule durch grüne Wiesen plätscherte, und guckten auf das braune vorbeifließende Wasser.

Niklas war groß und kräftig, sah immer aus, als denke er die ganze Zeit über etwas nach, und redete nicht viel, vielleicht mochte ich ihn deshalb mehr als die anderen Jungs.

Ich hatte ihm inzwischen alles erzählt, das von meinen Eltern und wie sie mich vor vollendete Tatsachen gestellt hatten. Er hatte verständnisvoll genickt, dabei jedoch aufs Wasser gestarrt, als hätte er Angst, mir in die Augen zu sehen.

»Ich muss langsam los.« Ich stand auf und klopfte mir die Jeans ab.

»Annanina …« Er sah zu mir auf. »Ich …« Er stand jetzt auch auf, griff in seine Hosentasche und öffnete dann seine geschlossene Faust. Darin lag ein Ring. Ein brauner Ring mit einer Gravur.

Ich sah ihn fragend an. Erst Niklas, dann den Ring und dann wieder Niklas.

»Gefällt er dir?«

In solchen Situationen bin ich immer wie blockiert. Er nahm meine Hand und steckte mir den Ring an den Finger.

Ich nickte. »Ja, sieht super aus. Und was bedeuten die Zeichen?« Zwischen zwei X-Zeichen konnte ich eine Spirale erkennen.

Er hielt noch immer meine Hand und berührte jetzt das X. »X heißt *Love*. Die Spirale ist ein @, was heißt: *mail mir*, und das andere X heißt noch mal *Love*. Ganz einfach.«

Meine Hand lag in seiner und fühlte sich dabei an, als gehörte sie gar nicht mehr mir. Es war seltsam. Obwohl er echt nett war und sich schon lange für mich interessierte, war immer so etwas wie eine Wand zwischen uns. Als trauten wir uns nicht so richtig über eine Grenze.

»Okay.« Ich nickte und zog meine Hand weg. Sie sollte wieder mir gehören. Und jetzt? Seine Augen waren auf einmal ganz dunkel und glänzend geworden. Bevor das hier ausuferte, sollte ich lieber nach Hause gehen.

»Meine Mutter wartet auf mich«, sagte ich schnell.

»Annanina …« Seine Stimme klang anders als sonst. »Ich wollte dir sagen, dass …«

Nein. Meine Kehle wurde eng.

»Ich muss jetzt wirklich los. Meine Mom ruft sonst noch Interpol an.« Es sollte witzig sein. Aber er lachte nicht.

Er hatte auf einmal etwas Niedergeschlagenes. In dem Augenblick war die Grenze zwischen uns ganz, ganz dünn und ich hätte ihn nur umarmen müssen, aber ich konnte es nicht. Ich hatte Angst, die Kontrolle über mich zu verlieren, ich hatte Angst davor, ihm so nah zu sein. Und so drückte ich Niklas rasch einen Kuss auf die Wange und umarmte ihn nur ganz kurz.

Dann machte ich, dass ich nach Hause kam.

Kurz darauf, als ich im Bus saß, versuchte ich, mich abzulenken, las geistesabwesend die Werbung auf den anderen Bussen und die Schilder an den Geschäften, aber urplötzlich kamen mir die Tränen. Zum Glück merkte wenigstens niemand etwas und ich wischte sie schnell wieder weg. Es war Zeit, sich auch von den anderen zu verabschieden. Und ich hasste Abschiede.

Nele und Tanja waren die letzten Tage vor dem Flug fast aufgeregter als ich.

»Du musst uns unbedingt alles schreiben, okay? Und Fotos schicken! Wir würden so gern mitkommen!«

»Klar schreibe ich euch alles!«, versprach ich ihnen. Es war seltsam, aber plötzlich hatte ich das Gefühl, sie waren wirklich gute Freundinnen, ich hatte es nur die ganze Zeit nicht kapiert.

Mit Celina führte ich in den Tagen vor dem Flug nächtliche Endlos-Telefonate und erzählte ihr alles. Wie es zu Hause war und dass ich Angst hatte, meine Eltern würden geschieden sein, wenn ich zurückkam.

»Vielleicht raufen sie sich ja wieder zusammen.« Celina teilte Neles und Tanjas Optimismus. »Bei meinen Eltern war auch mal Alarmstufe Rot, aber dann haben sie irgendwie doch wieder die Kurve gekriegt. Na ja, und wenn sie sich wirklich scheiden lassen, dann ist das vielleicht immer noch besser als diese ewigen Streite. Außerdem hast du Tim. Und mich!«

Jetzt musste ich doch lächeln. Was würde ich nur ohne meine Freundinnen tun?

Zwei Tage vor der Abreise kamen meiner Mutter auf einmal die verrücktesten Bedenken.

»Annanina, Schatz, du versprichst mir, keine Dummheiten zu machen!«

Das sagte sie morgens, an ihrem George-Clooney-Espresso nippend. Mein Dad war schon ins Büro gefahren und ich war noch etwas verschlafen und brachte vorerst nicht mehr zustande als ein Nicken.

»Was für Dummheiten?« Ich stellte mich blöd. Manchmal konnte ich es mir nicht verkneifen, sie zu provozieren, indem ich sie zwang, bestimmte Dinge oder Wörter auszusprechen.

SEX. DROGEN. VERHÜTUNG.

»Du weißt schon, Schatz ...«, sagte meine Mutter mit etwas gedämpfter Stimme, dabei war niemand außer uns in der Küche. »Jungs und Hasch ... und anderes Zeug.« Noch leiser fügte sie hinzu: »Wenn du dich mit einem Jungen einlässt ... dann nur mit ... Kondom.« Das Wort sprach sie ganz schnell aus, damit sie es möglichst schnell aus ihrem Mund herausbekam.

»Nur mit Kondom, ist klar«, wiederholte ich laut und sah zu, wie sie bei dem K-Wort zusammenzuckte.

Und dann war es so weit. Mein Dad hatte sich freigenommen, damit sie mich beide zum Flughafen bringen konnten.

Hoffentlich schafften sie es wenigstens heute, sich nicht zu streiten.

Mein Dad fuhr den Volvo aus der Garage, Mom zog extra ihre schicken Stiefel an. Mein Koffer stand auf den spiegelnden Marmorfliesen im Flur vor der Haustür. Tim war mir die letzten Stunden nicht mehr von der Seite gewichen. Er hatte sich in der Nacht in mein Zimmer geschlichen. Na ja, ich hatte ja absichtlich die Tür aufgelassen. Und dann war er zu mir ins Bett gekrochen und hatte sich auf meine Füße gelegt, sodass ich mich gar nicht mehr umdrehen konnte.

Er wusste genau, dass Koffer *Abreise* und *Abschied* bedeutete.

»Tim, ich verspreche dir, dass ich bald wiederkomme, ja? Du musst einfach nur ein bisschen aushalten. Geh im Garten spazieren, okay? Mach's dir schön und lass diese Idioten einfach weiterstreiten.«

Ich gab ihm einen dicken Kuss auf seine flauschigen Ohren.

Dad hupte. Das machte er nervigerweise immer, wenn er ungeduldig war. Und ungeduldig war er meistens, wenn er auf meine Mutter wartete.

»Jaja!«, sagte meine Mom nervös und griff nach ihrer Handtasche, warf noch einen hektischen Blick in den Spiegel an der Garderobe, fuhr sich durch die Haare und presste die Lippen aufeinander, damit sich der Lippenstift verteilte.

»Dass dein Vater auch immer so eine Hektik machen muss!«

Das sagte sie auch jedes Mal.

Sie öffnete ihre Handtasche. Die Reiseunterlagen wollte sie unbedingt einstecken. »Dein Ticket hab ich. Und den Pass. Gut, dann mal los.« Ihr Lächeln war ihr typisches Packen-wir's-an-Lächeln. Dabei wusste ich ja, dass es ihr schwerfiel, mich gehen zu lassen.

Tim wollte mit, doch Mom sagte entschieden: »Nein, du bleibst hier, Tim. Wir sind gleich wieder da.«

Mit einem Ruck zog sie die Haustür zu und schloss ab.

»Stimmt doch gar nicht«, sagte ich.

Meine Mom sah mich kurz an, schüttelte dann aber lediglich den Kopf.

Dad hupte wieder.

»Wo bleibt ihr denn, um Himmels willen! Das Flugzeug wartet nicht!«

»Jaja, wir kommen ja schon«, sagte meine Mutter gestresst und stieg vorne ein, ich setzte mich wie immer hinter sie.

Eigentlich wollte ich mich nicht umdrehen und durch die Heckscheibe zurücksehen. Ich tat es doch. Unsere Villa wirkte verlassen. Aber ich wusste, Tim war da drin. Und er würde auf mich warten.

Na gut, wenn ich ehrlich war, ich meine richtig ehrlich, so wie ich nur mir selbst gegenüber sein konnte, dann freute ich mich doch ein bisschen. Ich flog nach Amerika!

Das kam mir, als ich im Flieger saß, am Fenster. Wir waren kaum gestartet und die Stewardess war noch nicht ganz fertig mit ihrer Ansage, elektronische Geräte dürften wieder angeschaltet werden, da klappte meine

Nachbarin schon ihr Notebook auf und hämmerte wild auf die Tasten ein. Mittlerweile ging das seit zwei Stunden so. Ich warf hin und wieder einen Blick zu ihrem Monitor, aber er war so geneigt, dass ich nichts erkennen konnte. Vielleicht hatte sie Flugangst und lenkte sich so ab.

Ich sah aus dem Fenster. Ist schon komisch, wenn es nie dunkel wird. Wir flogen ja gegen die Erdrotation, und wenn ich in New York ankommen würde – ich musste ja umsteigen –, dann wäre es immer noch hell. Wie wäre es wohl, wenn es nie Nacht würde? Würde man da auch nie Angst haben?

»Möchten Sie noch etwas zu trinken?«, fragte die Stewardess. Die Frau neben mir sah kurz von ihrer Tastatur auf, nickte abwesend und hielt ihren Becher hoch. Ich nahm noch einen O-Saft.

Ich stellte mir vor, wie es wäre, immer weiterzufliegen. Von New York nach Santa Fe, nach San Francisco, nach Hawaii, nach Auckland, nach Sydney, Tokio, Hongkong und ...

Viele Passagiere zogen irgendwann Augenbinden hervor und bald schnarchten einige mit offenem Mund. Endlich klappte auch die Frau neben mir ihr Notebook zu. Sie lächelte mich an. Ich lächelte zurück. »Jetzt sollen wir wohl schlafen, was?«, meinte sie.

Ich nickte. Sie betrachtete die Augenbinde, die wir mit den Kopfhörern in einem Plastiktütchen bekommen hatten.

»Tja, sie wollen unser Bestes. Damit wir ausgeruht ankommen.«

Ich nickte wieder.

Sie verschränkte die Arme über der Brust und schloss die Augen.

Eine Weile saß ich einfach so da und dachte darüber nach, was die Frau da eben gesagt hatte. Sie wollen unser Bestes. Das hatten auch meine Eltern gesagt. *Wir wollen doch nur dein Bestes.*

»Magst du nicht tanzen gehen?«, hatte meine Mom letztes Jahr gefragt. Und mein Dad hatte aufmunternd genickt.

»Nö«, hatte ich geantwortet. Ich hatte den üblichen Tanzkurs der Schule besucht – dieser Kurs und der Abschlussball, bei dem meine Mutter natürlich das Kleid aussuchen wollte, hatten mir völlig gereicht. Meinem Vater zuliebe hatte ich den Fummel dann sogar angezogen, worüber der sich auch total freute: Als wäre ich erst dadurch so richtig seine Tochter, auf die er stolz sein konnte, wenn ich in so was rumlief. Aber wie gesagt. Ich hab nachgegeben. Damit ich nicht wieder an seiner Migräne, seinen Herzrhythmusstörungen oder seinen Magenschmerzen schuld wäre.

Mom hatte sehsüchtig geseufzt, als sie mich in dem Kleid sah. Es war blau und seidig und absolut nicht mein Stil.

Ich habe so vieles ihnen zuliebe getan. Sie wollen das Beste für mich – und ich? Ich will ich werden. Das ist alles. Und irgendwie kann ich das nicht, wenn sie immer wollen, dass ich so werde wie sie.

Der Flug kam mir endlos vor. Zuerst ging es nach London. Dort hatte ich zwei Stunden Aufenthalt, in denen ich aufs Klo ging und mich dann zum nächsten Flugsteig aufmachte. Auf der Strecke nach Phoenix saß ich neben einem Rabbi, der die ganze Zeit die Thora studierte, bis er am Ende mit offenem Mund einschlief. In Phoenix musste ich mich beeilen, weil wir mit Verspätung angekommen waren. Und dann, endlich!, war es nur noch eine Stunde nach Albuquerque, wo mich Mrs Fetzer abholen wollte.

3

In der Menge der Gesichter hinter der Absperrung versuchte ich, die Fetzers zu erkennen. Die dunkelhaarige Frau mit den asiatischen Gesichtszügen, den lässigen Künstlertypen oder Corey, an dessen Aussehen ich mich am wenigsten erinnerte, weil er sich beim Skypen so schnell wieder verzogen hatte. Adam würde ich bestimmt zuerst unter all den Leuten entdecken, denn sicher würde er mich wieder heftig winkend begrüßen. Als ich mit meinem Koffer und meiner Reisetasche Richtung Absperrung ging, konnte ich jedoch niemanden entdecken. Hatten sie mich vergessen? Oder sich im Tag geirrt?

Ein kurzer Moment der Panik erfasste mich, aber dann sagte ich mir: Was sollte schon passieren? Ich hatte ja ihre Telefonnummer.

Also zog ich meinen Koffer durch die Absperrung und sah mich wieder um. Überall waren winkende Arme in der Luft, wurden Willkommensschreie ausgestoßen und Menschen umarmten sich. Von mir nahm niemand Notiz. Ich beschloss, einfach zu warten. Immer mehr Leute schoben Wagen und Koffer zum Ausgang. Für kurze Zeit war es recht leer. Dann kamen wieder neue Leute und warteten.

Na toll. Meine eigenen Eltern schickten mich weg, die anderen Eltern vergaßen, mich abzuholen. So unscheinbar war ich doch nun auch wieder nicht. Ich setzte mich auf meinen Koffer. Dieser Zustand gerade war eigentlich gar nicht so übel. Es fühlte sich an, als wäre ich in so was wie in einer Zwischenwelt. Ich war frei. Was, wenn ich einfach aus der Halle gehen und in den nächsten Bus einsteigen würde? Ich könnte irgendwohin fahren. Nach Los Angeles. Oder nach Mexiko.

Super Idee, Annanina, und an der Grenze wollen sie deinen Pass haben und da steht drin, dass du erst sechzehn bist.

»Annanina!«, schallte plötzlich eine Stimme durch die Halle.

Es war Mrs Fetzer. Ich erkannte sie sofort. Mit großen Schritten kam sie auf mich zu, ihr buntes Hippie-Kleid wehte hinter ihr her wie Flügel. Überhaupt dachte ich bei ihrem Anblick gleich an einen Schmetterling. Sie hatte etwas Filigranes, mit ihren langen schlanken Beinen und Armen und wie sie auf mich zugeflogen kam. Sie umarmte mich und gab mir rechts und links einen Kuss auf die Wange. Ihr Parfüm roch gut.

»Ich bin Maureen! Sorry, dass du warten musstest. Ein Unfall hat den ganzen Highway verstopft!« Sie lächelte mich so herzlich und offen an, dass ich sofort ein schlechtes Gewissen bekam, weil ich doch eigentlich gar nicht hier sein wollte.

»Kein Problem«, sagte ich cool und griff nach meinem Koffer.

»Gib mir den Koffer – oder wenigstens die Tasche.« Sie streckte den Arm aus.

Also reichte ich ihr die Tasche.

»Ich freue mich sehr, dass du da bist, Annanina!« Sie hatte etwas Überschwängliches und Warmes und ich fühlte mich gleich besser.

Ich nickte.

»Sollen wir gleich mal deine Eltern anrufen? Oder ihnen eine SMS schicken? Geht sicher einfacher mit meinem Telefon.«

Ich rechnete zurück. In Deutschland wäre es jetzt elf Uhr morgens.

Ich nahm also Maureens Handy und tippte. Gut angekommen. Alles okay. Melde mich später. A.

Lächelnd nahm Maureen ihr Handy wieder in Empfang und ließ es in ihre große, bunt bestickte Handtasche gleiten.

Ich war nicht so der gesprächige Typ wie zum Beispiel Tanja. Sie konnte sofort ein Gespräch anzufangen, egal mit wem, egal worum es ging. Ob mit Leuten aus unserer Schule oder mit Lehrern oder sonst wo. Selbst in der U-Bahn und im Bus, im Supermarkt, an der Kasse konnte sie unbeschwert drauflosplappern. Eine kurze Bemerkung und schon war sie mit jemandem in ein Gespräch verwickelt. Ich hatte es lieber, wenn die Leute mich nicht so wahrnahmen. Mir war es peinlich, wenn mich die Verkäuferin beim Bäcker nach etwas Privatem fragte.

Das ging mir jetzt alles durch den Kopf, als ich neben Maureen in dem großen Familien-Van saß wie in einem Raumfahrzeug. Keine Ahnung, was sie da in dem Auto alles transportierte. Wir hatten einen Volvo Kombi, der war auch nicht gerade klein, aber kein Vergleich mit diesem Auto. Hinter den getönten Scheiben breitete sich das Draußen aus. Irgendwie unwirklich. Die Farben waren intensiver als zu Hause. Magenta und Azur, Cyan. Und das Grün fehlte. Oder das, was bei uns grün war, war hier rot. Rote Erde, rötlich schimmernde Berge. Klar, ich hatte mir vor der Reise Fotos von New Mexico angeguckt und ich kannte die Gegend auch aus Filmen, aber es fühlte sich trotzdem ganz anders an, wirklich hier zu sein.

Maureen sah ein paarmal zu mir herüber und lächelte mir aufmunternd zu. Sie hatte die Angewohnheit, sich ständig eine Haarsträhne hinter die Ohren zu streichen.

»Wie war dein Flug, Annanina?«

»Ganz okay.«

Zum Glück verstand ich ihr Englisch, womöglich gab sie sich ja besondere Mühe, deutlich zu sprechen.

Silberne und goldene Armreifen klimperten an ihrem Handgelenk.

Ich fühlte mich in ihrer Gegenwart irgendwie plump. Unbeholfen. Unfertig. Meine Bewegungen erschienen mir ungelenk, wie ich da saß, die Hände auf den Oberschenkeln – oder dann eine am Türgriff. Ich hatte seit Stunden nicht geduscht, meine Haare sahen nicht gerade toll aus und Parfüm hatte ich auch keines aufgelegt. Und jetzt würde ich gleich in – ja, wer weiß in was für ein Haus kommen. Ich wollte plötzlich nur noch unsichtbar werden. Verschwinden. Mich in Luft auflösen.

Ich hatte Angst. Vor der Ankunft. Vor dem, was mich erwartete. Vor Corey. Vor Adam. Vor Mr Fetzer.

Währenddessen zog draußen die Landschaft vorbei. Rote Wüste, Kakteen, Siedlungen aus Häusern in derselben Farbe der Landschaft, mit abgerundeten Kanten. Adobe, ja, Dad ...

»Corey freut sich schon auf dich«, sagte Maureen gerade. »Und Adam ist sowieso wahnsinnig aufgeregt.« Sie sah zu mir rüber und lachte ein blendend weißes Lachen.

Ich nickte nur. Ich wollte nicht zugeben, dass ich auch aufgeregt war.

»Ich sollte dich vielleicht vorwarnen. Denk dir nichts dabei, aber Corey ist Mädchen gegenüber manchmal ein bisschen, na ja ... unbeholfen. Und redet nicht viel.«

»Schon okay«, sagte ich und starrte auf meine Hände. Toll, ich sah es schon so richtig vor mir, wie wir uns stumm und schweigend gegenüberstanden – dieser Corey und ich.

»Du hast sicher Hunger«, sagte Maureen.

»Och ...« Ich wusste nicht, ob ich Hunger hatte.

»Wir haben Hühnersalat, Sandwich, Obst und Eistee und Brownies.«

»Klingt gut.«

»Wenn du etwas nicht magst, sag es einfach, okay?« Die Klimaanlage blies ihr die seidigen Haarsträhnen aus dem Gesicht.

»Wir sind gleich da.«

Ich hätte ewig so weiterfahren können, immer weiter in diese stille Wüstenlandschaft hinein. In meinem Kopf blitzten die Bilder aus so vielen Filmen auf. Gleich würden Mexikaner mit Ponchos und radgroßen Hüten auf Pferden heranpreschen. Vielleicht hatten sie gerade eine Bank ausgeraubt ... oder ein klappriges Wohnmobil würde plötzlich zwischen den Kakteen herausschießen, ein fahrbares Drogenlabor ...

Maureen bog vom Highway ab und ich dachte für eine Weile wirklich, wir würden in die Wüste mit den Kakteen und einem dieser filmreifen Sonnenuntergänge fahren.

Doch dann wand sich die Straße an einem Berg hinauf und hinter einer Biegung öffnete sich der Blick auf eine Siedlung von Häusern im Adobe-Stil. Lehmrot, mit runden Ecken und eisenbeschlagenen Holztüren. Große Kakteen, manche wie Bäume, wuchsen vor den roten Lehmmauern, einige blühten rot und weiß und blau. Es war wirklich wunderschön.

Maureen hielt vor einer der breiten Einfahrten und drückte auf eine Fernbedienung. Die Holzpforte schob sich langsam auf. Behutsam steuerte Maureen das Raumfahrzeug hinein in einen Wüstengarten. Vor uns lag ein zweistöckiges lehmrotes Haus. Hinter uns schloss sich fast lautlos das Tor.

Maureen zog den Schlüssel ab und lächelte mich an. »Ich zeige dir kurz das Notwendigste und dann kannst du dich ein bisschen ausruhen und erst mal ankommen, ja?«

»Okay.« Ich konnte ihr ja nicht sagen, dass ich am liebsten im Auto sitzen geblieben oder unsichtbar geworden wäre.

Maureen stieg aus und nun blieb mir wirklich nichts anderes mehr übrig, ich riss mich zusammen und öffnete die Tür.

Augenblicklich saugte die Hitze jegliche Flüssigkeit aus mir heraus. Ich schnappte nach Luft und wunderte mich fast, dass ich nicht sofort verglühte.

Maureen merkte, dass ich wie gelähmt dastand.

»Oh, ja, die Hitze, daran muss man sich erst gewöhnen«, meinte sie verständnisvoll. »Komm schnell ins Haus, da ist es kühl.«

Sie hatte meinen Koffer schon in der Hand und ich schnappte mir meine plötzlich bleischwere Umhängetasche und folgte Maureen über den unter meinen Schritten knirschenden Kiesweg, vorbei an Kakteen und Felsbrocken.

Als ich wieder einigermaßen frei atmen konnte, nahm ich auch die Stille wahr. Sie war anders als die Ruhe in unserem Garten. Ich glaube, es hatte etwas mit der Hitze zu tun. Diese Stille schwirrte, zirpte, zischte – von Insekten, unsichtbaren Vögeln, Blättern ... als hätte das alles auf mich gewartet, um mir jetzt unmissverständlich klarzumachen, dass ich in einer anderen, fremden Welt angekommen war.

Ich beeilte mich, ins Haus zu kommen.

Eine angenehme Kühle umfing mich. Genauso hatte ich es mir vorgestellt: Terrakotta-Fliesen, grob verputzte Wände – und überall Bilder. Großformatige bunte abstrakte Drucke, kleine Schwarz-Weiß-Fotografien, gegenständliche Gemälde, die die Wüstenlandschaft zeigten, Porträts – ich war fasziniert. Ich liebte Bilder. Unsere Bilder zu Hause mussten immer passen. Zur Couch. Zu den Vorhängen. Zum Teppich.

»Corey, wir sind da!«, rief Maureen. Sie stellte meinen Koffer mitten in der Diele mit den vielen Bildern ab und ging durch einen Torbogen weiter. Ich wusste nicht so recht, ob ich einfach warten oder ihr folgen sollte. Schließlich entschied ich mich, ihr zu folgen.

»Corey? Wo bist du denn?«

Wir standen in einem großräumigen gemütlichen

Wohnzimmer mit einer ausladenden Couch, auf der bunte Decken und dicke Kissen lagen. An den Wänden standen volle Bücherregale, in denen auch Steine und Muscheln lagen. Auf dem Sims des offenen Kamins entdeckte ich gerahmte Fotos. Ich konnte mir kaum vorstellen, dass es hier mal so kalt werden würde, dass man ihn anzünden müsste. Zum Wohnzimmer gehörte eine offene Küche mit Töpfen und Pfannen, die an einer Stange an der Wand hingen.

»Ich glaube, er versteckt sich.« Maureen schüttelte den Kopf. »Magst du etwas trinken? Mango? Ananas oder Preiselbeersaft?«

»Preiselbeersaft bitte«, sagte ich steif. Corey versteckte sich ... na, das konnte ja lustig werden ...

Während Maureen aus dem Kühlschrank einen Tetrapak nahm und mir Saft in einen großen bunten Plastikbecher eingoss, ließ ich meinen Blick durch die Küche wandern. Meine Mom war besonders stolz auf ihre chromglänzende Küche. Alles musste immer aufgeräumt und geputzt sein. Beim Kochen achtete sie peinlich genau darauf, nicht zu viel schmutzig zu machen.

Diese Küche war auch aufgeräumt, aber hier glänzte nichts chromfarben. Die Arbeitsflächen waren in den typischen Naturfarben gefliest, Ocker und Rot wie die Erde und Grün wie die Kakteen. Dicke Zöpfe getrockneter roter Pfefferschoten und Knoblauchknollen hingen an einer Wand, eine Schale quoll über mit gelben und grünen Zitronen, in einem geflochtenen Korb neben dem Herd standen Gläser mit Gewürzen. In der Mitte der Küche befand sich ein langer Holztisch und dahinter breitete sich das Wohnzimmer mit der großen, bequemen Couch aus.

»Bitte.«

Ich zuckte zusammen. Maureen hielt mir das Glas mit dem Saft hin.

»Oh, danke.« Sie sah mich an, als wüsste sie, was mit mir los war. Dass ich mich nämlich leicht verzweifelt fragte, was ich sagen sollte. Und dass ich mir ziemlich verloren vorkam, obwohl sie doch so nett war.

Ich nippte an meinem Saft. Hier würde ich also für die nächsten zwölf Monate wohnen. Das hier sollte mein neues – zumindest vorübergehendes – Zuhause sein. Und obwohl Maureen so freundlich, das Haus so geschmackvoll war, sehnte ich mich in dem Augenblick nach nichts mehr als nach meinem Zimmer in Berlin und nach Tim.

Maureen wartete, bis ich den Becher abgesetzt hatte, und sagte dann: »Komm, ich zeig dir dein Zimmer.«

Dort würde ich mich später einfach ein paar Stunden zurückziehen, nahm ich mir vor. Die meisten schätzten mich falsch ein, dachten, ich sei unkompliziert und gesellig. Eigentlich fühlte ich mich die meiste Zeit allein. Ich trank noch schnell einen Schluck und folgte Maureen die Steintreppe hinauf, an Bildern und bunten Wandbehängen vorbei ins erste Stockwerk.

»Das ist Coreys Zimmer«, Maureen blieb vor einer Tür stehen. *Keep out* stand dort auf einem Schild. Ich hatte auch nichts anderes vor. Aber Maureen klopfte und machte die Tür auf. Ich blickte auf rote Locken vor einem Monitor.

»Corey, Annanina ist da. Willst du nicht mal Hi sagen?«

Oje, dachte ich. Wenn das meine Mutter zu mir sagen würde, hätte ich schon gleich genug.

Corey drehte sich um. Jetzt konnte ich mich wieder an sein Gesicht aus dem Skype-Telefonat erinnern. An die blauen Augen und das verhaltene Lächeln.

Sein Lächeln kam jedenfalls genauso locker wie meins. Was heißt, es sah eher wie eingemeißelt aus. In dem Augenblick schoss mir durch den Kopf, dass er vielleicht auch einer von einem anderen Planeten sein könnte.

»Hi«, sagte er immerhin und ich antwortete genauso geistreich: »Hi.«

Maureen wartete einen Moment, aber als keiner von uns Anstalten machte, all den *His* noch etwas hinzuzufügen, und unser Lächeln sich auch nicht mehr veränderte, hatte sie Erbarmen und sagte: »Du kannst Annanina ja nachher mal ein bisschen die Gegend zeigen.«

»Okay«, sagte Corey.

»Nach dem langen Flug willst du dich aber vielleicht erst mal ausruhen«, redete Maureen weiter.

»Ja!«, sagte ich rasch und nickte Corey zu, der ziemlich erleichtert wirkte, uns so schnell loszuwerden, und sich auch schon wieder zu seinem Laptop umdrehte.

Aber mir ging es nicht anders und ich war froh, als Maureen die Tür hinter uns schloss. »Das ist Adams Zimmer.« Sie deutete auf die Tür daneben. Ein Schild mit einem gelben Smiley klebte dort. »Er ist noch in der Schule. Aber er konnte schon heute Morgen deine Ankunft gar nicht erwarten und freut sich wahnsinnig auf dich.«

Adam ist bestimmt nicht so verkrampft wie Corey, dachte ich.

»Da drüben ist dein Badezimmer«, sagte Maureen inzwischen. »Du musst es nicht mit den Jungs teilen. Das von Corey und Adam ist gegenüber.«

Dann waren wir vor einer anderen Tür angekommen. »So, ich hoffe, es gefällt dir.«

Ich stand in einem Zimmer, das in denselben Farben gehalten war wie die Wüste da draußen. Ockerfarben und erdrot gestrichene Wände, eine bunte Patchwork-Decke über dem großen Bett und ein Einbauschrank mit einer geschnitzten Tür. Das Regal neben dem Fenster war voller Bücher, wunderbar, hier würde ich stundenlang lesen können! Ja, das Zimmer gefiel mir sofort.

Ich lächelte Maureen an.

»Es ist superschön!«

»Magst du gleich noch etwas essen oder lieber später?«

»Lieber später.«

»Dann lass ich dich mal allein. Fühl dich wie zu Hause, okay? Das Codewort fürs WIFI heißt BLIZZARD11, falls du dich einloggen willst. Ich habe noch einen Termin in der Stadt. Wenn du Hunger hast, nimmst du dir einfach was aus dem Kühlschrank. Der Hühnersalat ist in einer blauen Tupper-Schüssel. Heute Abend essen wir alle zusammen. Und mach dir nichts daraus, Corey ist manchmal ein bisschen stoffelig.«

Sie schloss die Tür und da waren wir nun, wir drei: ich, meine Reisetasche und mein Koffer. Mitten im Raum auf dem hellen Dielenboden, als hätte man uns von einem fremden Planeten spontan hierher gebeamt.

Maureens Schritte wurden leiser. Und dann war es still. Ich sah mich im Zimmer um.

Neben dem Fenster stand ein altmodischer Ohrensessel, wie ich jetzt bemerkte. Über dem Bett entdeckte ich einen Traumfänger aus Federn und blauen Perlen. Er schaukelte leicht.

Ich trat ans Fenster. Direkt unter mir erstreckte sich der Garten, vielmehr Wüstengarten, mit spitzblättrigen Palmbüschen, Kakteen wie Säulen und einem Gartenschlauch, der sich wie eine lange Schlange zwischen den Büschen und bizarren Blumen hindurchwand – und da war ein Pool!

In der Sonne glitzerte das blassblaue Wasser wie Glas.

Maureen hatte gar nichts vom Pool gesagt. Wahrscheinlich war das für sie einfach selbstverständlich. Ob ich nachher mal schwimmen gehen konnte?

Eine ockerfarbene Mauer umgrenzte das Grundstück, rechts der Mauer schloss sich das nächste Grundstück an mit einem Haus, das dem hier ähnelte. Aber jenseits der Grundstücksmauer breitete sich die echte Wüste aus. Ohne Schwimmbad und Gartenschläuche, gelb und trocken, die Kakteen nicht wie Zierrat, sondern wie ... wie Marterpfähle in die Erde gerammt. In der Ferne zog sich das graue Band der Straße wie die Fata Morgana eines Flusses diagonal durch das Bild. Und über allem spannte sich ein von der Hitze ausgebleichter Himmel.

Ein seltsamer Sog erfasste mich und auf einmal überlief mich ein Schauder. Ich drehte mich vom Fenster weg und ließ mich auf das Bett mit der bunten Patchwork-Decke sinken. Eine Weile betrachtete ich noch den Koffer und die Reisetasche, die mich stumm aufforderten, sie endlich auszupacken, doch dann beschloss ich, sie zu ignorieren, streifte meine Schuhe ab und streckte mich in den Kleidern auf dem Bett aus. Über mir schwebte der Traumfänger. Ich war in einer neuen Welt. Ich konnte hier vielleicht zu jemand anderem werden. Zu wem, wusste ich noch nicht. Ich sah wieder hinauf und stellte mir vor, meine Gedanken würden meinen Kopf verlassen und der Traumfänger mit seinen Federn und seinem Netz feiner Schnüre würde sie tatsächlich einfangen, sie drehen und tanzen lassen, und diese Vorstellung gefiel mir so sehr, dass ich ein bisschen lächeln musste und beruhigt einschlief.

4

Ich schreckte hoch und brauchte einen Moment, um zu realisieren, wo ich war. Über mir schwebte der Traumfänger. Und vor mir standen mein Koffer und meine Reisetasche. Vom Fenster her fiel immer noch helles Licht ins Zimmer. Als ich auf meine Uhr sah, stellte ich allerdings fest, dass ich fast zwei Stunden geschlafen hatte. Es war absolut still im Haus. Corey war entweder weg oder ein Nerd, der nonstop vor dem Computer hockte.

Ich gab mir einen Ruck und stand auf. Ich konnte ja nicht ewig hier liegen bleiben. Außerdem wollte ich duschen. Und was wäre mit schwimmen gehen? Danach würde ich alles Weitere machen. Mails schreiben vielleicht. Auf jeden Fall würde ich an Coreys Tür klopfen, ihn fragen, ob er mir ein bisschen mehr von der Gegend zeigen wollte. Das hatte ich mir ganz fest vorgenommen.

Jetzt kramte ich erst einmal den Kulturbeutel aus meinem Koffer und öffnete behutsam meine Zimmertür.

Ich lauschte. Nichts. Was machte Corey denn die ganze Zeit in seinem Zimmer?

Auf Zehenspitzen schlich ich den Gang entlang, blieb

kurz an Coreys Tür stehen. Alles still. Vielleicht war er auch weggegangen und nun war ich ganz allein in dem fremden Haus?

Egal, ich ging erst mal ins Badezimmer zum Duschen ...

Wow!

Der Raum war von oben bis unten mit Mosaik-Steinchen in verschiedenen Blautönen verkleidet. Mein Dad hatte vor einiger Zeit auch einmal etwas in der Art entworfen. Einen Moment lang fragte ich mich, was er und Mom wohl jetzt gerade so taten. Oder dachten. Vermissten sie mich?

Bevor ich weiter darüber nachgrübeln konnte, duschte ich, zog meinen Bikini an, wickelte mich in ein Handtuch und lief die Treppe hinunter ins Wohnzimmer, in das der goldene Schein der Nachmittagssonne fiel. Staub flirrte wie Glimmer. Ich blieb einen Moment stehen und betrachtete die Bilder auf dem Kaminsims. Ein Familienfoto, aufgenommen im Garten. Der auf dem Bild etwa elfjährige Corey wirkte da noch ein bisschen wie ein Mädchen – mit den längeren rötlich blonden Locken, die sein schmales, zartes Gesicht umrahmten. Er kam eindeutig nach seinem Vater. Die beiden sahen skeptisch in die Kamera, als wollte die ihnen ein Geheimnis entlocken, das sie nicht preisgeben wollten. Maureen hingegen hatte ein offenes Lächeln und Adam mit seinen dunklen dichten Haaren, den braunen Augen und dem breiten Grinsen strahlte etwas Robustes, Zuverlässiges und durch und durch Fröhliches aus.

Ich zog die große Terrassentür auf und ging barfuß über die Veranda mit den Kakteentöpfen und weiter über den mit weißen runden Steinen umsäumten Weg zum spiegelnden Pool. Nur eine Palme warf ihren etwas dürftigen Schatten darauf. Ich ließ das Handtuch auf eine der vier Liegen fallen und stieg langsam die Steintreppe hinunter ins Wasser.

Ich spürte kaum den Unterschied zwischen Luft und Wasser, so warm war der Pool. Dann schwamm ich, zog ruhig meine Bahnen, damit die wunderbar glatte Wasseroberfläche möglichst unversehrt blieb. Nach einer Weile tauchte ich ab.

Ich bin eine gute Taucherin. Unter Wasser war es so wunderbar still. Und dort war ich ganz allein für mich.

Über mir glitzerte die Sonne in diesem blauen Spiegel, durch den ich langsam wieder auftauchte.

Ich atmete tief ein und schwamm zur Treppe. Da bemerkte ich einen Schatten neben der Palme und zuckte zusammen.

Es war Corey, der zu mir herübersah.

Ich blieb halb im Wasser stehen. »Hi«, sagte ich schnell, »ich probier mal den Pool aus. Ist doch okay, oder?«

»Jaja, klar!«, sagte er genauso schnell und lächelte unsicher. Dann senkte er den Blick, drehte sich um und ging zum Haus zurück.

War er immer so wortkarg?

Ich stieg aus dem Wasser und hüllte mich in das dicke weiße Frotteehandtuch aus dem Bad. Auf einmal fühlte ich mich nackt. Ich beeilte mich, hinauf in mein Zimmer zu kommen, wo ich mich abtrocknete und endlich meinen Koffer auspackte.

Was nimmt man für ein Jahr mit? Es war gar nicht so leicht gewesen, mich zu entscheiden. Ich bin zwar nicht so wie Tanja oder Nele, die sich schon unwohl fühlen, wenn sie bei einem mickrigen Wochenendtrip nicht mindestens zehn Kleider und fünfzehn Tops und fünf Paar Schuhe dabeihaben. Nele O-Ton: »Du kannst nie wissen, wen du triffst und welche Gelegenheit sich bietet.« Aber zwanzig Kilo Gepäck sind nicht gerade viel, wenn man bedenkt, wie viel allein ein Paar Sneakers wiegen. »Wenn du später noch etwas brauchst, kaufst du es dir eben, Schatz«, hat Mom gesagt. Ich zog eine Sommerhose und das blaue Polo an, das Mom nicht mochte, weil es in ihren Augen »so billig« aussah. Egal, mir gefiel es. Flipflops hatte ich auch dabei.

Als ich den Einbauschrank aufmachte, strömte mir ein angenehmer Duft entgegen, als würden dadrin wunderschöne Blumen wachsen. Natürlich waren da keine Blumen, sondern Regalbretter und – an der Kleiderstange mit den Bügeln – der Duftbeutel mit dem Blumenaroma.

Meine Mom hatte meinen Koffer gepackt. So war sie nun mal. Ich hatte alles, was ich mitnehmen wollte, aufs Bett gelegt und sie hatte die T-Shirts und Hemden ordentlich gefaltet und in den Koffer gelegt. Der Einfachheit halber sortierte ich die Sachen genauso ins Regal. Ruck, zuck war ich fertig.

Ich hörte, wie die Eingangstür aufging. Jemand lachte laut und warf irgendwas – eine Tasche vielleicht – in eine Ecke. Ich hörte Maureen etwas sagen.

Wahrscheinlich war sie gerade mit Adam zurückgekommen. Ich fühlte mich sofort etwas selbstsicherer als mit Corey allein, holte tief Luft und drehte den Türknauf. *Und jetzt musst du nur die Treppe runter-*

gehen, lächeln und Hi sagen. Komm schon! Ist nicht schwer.

»Und ...« Maureen sah lächelnd zu mir hoch. »Hast du dich schon ein bisschen eingewöhnt?«

»Annanina!« Adam rannte auf mich zu und rettete mich vor einer Antwort. »Ich bin Adam!«, sagte er freudig und streckte mir die Hand hin.

»Hi Adam!« Ich schüttelte seine breite Hand. Er war etwa genauso groß wie ich, aber ziemlich kräftig, wie die meisten Menschen mit dem Down-Syndrom. Seine muskulösen Beine, die unter den kakifarbenen Shorts hervorkamen, deuteten darauf hin, dass er eifrig Sport trieb.

»Annanina! Ich kenn dich. Wir haben schon mal geskypt!«

»Stimmt«, sagte ich und lachte gut gelaunt.

»Toll, dass du da bist, Annanina!«, sagte er und strahlte dabei übers ganze Gesicht.

»Corey!«, rief Maureen die Treppe hinauf.

Ich hörte, wie sich eine Tür öffnete.

»Hast du Annanina alles gezeigt?«, wollte Maureen von Corey wissen, der nun zu uns hinunterschaute.

»Ja«, sagte ich schnell an seiner Stelle. »Ich war sogar schon schwimmen.« Corey lächelte mich dankbar an.

»Annanina kann schwimmen! Ich kann auch schwimmen!«, verkündete Adam stolz.

»Na, dann hast du bestimmt jetzt Hunger«, sagte Maureen. »Corey, deck schon mal den Tisch. Vielleicht magst du ihm helfen, Annanina? Es gibt Pasta.«

Corey zog die Schublade einer mexikanisch aussehenden Kommode auf und holte das Besteck heraus.

»Pasta-Teller sind unten drin«, sagte er und sah mich kurz von der Seite an. »Wir sind fünf.«

»Ach, echt?« Ich bückte mich und nahm den Stapel bunter Teller heraus.

»Die Gläser sind gleich nebendran«, erklärte Corey vom Tisch aus, wo er das Besteck hinlegte. »Übrigens ... Cooles Teil.« Beiläufig deutete er auf mein Poloshirt.

»Danke.« Nun musterte auch ich ihn unauffällig. Aber er bemerkte es, und als sich unsere Blicke begegneten, lächelte er. Und ich – ich lächelte schnell zurück.

Die Haustür sprang auf und ein lautes »Hallihallo!« schallte bis ins Wohnzimmer. Andrew Fetzer.

Ein großer sportlicher Mann stürmte herein, die blonden Haare zerzaust, das Gesicht erhitzt, als wäre er hierhergejoggt. Aber er trug einen hellgrauen Business-Anzug und Lederschuhe, mit denen er garantiert nicht joggen gewesen war. Mit einer dynamischen Handbewegung fuhr er sich durch die Haare.

»Ah, unser Gast aus Deutschland ist da!«

»Hallo, Mr Fetzer«, erwiderte ich.

»Sag Andrew zu mir.« Er lächelte mich freundlich an, dann gab er Maureen einen Kuss, die ihm entgegengekommen war.

»Aha, es gibt Tomatensugo ...« Er kräuselte die Nase und schnüffelte. Ich musste lachen. Es sah genauso aus, wie wenn Tim die Nase in den Wind hob.

»Tomatensugo mit Basilikum und Mozzarella, auf Wunsch einer speziellen Person«, erklärte Maureen.

»Und die Person bin ich!« Er schlug sich auf die Brust, zwinkerte mir zu und wuschelte Corey, der fast genauso groß war wie er, durch die Haare.

»Hey Champ, alles klar?«

»Mhm«, machte Corey und fuhr sich selbst durch die Haare.

»Wo ist Adam?« Mister Fetzer goss sich aus dem Krug auf dem Tisch Eiswasser ein.

»Er war gerade noch da.« Maureen reckte den Hals, um aus dem Fenster zu sehen. »Ach, ich glaube, er wollte nach der Gartenbewässerung sehen.«

»Ist die schon wieder kaputt?«, fragte Andrew Fetzer und scrollte dabei übers Display seines Smartphones.

»Hoffentlich nicht. Genau das wollte er eben checken«, erklärte Maureen, die eine von den Chilischoten aus dem dicken Zopf rupfte.

»Ich schau mal nach ihm«, sagte Corey und ging hinaus.

»Adam will immer alles reparieren«, erklärte mir Andrew Fetzer mit einem Augenzwinkern.

Und dann saßen wir endlich alle am Tisch. Die Eltern an den Stirnseiten und Corey, Adam und ich an den Längsseiten. Adam hatte gleich auf den Platz neben sich geklopft und darauf bestanden, dass ich mich neben ihm niederließ – was ich natürlich auch tat.

Andrew und Maureen redeten kurz über irgendwelche Bekannten und Kollegen und über die Galerie, Adam erzählte von der Schule, nur Corey und ich sagten eigentlich nicht viel.

»Hey Champ, du bist heute aber schweigsam«, sagte irgendwann Andrew Fetzer. »Macht dich unser Gast so verlegen?«

Corey wurde ein bisschen rot, was ich verstehen konnte. Wäre ich auch geworden, wenn mein Dad so was zu mir gesagt hätte. Ich hatte den Eindruck, dass Mr Fetzer, so sympathisch er auch war, Corey dauernd provozierte. Wollte er Corey zwingen, ihm eine schlagfertige Antwort zu geben?

Adam prustete laut los und Maureen warf ihrem Mann einen tadelnden Blick zu.

»Er ist ein bisschen still, unser Corey«, sagte Andrew Fetzer zu mir. »Bestimmt hat er dir noch nichts vorgespielt, oder?«

»Äh ...« Ich hatte natürlich keinen blassen Schimmer, was er meinte. Außerdem fühlte sich Corey sichtlich unbehaglich, was ja auch kein Wunder war. Ich musste automatisch daran denken, wie es bei uns zu Hause früher um Weihnachten herum immer zugegangen war, wenn uns meine Großeltern besuchten und meine Mom unbedingt wollte, dass ich ihnen meine neue Jacke oder meine neuen Schuhe zeigte. »Schatz«, hatte meine Mom dann immer gesagt, »zeig doch mal der Omi die schicke Daunenjacke, die wir letzte Woche für dich gefunden haben.« Und an ihre Mutter gewandt hieß es dann: »Darin sieht sie ganz entzückend aus!«

Und ich bin wirklich immer ganz brav an meinen Kleiderschrank getrottet und hab die Sachen geholt. Angezogen habe ich sie dann aber doch nicht, auch wenn meine Mutter das am liebsten gehabt hätte. Na, und meine Großmutter auch. Nur einmal habe ich mich geweigert, die Sachen herauszuholen, worauf mich meine Mutter den ganzen Abend wie eine Fremde behandelte.

Ich wusste genau, wie sich Corey fühlte.

»Darling«, sagte da Maureen, »lass ihn doch.«

Mister Fetzer, den ich ja Andrew nennen sollte, machte eine besänftigende Handbewegung und aß gut gelaunt weiter.

»Schmeckt wie immer großartig«, sagte er zu Maureen. Adam rief: »Yeah! Die beste Pasta gibt's bei meiner Mom!« Und Andrew und Adam grölten den Werbeslogan, den ich auch schon aus dem Fernsehen kannte: »Gin Gin Gino's!«

Daraufhin mussten wir alle lachen.

Ich stellte mir vor, Adam wäre mein Bruder. Vielleicht würde er bei mir zu Hause immer in dem Moment irgendwas Schräges vom Stapel lassen, wenn sich meine Eltern wieder zu streiten anfingen.

Maureen war zuständig für unsere Tagesplanungen, stellte sich im Gespräch heraus. Denn weil die Schule ja erst in drei Wochen anfangen würde, hatten wir erst einmal frei.

Zu Hause hatte ich mir nur ein paar Dinge zusammengekritzelt, die mich interessierten – wenn ich halt schon mal in die Wüste geschickt wurde – und die ich mir gern ansehen würde. Und als mich Maureen beim Schokoladeneis danach fragte, ratterte ich, ohne zu stammeln, los:

»Das Colorado-Plateau, die Chihuahua-Wüste, den Wheeler Peek ... den Rio Grande, die Indianerhöhlen bei Albquerque ...«

»Annanina will mindestens zwei Jahre bei uns bleiben!«, sagte Andrew Fetzer amüsiert.

»Yeah! Gute Idee!«, rief Adam begeistert.

»Mit der Erforschung New Mexicos können wir ja am Wochenende beginnen«, sagte Andrew Fetzer. »Ich schlage vor, Maureen bringt dich und Corey morgen in die Stadt, ihr seht euch ein bisschen um und dann kommt ihr zu mir in die Galerie.«

»Ich will auch mit!«, rief Adam.

»Du musst doch zur Schule«, erinnerte ihn sein Vater und Adam zog eine Grimasse.

»Prima Idee!«, stimmte Maureen zu. »Ich hab morgen früh einen Termin in der Redaktion! Wir könnten in der Stadt frühstücken.«

»Na, das klingt ja großartig!« Andrew Fetzer rieb sich die Hände und machte sich dann über das Schokoladeneis her.

»Das war sicher ganz schön anstrengend, der erste Abend hier bei uns«, sagte Maureen zu mir, als ich Corey half, das Geschirr auf die Küchentheke zu räumen.

Ich hätte antworten können: *Ja, und wie! Ich bin ganz erledigt.* Und das hätte sogar gestimmt. Aber was ich vor allem erwidern wollte, war: *Nein! Ich finde es cool bei euch! Ihr seid alle so nett! Dabei wollte ich eigentlich gar nicht von zu Hause weg!*

Ich wusste auch nicht, warum ich so was nie hinbekam. Mehr als ein vages »Och, schon okay ...« bekam ich einfach nicht heraus.

Aber Maureen nahm es mir nicht übel. Vielleicht verstand sie mich ja sogar. Schließlich wirkte Corey auch nicht gerade spontan und locker.

»Morgen zeig ich dir ein bisschen was von der Stadt. Jetzt schlaf erst mal gut. Du weißt ja, wo der Kühlschrank ist, wenn du Hunger oder Durst haben solltest. Willst du eigentlich noch mal deine Eltern anrufen?«

Oh Gott, das hatte ich ganz vergessen. Mehr als die SMS hatten sie noch nicht von mir bekommen.

»Honey«, schaltete sich Andrew ein, »ich halte das für keine gute Idee. In Deutschland ist es jetzt mitten in der Nacht. Wenn jetzt bei Annaninas Eltern das Telefon klingelt, denken sie doch gleich, dass etwas passiert ist.«

»Am besten, ich rufe morgen an«, sagte ich. Andrew Fetzer hatte recht. Mein Dad würde die ganze Nacht nicht mehr einschlafen – und meine Mutter würde mir wieder vorhalten, ich wäre an seinen Herzrhythmusstörungen oder Magengeschwüren schuld.

Ich verabschiedete mich und die anderen wünschten mir eine gute Nacht.

»Du kannst bestimmt nicht schlafen«, sagte Adam noch besorgt zu mir. »Willst du ein Buch von mir haben? Ich hab ganz viele Bücher. Welche mit Bildern, aber auch welche ohne. Was magst du lieber?«

»Annanina hat bestimmt eigene Bücher dabei, Adam«, schaltete sich Corey ein und sah mich dabei an.

»Morgen gern, Adam«, sagte ich. »Heute bin ich zu müde zum Lesen.«

»Aber morgen dann wirklich. Versprochen?«

»Versprochen.«

»Gut. Dann schlaf gut.«

»Du auch, Adam.«

Adam winkte mir zu und rannte die Treppe hinauf in sein Zimmer.

»Na, dann mal gute Nacht«, sagte Corey zu mir vor seiner Tür.

»Selber«, erwiderte ich lächelnd und drehte mich um. Ich spürte, dass er mir nachsah.

Als ich schließlich im Bett lag und der Mond durchs Fenster hereinfiel, musste ich wieder daran denken, wie anders es bei uns zu Hause zuging. So locker und entspannt wie hier war die Stimmung zu Hause schon seit Langem nicht mehr gewesen. Eigentlich noch nie. Lag es daran, dass ich keine Geschwister hatte?

Den ersten Tag hatte ich jedenfalls schon mal gut überstanden. Ich freute mich sogar auf morgen. Santa Fe fing an, mich zu interessieren. Die Wüste drum herum war vielleicht doch viel spannender, als ich gedacht habe. Die Prärien. Die Berge. Und Corey war irgendwie süß in seiner Schüchternheit.

Vielleicht ... vielleicht war es ja doch ganz okay. Die Idee mit dem Auslandsjahr. Irgendwann fielen mir die Augen zu und der Traumfänger über meinem Bett wiegte mich ganz sanft in den Schlaf.

5

Mein Zimmer war in graues Dämmerlicht getaucht, als ich aufwachte. Sechs Uhr dreizehn zeigte der Wecker auf dem Regal.

Ich stellte mir vor, wie meine Träume als Geistwesen auf den feinen Fäden und den kleinen Perlen und Federn balanciert und zwischen ihnen herumgeflogen waren.

Wovon hatte ich geträumt? Ich wusste es nicht mehr, sie waren weg, meine Träume, nur der Traumfänger kreiste noch sanft über mir.

In Deutschland war es jetzt Mittagszeit. Meine Eltern warteten sicher schon den ganzen Morgen auf eine Nachricht von mir, fiel mir mit schlechtem Gewissen ein.

Ich nahm mein Notebook vom Nachttisch – yep, sie hatten mir schon geschrieben.

Liebe Annanina,
ist alles in Ordnung? Sind die Fetzers nett? Verstehst du dich mit Corey? Geht's dir gut, mein Schatz? Du kannst uns jederzeit anrufen.

Tim vermisst dich schrecklich. Er hat, seit du weg bist, nicht viel gefressen. Aber das wird schon wieder. Mach dir

keine Sorgen. Heute mache ich einen langen Spaziergang mit ihm. Du fehlst uns.
Kuss
Deine Mom und dein Dad

Niklas hatte auch geschrieben.

Hi – wie ist's in Amiland? Würde dich am liebsten besuchen.

Den Ring hatte ich gestern noch in den Koffer gelegt. Irgendwie bedrückte er mich.

Ich schrieb meinen Eltern eine etwas ausführlichere Mail und schickte ihm nur eine ganz kurze Nachricht.

Hi – alles cool hier. Ich schreib dir später ausführlicher.

Senden.

Tanja und Nele wollten natürlich *unbedingt* wissen, wie es mir hier ging, also schrieb ich ihnen auch noch eine kurze Mail. Und zum Schluss kam eine ausführlichere an Celina.

Ich überlegte, ob ich noch schwimmen gehen sollte ... aber vielleicht saßen unten im Wohnzimmer ja die Fetzers und wollten erst einmal noch ihre Ruhe haben? Oder vielleicht ging Maureen morgens immer schwimmen, da wollte ich sie ja nicht stören.

Also rief ich ein paar Seiten über Santa Fe auf.

65.000 Einwohner, liegt 2.300 Meter über dem Meeresspiegel, nahe am Tal des Rio Grande. Im Winter fällt hier eine Menge Schnee. In Santa Fe kann man Ski laufen.

Als die Spanier im 16. Jahrhundert die Region eroberten, befand sich an der Stelle des heutigen Santa Fe eine Indianersiedlung. Santa Fe wurde Sitz des Gouverneurs der Provinz Nuevo Méjico des Vizekönigreiches Nueva Espana. Santa Fe ist damit die älteste Hauptstadt in den USA.

Die San-Miguel-Kirche und der Gouverneurspalast sind die ältesten öffentlichen Gebäude.

Besonders bekannt und sehr beliebt ist der Indianische Markt im Sommer, auf dem man traditionelles Kunsthandwerk bewundern und kaufen kann.

Mit ihren Museen und über zweihundert Kunstgalerien ist die Stadt besonders für Kunstliebhaber und Geschichtsbegeisterte eine Reise wert.

Es gab auch eine Menge von Läden und Märkte, auf denen man Gürtelschnallen, Cowboy-Stiefel und solche Sachen kaufen konnte. Obwohl ich ja nicht so auf Shoppen stand, aber das hier hörte sich doch ganz lustig an.

»Seid ihr fertig?«, rief Maureen um neun herauf.

Ich schnappte meinen Rucksack, warf noch einen Blick über mein Zimmer. Das Bett hatte ich gemacht, die bunte Patchworkdecke ordentlich darübergelegt. Zufrieden, Mom?

Ich warf die Tür hinter mir zu und rannte die Treppe hinunter.

Ich wollte hinten einsteigen, aber da saßen schon Adam und Corey.

»Steig bei mir ein, Annanina!«, sagte Maureen und klopfte auf den Beifahrersitz.

»Guten Morgen, Annanina«, begrüßte mich Adam. »Hast du gut geschlafen?«

»Ja, hab ich«, antwortete ich ihm.

»Das ist super.«

Ich lächelte ihn an. Er war einfach rührend. Corey grinste ein bisschen, als ich mich zu ihm drehte.

Das Holztor mit den Eisenbeschlägen schob sich automatisch auf. Vor uns lag die Straße. An den mit Gras bewachsenen Seitenstreifen parkten ein paar Autos. Auf der gegenüberliegenden Seite begrenzte eine Hecke das Grundstück. Maureen telefonierte. Mit Freischaltanlage natürlich. Wenn ich sie richtig verstand, sollte sie ein Interview mit einem Künstler übernehmen und dieser Termin hatte sich anscheinend um eine halbe Stunde verschoben, weil der Mann – das verstand ich nicht ganz – aufgehalten worden war oder eine Panne gehabt hatte. Maureen wirkte ein bisschen gestresst. Ich glaube, sie mochte es überhaupt nicht, wenn ihre Planung umgeworfen wurde.

Adam spielte ein Game und Corey hatte seine Kopfhörer auf und schien Musik zu hören. Mom und Dad hatten vier Familien zur Auswahl gehabt, offenbarten sie mir später. Eine sprang recht schnell ab, weil sie sich schon für jemanden entschieden hatte. Die andere Familie wohnte in Palm Springs, hatte zwei Kinder und einen Hund, daran dachte ich jetzt. Aber meine Eltern favorisierten diese »kultivierte, kunstinteressierte Familie in Santa Fe«. Na ja, und weil es nicht New York – und somit nicht so gefährlich war.

Ich hatte ja zuerst überhaupt nicht weggewollt und

irgendwann war es mir dann egal gewesen. Jetzt war ich froh, dass ich bei den Fetzers gelandet war.

Ob Corey heute mal ein bisschen gesprächiger ist?, fragte ich mich gerade, als Maureen das Gespräch beendete und aufstöhnte. »Leute, wir müssen kurz umdisponieren. Ich setze euch im Café ab, bringe Adam in die Schule und mache mein Interview. Danach hole ich euch wieder ab. Okay?«

Ich schaute kurz zu Corey nach hinten, aber der war immer noch ganz in seine Musik versunken und bekam überhaupt nichts mit.

Na toll, dachte ich und seufzte innerlich. Das wird sicher unheimlich spannend mit einem, der nichts hört und nichts sagt.

Mein Dad wäre ausgeflippt bei diesem Anblick! Überall standen diese Häuser im Adobe- oder Pueblo-Stil, die aussahen, als wären sie tatsächlich aus rotem Lehm erbaut, gerade von den Ureinwohnern verlassen und nun an neue Bewohner übergeben worden. Ich fühlte mich, als wäre ich mitten in einem frühen Clint-Eastwood-Film gelandet. Gleich würde eine Horde wild gewordener Indianer mit lautem Kriegsgeheul auf ihren Pferden zwischen den Häusern hervorpreschen und mit Pfeil und Bogen auf uns schießen.

Maureen bremste abrupt an einer roten Ampel. Endlich nahm Corey – wenn auch umständlich – die Kopfhörer ab. Seine Mutter scheuchte uns nach draußen und wünschte uns viel Spaß.

Maureen winkte uns noch mal zu, bevor die Ampel auf Grün schaltete, dann fuhr sie mit Adam weiter. So, jetzt war ich also mit dem stummen Corey allein. Na ja, sollte er ruhig Musik hören, ich könnte ja was lesen oder mir Geschäfte ansehen.

»Helios Coffee ist da drüben, das Café mit der blauen Markise«, sagte er und deutete geradeaus zur Ladenzeile.

»Wow!« Das konnte ich mir jetzt nicht verkneifen.

Irritiert hob er die Brauen. Sicher fragte er sich, was ich an der blauen Markise wohl so aufregend fand. Ich grinste.

»Das war der längste Satz, den du bis jetzt zu mir gesagt hast.«

»Echt?«

»Na, ja, hat sich jedenfalls so angehört.«

»Oh ...«

Dann mussten wir beide auf einmal lachen.

Anders als in der Wohngegend, aus der wir hergekommen waren, herrschte hier viel Betrieb. Am Straßenrand parkten Autos ein und aus, Ladentüren wurden aufgestoßen, Fußgänger mit Einkaufstüten schlenderten über die Bürgersteige, Geschäftsleute mit Aktentaschen hasteten vorbei, Leute führten ihre Hunde aus.

Auf der blauen Markise stand *Helios* und an den durchweg besetzten kleinen Holztischen darunter saßen vor allem Kids in unserem Alter mit ihren Telefonen und Tablets.

Corey stand unschlüssig da und überlegte wahrscheinlich, ob wir reingehen sollten, als sich zwei jüngere Asiaten erhoben.

»Den da?« Corey zeigte auf den Tisch.

»Klar!«, sagte ich und ging voraus.

Ein sehr gut aussehendes Mädchen mit dunkler Haut kam zu uns. Auf ihrer schwarzen Schürze stand *Helios*

Coffee. Darüber trug sie ein enges schwarzes Top, was ihre Figur betonte. Und damit meine ich große Brüste und Arme und Schultern, die aussahen, als würde sie jeden Tag kilometerweit schwimmen oder boxen.

»Hi Corey!«, sagte sie überschwänglich und ließ ihre weißen Zähne aufblitzen. Sie umarmte Corey und gab ihm zwei Wangenküsschen.

»Hi Celeste!« Corey grinste sie an. Auf diese Weise, wie Jungs Mädchen eben angrinsen, die ihnen gefallen. So schüchtern war er also gar nicht, so, so ...

»Hat dir der Song gefallen?«, wollte er dann auch noch wissen. Celeste nickte begeistert.

»Supergut sogar! Ich hab ihn den ganzen Tag gehört, sicher tausend Mal!«

Ich kam mir mehr als nur ein bisschen überflüssig vor. Wieso konnte er mit diesem Mädchen so locker sein und bei mir brachte er kaum einen normalen Satz zustande?

»Celeste, das ist Annanina«, sagte Corey. »Aus Deutschland.« Ich starrte ihn an. Schon wieder eine Überraschung. Er hatte sich tatsächlich die Mühe gemacht, mich zu erwähnen.

»Du kommst aus Deutschland?« Celeste riss die Augen auf. »Cool! Und, gefällt es dir hier?«

»Ich bin erst gestern angekommen«, antwortete ich. Sie fragte das sicher nur aus Höflichkeit.

»Oh! Und wie lange bleibst du?«

»Ein Jahr«, sagte Corey an meiner Stelle.

»Großartig! Ein Jahr! Glaub mir, wenn du danach in deine Heimat zurückkehrst, bist du nicht mehr dieselbe.«

Mir war nicht so ganz klar, was sie damit meinte. Aber wahrscheinlich war das nur so eine Redewendung.

»Machst du auch Musik?«, fragte sie mich.

»Äh ... nein.« Kurz blitzten vor meinem inneren Auge qualvolle Gitarrenstunden auf. Meine Eltern waren ganz happy, als ich irgendwann mal erklärt hatte: *Ich will Gitarre spielen lernen!*

Jahrelang hatten sie versucht, mir das Klavier schmackhaft zu machen, aber ich kam mit dem Notenlesen überhaupt nicht klar. Dabei wollten sie mich doch unbedingt in allen Bereichen »fördern«. Ich war immerhin ihr einziges Kind. Außer mir hatten sie ja niemanden zum Vorzeigen.

Aber der Gitarrenunterricht war die Hölle. Meine Eltern hatten nämlich einen Lehrer ausgesucht, bei dem ich natürlich auch nach Noten spielen musste. Dabei wollte ich doch eigentlich lieber improvisieren oder nur ein paar Akkorde spielen und dazu singen ... Nach einem halben Jahr stellte ich die Gitarre wieder in die Ecke und rührte sie nie wieder an. Kann schon sein, dass ich keine Geduld hatte.

»Und wie findest du Coreys Musik?«, riss mich Celestes Frage aus meinen Gedanken.

»Äh ...«

Sie pikste Corey den Finger in die Schulter. »Sag bloß, du hast ihr noch nichts vorgespielt.«

Corey grinste verlegen.

»Mach dir nichts draus, Annanina«, sagte sie mit einem übertriebenen Seufzen, »Künstler sind so. Manche jedenfalls.«

Corey räusperte sich. »Celeste, habt ihr heute die Preiselbeer-Schoko-Shakes im Angebot?«

»Klar! Zwei?« Sie sah mich an.

»Die Shakes sind ganz okay«, versicherte mir Corey.

»Ganz okay?«, entrüstete sich Celeste. »Hier gibt es die besten Shakes von ganz Amerika!«

»Du hast es gehört«, sagte Corey und fügte hinzu: »Am besten, du probierst mal einen.«

»Du wirst es bestimmt nicht bereuen«, sagte Celeste und ging hinein.

Jetzt waren wir also wieder allein. Ich versuchte, mein Hirn nach möglichen Gesprächsthemen zu durchforsten. Sport? Filme? Bücher? Musik? Leider war da nur ein ganz großes schwarzes Loch. Keine Ahnung, wieso.

»Celeste kommt aus Kanada«, sagte Corey in dem Moment. »Deshalb spricht sie ein bisschen mit Akzent. Französischem Akzent.«

Oh, das klang nach einem superinteressanten Thema. Aber leider fiel mir ja auch nichts Besseres ein.

»Dein Englisch ist übrigens nicht schlecht«, redete er weiter, ohne mich anzusehen.

»Danke. Aber ich hab ja noch nicht viel gesagt.«

»Egal, musst du ja auch nicht.« Er lächelte mich an. Irgendwie war er süß in seiner Schüchternheit. Ich sah ihn verstohlen von der Seite an. Er fing meinen Blick auf. Zum Glück brachte Celeste die Shakes.

»Hier, Leute!!«

Der Shake schmeckte wirklich superlecker. Nach süßer Schokolade und ein bisschen säuerlich, nach Preiselbeeren. Und Vanille war auch dabei.

Wir nippten schweigend an unseren Shakes. Ich war sicher, Corey überlegte genauso krampfhaft wie ich, worüber wir reden sollten. Hin und wieder trafen sich unsere Blicke, dann lächelte er flüchtig. Und ich lächelte zurück. Ich nahm wieder ein paar Schlucke und beobachtete einen Typen, der vor uns sein Cabrio in eine Parklücke rangierte. Sein Wagen hätte eigentlich reinpassen müssen, aber er stellte sich ziemlich ungeschickt an. Nach dem vierten misslungenen Versuch fuhr er laut fluchend mit quietschenden Reifen davon. Corey und ich lachten.

»Hast du in Deutschland viele Freunde?«, fragte Corey auf einmal.

»Na ja …« Ich schüttelte den Kopf. »Es geht. Nicht so viele. Und du?«

Er zuckte die Schultern. »Ich hatte ein paar Musiker-Freunde. Aber sie sind alle mittlerweile weggezogen. Weil ihre Eltern woanders Jobs gekriegt haben.«

»Meine beste Freundin ist auch weggezogen.«

»Hm. Ist total blöd«, sagte er, »wenn niemand da ist, mit dem man mal richtig quatschen kann. Oder einfach nur abhängen.«

»Genau«, sagte ich und nickte.

Ein kleiner gelber Wagen rangierte jetzt problemlos in die frei gewordene Parklücke.

»Meine Eltern lassen sich vielleicht scheiden«, platzte ich plötzlich heraus. Dabei hatte ich das gar nicht sagen wollen. Und bestimmt nicht zu Corey.

»Echt?«

»Sie streiten die ganze Zeit und sind nur noch voneinander genervt. Sie schlafen in getrennten Zimmern. Ich weiß auch nicht, wie das anfing. Ich glaube, sie lieben sich nicht mehr.«

»Hm«, machte er. »Und wenn sie sich wirklich scheiden lassen, wohnst du dann bei deiner Mutter?«

»Keine Ahnung«, seufzte ich. »Weißt du, ich wünschte einfach, sie könnten wieder so sein wie früher.«

Er zuckte die Schultern. »Eltern sind halt auch nur Menschen ...«

Ich seufzte.

»Magst du deinen Dad lieber?«, fragte er.

»Ach – mein Dad arbeitet viel, er ist nicht oft zu Hause. Aber ... er würde mir ganz schön fehlen.«

»Ist blöd, wenn man keine Geschwister hat«, sagte er und griff zum Becher.

»Meine Eltern wollten sich auch mal scheiden lassen«, sagte er irgendwann.

»Wirklich?«, fragte ich ungläubig.

»Ist wohl schon länger her. Meine Mutter hat es mir mal erzählt. Und außerdem erinnere ich mich an manche Streite.«

»Aber sie wirken gar nicht so.«

»Nein, jetzt nicht mehr. Sie haben vor ein paar Jahren eine Paartherapie gemacht. Es war vor allem wegen Adam ...« Er saugte an seinem Strohhalm, obwohl nichts mehr im Glas war. »Muss echt schwierig gewesen sein.«

»Ich mag deinen Bruder.« Wer weiß, wie ich ohne ihn den ersten Abend überlebt hätte. Corey hatte mir jedenfalls nicht geholfen.

»Ja, aber er kann trotzdem vieles nicht. Und wird es nie lernen. Und er wird auch nicht sehr alt werden ... meine Eltern machen sich andauernd Sorgen um ihn.« Auf Coreys Stirn hatte sich eine tiefe Längsfalte gebildet. Ich wartete darauf, dass er weitersprach, aber er schwieg und starrte gedankenverloren in sein leeres Glas.

»Tut mir leid«, murmelte ich, »meine Eltern machen sich auch immer Sorgen um mich, obwohl ich gesund bin. Mein Dad kriegt schon bei der kleinsten Aufregung Herzrhythmusstörungen oder Magenschmerzen. Und immer bin ich daran schuld ...« Ich verdrehte die Augen.

Corey nickte. »Hm. Ich will meine Eltern auch nicht stressen, ich denke immer, sie haben ja schon genug am Hals. Und meine Mom hat sowieso oft Panik, dass Adam was passiert. Oder auch mir. Sie wirkt zwar zuerst nicht so, aber am liebsten wäre es ihr, wir wären alle den ganzen Tag zu Hause – in Sicherheit.«

Ich zog eine Grimasse. Wir lachten.

»Ist Celeste deine Freundin?« Ich wusste selbst nicht so recht, warum ich ihn das fragte. Vielleicht weil ich ihn aus seinen düsteren Gedanken reißen wollte. Ein bisschen jedenfalls auch, um ihn in Verlegenheit zu bringen.

»Du meinst, das Mädchen von gerade eben?«

»Ich hab noch keine andere kennengelernt.«

»Nein, sie ist nicht meine Freundin.« Verlegen fuhr er sich durch die rotblonden Haare. »Ich kenne sie von unserer Band ...«

»Du bist in einer Band?«

»Die gibt's nicht mehr. Wie gesagt, sie sind alle weggezogen.«

»Und Celeste gehörte dazu?«

»Na ja, sie hat ab und zu gesungen, aber eigentlich ist sie vor allem wegen Jason zu den Proben gekommen. Jason war mein bester Freund. Dann hat sein Vater einen Job in San Francisco gekriegt und ist mit der Familie umgezogen.«

»Hm«, machte ich. »Und was habt ihr für Musik gemacht?«

»Ein bisschen R&B und Jazz.«

»Cool. Spielst du mir mal was vor?

»Klar ... ich hab ... ein paar Aufnahmen ...«

Ein lautes Hupen riss unseren Blick zur Straße.

Maureen winkte aus dem heruntergelassenen Fenster. Sie war in die Einfahrt ein paar Meter weiter links neben dem *Helios* gefahren.

Corey sah auf die Rechnung, kramte Geld aus seiner Hosentasche und machte Celeste, die gerade mit einem Tablett aus dem Café herauskam, ein Zeichen, dass wir gehen mussten.

»Man sieht sich, Leute«, rief sie uns nach.

»Habt ihr euch gut amüsiert?«, wollte Maureen wissen, als wir einstiegen. Ich nickte und setzte mich, ohne groß nachzudenken, nach hinten, Corey schob sich neben mich auf den Rücksitz.

Maureen fuhr los. Sie wirkte etwas nervös, wie sie sich durch die Haare strich und dauernd in den Rückspiegel sah, als hätte sie Angst, etwas zu übersehen.

»So ein eingebildeter Typ!«, schimpfte sie. »Kam zehn Minuten zu spät und hatte dann nur noch zwanzig Minuten Zeit! Was denkt der eigentlich, wer ich bin.«

»Rooster Norwood macht eh grottige Musik«, sagte Corey zu ihr.

»Findest du?«

»Klar!« Er zwinkerte mir unauffällig zu.

»Du hast ihn doch mal gut gefunden?«

»Ach, ich fand Rooster früher mal ganz cool. Aber er hat seine Musik nicht weiterentwickelt ...«

Maureen warf ihm einen prüfenden Blick im Rückspiegel zu.

»Echt, Mom. Mein voller Ernst«, bestätigte er. Ich verstand. Die Musik war gut. Und er sagte das nur, um seine Mutter zu trösten.

Hinter uns heulte eine Sirene auf. Corey und ich drehten uns um.

Ein Polizeiwagen mit voller Beleuchtung schoss von hinten heran.

Maureen lenkte nach rechts und fuhr langsamer. Der Polizeiwagen raste an uns vorbei.

»Hier gibt's ziemlich brutale Kriege unter Drogendealern«, erklärte mir Corey. »Letzte Woche haben sie wieder zwei erschossene Dealer in der Wüste gefunden.«

»Corey, mach Annanina keine Angst!«

»Schon okay«, sagte ich, als hätte ich davon eine Ahnung, »in Berlin gibt's auch Bandenkriege.«

6

Die nächsten Tage vergingen wie im Flug mit Ausflügen und Unternehmungen.

Nele und Tanja hatten mir geschrieben, wie sehr sie mich beneideten. In der Schule war alles beim Alten. Nur Dr. Schmidt sei krank geworden und sie hätten kein Mathe. Sie fragten, ob ich denn schon irgendwelche Abenteuer erlebt und coole Typen kennengelernt hätte. Außerdem wollten sie unbedingt noch mehr Fotos von der Gegend und meiner Gastfamilie zugeschickt bekommen.

Hi Nele, hi Tanja,
Abenteuer? Typen? Ich bin gerade mal eine Woche hier. Aber: Wie findet ihr meine echt indianische Gürtelschnalle?

Corey hat sie für mich ausgesucht. Den Cowboyhut zeige ich euch lieber nicht. So was findet ihr sicher uncool.

Ich hängte trotzdem zwei Fotos dran, die Corey von mir gemacht hatte. Mir gefielen sie richtig gut. Ich trug Cowboystiefel und diesen Hut und Jeans mit der Gürtelschnalle. Nele und Tanja würden ganz bestimmt aufkreischen. Das war überhaupt nicht ihr Look.

Natürlich schrieb ich auch an Celina.

Hi Celina,
gerade komme ich von einem Reittrip zurück. Das war der Wahnsinn! Stundenlang sind wir in einer kleinen Gruppe durch die Wüste geritten. Ich kam mir vor wie in einem Western! Und einen echten Cowboyhut hab ich auch.

Maureen hat ihn mir geschenkt. Siehe Foto. Sehe ich nicht super damit aus?

Wie ich mich fühle, schreibe ich lieber nicht. Nur kurz: Mir tut alles weh. ☺ Und ganz besonders mein Po ...

Aber es war fantastisch! Wir sind sogar mal galoppiert – wow!

Die größte Überraschung: Corey kann reiten! Und Maureen auch.
Deine Annanina

Celina bekam natürlich auch ein paar Fotos. Ihr würde es hier total gut gefallen. Dann kam Jan dran.

Hi Jan,
habe gerade eine Ballonfahrt hinter mir! Cool! Als der Ballon aufgestiegen ist, hab ich mir fast in die Hose gemacht. Ich hab geglaubt, wir steigen so hoch in den Himmel, dass wir in der Sonne verbrennen ... ja, genau wie Ikarus ...

Aber wir haben es überlebt ☺ und der Blick war echt fantastisch! Corey war ganz grün im Gesicht und hat überhaupt nicht mehr hinuntergesehen.

Ehrlich gesagt, war ich dann auch ein bisschen froh, als wir wieder gelandet sind und festen Boden unter den Füßen hatten. Ich glaube, das brauch ich nicht noch mal ...

Dann fiel mir noch was ein, was ich unbedingt Celina mitteilen musste. Ich schrieb:

Hi Celina,
Corey spielt total gut Gitarre. Er hat mir schon mal ein paar Songs vorgespielt. Und es klang echt gut! Mit ihm verstehe ich mich immer besser. Mit ihm kann ich mich über Filme und Musik unterhalten – und außerdem ist er nicht einer von den Typen, die einen küssen wollen. Wir lachen viel, lästern auch ein bisschen ab – ja, endlich fühle ich mich nicht mehr so allein wie manchmal bei uns zu Hause, seitdem du weggezogen bist. Und sein Bruder Adam ist wirklich total nett. Ich habe noch nie jemanden getroffen, der so laut lachen kann und immer gut drauf ist.

Ich hab eigentlich gar keine Lust auf die Schule. Na ja, die fängt ja erst in zwei Wochen an. Melde mich wieder!
Deine Annanina

Mit meinen Eltern skypte ich fast jeden Morgen. Sie wollten dauernd wissen, was wir unternommen hatten und ob es mir noch gefiel. Im Nachhinein schämte ich mich doch ein bisschen, dass ich mich so gegen die Reise gewehrt hatte. Sie hatten gemerkt, dass mich die Stimmung zu Hause ziemlich belastete. Und schenkten mir ein Auslandsjahr in New Mexico. So fürsorglich, wie meine Mutter war, musste es ihr auch schwergefallen sein, mich gehen zu lassen.

Wir saßen gerade beim Frühstück, Andrew war schon weg, als Maureen plötzlich die Tasse abstellte, eine Strähne hinters Ohr strich und sagte:

»Leute, hört mal her!«

Ich stellte meinen Orangensaft ab, Corey legte den Löffel in seine Cornflakes-Schüssel, nur Adam schlürfte unbeeindruckt weiter seinen Kakao.

»Adam, Corey – euer Dad muss für zwei Tage nach Washington zu einer wichtigen Ausstellung. Es geht um ... nun, um ziemlich viel. Eine große Sache. Das Weiße Haus will vielleicht ein paar Bilder kaufen.«

»He, cool!«, sagte Corey. »Dann hängen die später mal im Oval Office?«

Maureen lächelte amüsiert.

»Na, das Weiße Haus hat ein paar mehr Räume, aber wer weiß? Leider ist Geena, Dads Assistentin, krank geworden. Jetzt soll ich ihn begleiten. Drei Tage. Zwei Nächte.«

»Heißt das, ihr wollt uns *drei* Tage *ganz* allein lassen?«, fragte Corey mit einem breiten Grinsen.

»Nein, das heißt nur, wir sind nicht da und ihr geht zu den Nelsons.«

»Mom!«, protestierte Corey. »Wir können doch hierbleiben. Komm schon, ich bin schließlich nicht mehr zehn.«

Maureen sah uns prüfend an. »Ich bespreche das mit Dad.«

»Hör mal, ich hab echt keinen Bock, zu den Nelsons zu gehen«, sagte Corey. »Die sind ja ganz okay, aber dermaßen langweilig. Dieser Jordan redet die ganze Zeit über nichts anderes als Football.«

»Na und? Ein bisschen Sport würde dir auch guttun, Corey.«

Corey gähnte nur, worauf Maureen den Kopf schüttelte. »Ich weiß nicht, von wem du diese Abneigung gegen Sport hast.« An mich gewandt sagte sie: »Sein

Großvater hat mal fast den Ironman auf Hawaii gewonnen und war ein leidenschaftlicher Eishockeyspieler.« Sie seufzte. »Und Corey spielt noch nicht mal Baseball.«

Ich musste lachen. Corey konnte ich mir wirklich nicht mit diesen engen Hosen und dem Lederhandschuh auf dem Baseballfeld vorstellen. »Dafür spielt er genial Gitarre.«

Corey grinste mich an.

Beim Abendessen sagte Maureen dann: »Also wir haben das miteinander besprochen.« Sie sah zu ihrem Mann hinüber. »Ihr könnt hierbleiben. Sarah kommt abends vorbei und schaut nach dem Rechten. Wenn irgendetwas ist, gebt ihr Sarah sofort Bescheid, ja?«

»Mom!«, sagte Corey. »Es sind nur drei Tage – und nicht drei Wochen!«

Maureen warf uns einen mahnenden Blick zu. »Ihr müsst uns versprechen, keine Dummheiten zu machen.«

»Versprochen!«, sagten Corey und ich wie aus einem Mund und Adam sagte es ein bisschen später auch.

»Adam, du gehst zu den Nelsons«, sagte Andrew Fetzer.

»Nein!«, protestierte Adam laut mit dem Besteck in der Hand. »Ich bleib bei Corey und Annanina!«

»Nein, Adam, du gehst zu den Nelsons.«

»Neiiiiiiiin!«, schrie Adam und wurde ganz rot im Gesicht. »Ich will bei Corey und Annanina bleiben!«

»Dad, Adam kann doch bei uns sein«, sagte Corey. »Überhaupt kein Problem, oder, Annanina?«

»Ja«, sagte ich nickend, »überhaupt kein Problem!«

Maureen und Andrew sahen sich an.

»Und wann fahrt ihr?«, fragte Corey, als hätten sie schon zugestimmt, dass Adam bei uns blieb.

»Übermorgen, Schatz«, sagte Maureen und zu mir gewandt: »Deine Eltern wissen Bescheid. Sie sind einverstanden.«

Endlich hatte mir Celina geschrieben. Ich hatte mich schon gewundert, weil sie mir nicht geantwortet hatte.

Hi Annanina,
ich hab deine Mails gekriegt. Sorry, dass ich erst jetzt antworte. Aber wir hatten mal wieder tagelang kein Internet. Meine Eltern haben irgendwas versiebt. Doch jetzt funktioniert es endlich. Mann, das war ganz schön nervig. Ich komm mir hier manchmal auch vor wie in der Wüste.

Würde total gerne mit dir skypen ... diese Zeitverschiebung ist eine echte Plage.

Cool, was du alles erlebst! Ich könnte glatt neidisch werden. Na ja, mal ganz ehrlich: Ich bin's schon!

Ich hab mal meine Eltern gefragt, ob ich nicht auch so ein Auslandsjahr in Amerika machen könnte. Zu teuer, haben sie gesagt. Hach, du musst mir unbedingt alles erzählen, was du erlebst und wie es mit Corey läuft. Auf den Fotos sieht er ja total süß aus.
Mail mir bald wieder.
Deine Freundin Celina

Ich antwortete ihr sofort.

Hi Celina,
toll, von dir zu hören! Hatte mir schon Gedanken gemacht.

Stell dir vor, ab übermorgen sind wir allein. Die Fetzers müssen nach Washington.

Das wird cool. Ich kann es kaum abwarten. Wir planen nämlich eine lange Filmnacht.

Heute gehen wir zusammen noch mal zu einem von Adams Basketballspielen. Normalerweise finde ich das ja langweilig, aber er freut sich immer so, wenn wir da sind. Und die Leute von seiner Schule sind echt nett und so easy.

Ich mag mir gar nicht vorstellen, wie es ist, wenn ich wieder zu Hause bin. Außerdem ist es mit Geschwistern viel schöner. Na ja, noch bin ich ja eine Weile hier.

Klar, ich schreib dir weiter. Mach's gut.

Deine Annanina

7

Ihr versprecht mir wirklich, dass ihr keinen Unsinn macht, okay? Wir verlassen uns auf euch.« Wir hatten noch zusammen gefrühstückt und Maureen war schick angezogen – und schrecklich nervös. »Ist ja nur für zwei Nächte.«

»Mach dir mal keine Sorgen, Mom. Das läuft schon alles«, Corey und ich setzten unser zuversichtlichstes Lächeln auf. Adam war in der Schule und würde erst gegen Mittag zurückkommen.

Maureen war immer noch nicht ganz wohl dabei, uns allein zu lassen, das sah ich ihr an.

»Müsst ihr nicht los?« Corey sah besorgt auf die Uhr.

Maureen umarmte und küsste Corey, bevor er es verhindern konnte.

»Und keine Abenteuer, klar?« Andrew zwinkerte erst Corey und dann mir zu.

Corey und ich winkten ihnen nach, bis der Wagen um die Ecke verschwunden war. »Dass Eltern sich immer dermaßen aufregen müssen, bloß weil sie mal wegfahren«, stöhnte Corey. Ich nickte und dachte an meine Eltern, die auch immer so ein Aufhebens machten, wenn sie vorhatten, mal an einem Abend nicht nach Hause zu kommen.

»Ich meine, was soll denn deren Meinung nach eigentlich passieren?«, brummte Corey, als wir wieder ins Haus gingen, und prompt kicherten wir beide los. Wir wollten Filme ansehen, stundenlang. Das würde passieren. Kaum zu fassen, aber mit einem Corey, der *redete,* fühlte ich mich richtig gut.

»Ich mach uns Popcorn«, sagte er, »und du darfst den ersten Film aussuchen.«

Während Corey also hinter mir in der Küche hantierte, durchstöberte ich das Fetzersche Fernsehprogramm. Sie hatten irre viele Sender abonniert und es fiel mir ziemlich schwer, mich zu entscheiden.

»Magst du Horrorfilme?«, fragte ich.

»Klar!«

»Und Action?«

»Auch.«

»Comedy?«

»Nope!«

»Wie wär's mit einem Liebesfilm?«

Prompt prusteten wir beide los.

»Die meisten Liebesfilme sind so was von ... na ja«, sagte ich nur. »Zuerst mögen sie sich nicht und dann passiert was Furchtbares und am Ende kommen sie doch zusammen.«

»Na, na, vorher hat aber der eine noch einen Unfall und dann kann der oder die andere den einen retten«, korrigierte mich Corey streng.

Ich grinste zustimmend und entschied mich für einen Horrorfilm, der offenbar irgendwo am Amazonas spielte.

Aus der Küche duftete es nach Popcorn und auf dem großen Bildschirm war schon das Intro zu sehen. Wir hatten es uns auf der Couch gemütlich gemacht und zwischen uns stand eine riesige Schüssel mit Popcorn.

»Ich liebe das, tagsüber Filme anzusehen«, sagte ich richtig zufrieden. »Gehört einfach zu den Ferien.«

Corey lachte. Das Intro endete gerade, als es an der Tür klingelte.

»Komisch, Sarah wollte doch erst heute Abend kommen«, murmelte er und drückte auf Pause.

»Ja, ich glaub schon«, sagte ich. Es war gerade erst halb zwölf mittags. Beim zweiten Klingeln stand Corey etwas lustlos auf und schlappte zur Tür, wo er ihr öffnete und sich kurz mit ihr zu unterhalten schien.

Im nächsten Moment ging die Tür auch schon wieder zu und Corey ließ sich wieder neben mir auf das Sofa fallen. »Sarahs Mutter ist über den Schwimmbadrand gestolpert und hat sich wahrscheinlich den Arm gebrochen. Sie muss mit ihr ins Krankenhaus und weiß noch nicht, ob sie es heute Abend schafft. Aber wir können jederzeit ihren Mann anrufen.«

»Was soll schon sein?«, sagte ich Popcorn kauend.

»Eben.« Corey winkte ab und drückte wieder auf Play.

Der Film war gar nicht schlecht. Es ging um eine Gruppe von Jugendlichen, die in einem einsamen Waldhaus ein Tonband eines Archäologen und das Buch der Toten finden, mit dem sich blutrünstige Dämonen erwecken lassen.

»Was magst du an solchen Filmen?«, wollte Corey irgendwann mal wissen.

Ich griff in die Schüssel mit Popcorn. »Das Gruselige und dass man weiß, dass es das nicht geben kann. Und du?«

»Mhm«, machte Corey. »Ich finde die Musik am besten. Wie die das schaffen, sie so gruselig klingen zu lassen.«

»Ja, stimmt, die Musik ist cool«, sagte ich, und weil ich im selben Moment wieder in die Schüssel griff wie Corey, berührten sich kurz unsere Hände. Er schaute mich an, lächelte und ich lächelte automatisch zurück, bevor ich mich wieder auf die Dämonen konzentrierte, die gerade Unaussprechliches anrichteten.

Die Jagd auf die Jugendlichen war im vollen Gange, als die Tür aufflog. Adam stapfte herein und schleuderte seinen Rucksack in die Ecke.

»Huhu! Guckt mal!« Er schwenkte eine durchsichtige Plastiktüte vor Coreys Nase herum.

»Mann, Adam!«, fuhr Corey seinen Bruder an. »Wir gucken gerade einen Film!«

Adam ignorierte ihn und baute sich vor uns auf.

Genervt reckten wir die Hälse, um an ihm vorbeizusehen.

Adam blieb leider einfach stehen und hielt mir jetzt die Plastiktüte dicht vor die Nase.

Ich riss die Augen auf – und kreischte.

»Was zum ...?!« Völlig perplex drückte Corey auf Stopp.

Adam zog die Plastiktüte wieder weg und legte sie auf die Küchentheke. Ich sprang auf. Das, was ich gerade gesehen hatte, konnte unmöglich echt sein. Ich tat es nicht gern, aber ich musste es mir näher ansehen.

Doch. Es war ein echtes ...

»Corey, komm mal her!« Meine Stimme zitterte.

»Gehört mir ganz allein!« Mit einem leichten Schaudern, aber irgendwie auch stolz präsentierte Adam den Inhalt der Tüte, die Corey nun genauso fassungslos wie ich anstarrte.

Das Ding darin war wächsern, weiß und sah – verdammt noch mal aus wie ein ...

»Das ist ein Ohr!«, sagte Adam in dem Moment, nahm es aus der Tüte und hielt es sich neben sein eigenes Ohr. »He, guckt mal! Ich hab jetzt ein Ersatzohr ...«

»Gib mal her, Adam!«, forderte Corey seinen Bruder auf. »Ist das wirklich echt?«

Widerstrebend legte Adam seinem Bruder das Ding in die Hand.

»Lass mich mal sehen!« Ich riss mich zusammen und betrachtete es nun auch genauer. Vorsichtig berührte ich es mit dem Zeigefinger. Es fühlte sich an wie ein Hühnerschlegel vom Metzger. Ein bisschen kalt, es gab leicht nach –

»Nope, nicht aus Plastik«, murmelte ich und hoffte, es klang so, als würde ich tagtäglich mit so was hantieren – und nicht total angewidert.

Allerdings sah ich, dass auch Corey blass um die Nase herum geworden war. Hastig legte er das Ding in die Plastiktüte zurück.

»Adam«, er sah seinen Bruder eindringlich an.

»Hm«, machte Adam wieder und schob die Unterlippe vor. »Hm, hm ... wer hat mir das geschenkt? Hm ... Jessica vielleicht?« In seine Augen kam ein spezielles Leuchten.

Jessica war seine beste Freundin.

»Und wie kommst du überhaupt darauf, dass es für dich ist?« Corey sah seinen Bruder mit einer Mischung aus Verzweiflung und Ratlosigkeit an.

»Ich ... ich ...«, stammelte Adam. So langsam regte auch er sich auf, weil Corey ihn derart anfuhr.

»Jetzt sag schon!« Corey wirkte von Minute zu Minute besorgter.

Adam riss Corey die Tüte aus der Hand. »Das ist meins! Mein Ersatzohr! Das ist zu mir gekommen!«, brüllte er und wirkte auf einmal geradezu panisch.

»Gib die Tüte her!«, fuhr Corey ihn wieder an.

»Lass ihn, Corey!«, ging ich dazwischen. Der arme Adam war inzwischen total erschrocken zurückgewichen und griff nach meinem Arm.

»Ist schon okay, Adam! Ich hätte wahrscheinlich auch gedacht, das wär ein Geschenk, wenn ich wie du bald Geburtstag hätte«, sagte ich und Adam nickte erleichtert.

Corey legte den Kopf schief und sah mich an. Er fragte sich vermutlich, ob ich jetzt komplett übergeschnappt war.

»Wie ist das Ohr denn zu dir gekommen, Adam?«, erkundigte ich mich nun vorsichtig. »Hat es jemand abgegeben?«

Adam schüttelte stumm den Kopf. Corey starrte zu mir, dann zu Adam.

»Hast du es gefunden?« So langsam fand ich mich richtiggehend professionell, so wie ich diese Befragung anging.

Nur folgte auch jetzt lediglich ein stummes Kopfschütteln.

Corey holte Luft und sagte ruhig: »Adam, wir wollen doch nur wissen, woher du das Ohr hast.«

»Es ist meins. Und ich will es behalten. Auch wenn es ein bisschen eklig ist.« Liebevoll betrachtete er das Ohr in der Tüte.

»Ich rufe Mom an«, sagte Corey drohend.

»Nein!«, heulte Adam auf. »Sie nimmt es mir bestimmt weg! Bestimmt!«

»Adam, pass mal auf«, sagte ich und legte ihm den Arm um die Schulter. »Stell dir vor, dieses Ohr hat wahrscheinlich jemand verloren und sucht es überall. Und er ist ganz verzweifelt, weil er es nicht findet.«

Corey warf mir einen entgeisterten Blick zu. Und auch mir wurde erst in diesem Moment klar, womit wir es hier eigentlich zu tun hatten.

Dieses Ohr sah aus ...

... als wäre es jemandem abgeschnitten worden.

»Jemand sucht sein Ohr?«, Adam zog nachdenklich die Brauen zusammen.

»Ja, er hat ja jetzt nur noch ein Ohr. Lag es vielleicht ... im Garten?«, fragte ich, obwohl ich mir das wirklich nicht so genau vorstellen wollte.

»Nein! Ich hab's nicht im Garten gefunden!« Adam stampfte mit dem Fuß auf. »Nein! Nicht im Garten, auf ...«

»Auf ...?« Corey und ich hingen an seinen halb geöffneten Lippen. Adam schnaufte.

Ich konnte buchstäblich sehen, wie er das Ganze im Stillen abwog und überlegte, ob er einen Anruf bei den Eltern riskieren sollte und dann womöglich das Ohr abgeben müsste. Oder ob er uns sein Geheimnis verraten sollte – und das Ohr dann vielleicht *auch* abgeben musste. Er warf einen Blick auf das Ohr und seufzte. Dann sah er erst seinen Bruder, dann mich an und daraufhin wieder aufs Ohr.

»Auf dem Gras ... vor der Einfahrt«, sagte er schließlich.

Corey und ich stürzten aus dem Haus, rissen die Tür neben der großen Einfahrt auf und stolperten auf die Straße. Adam rannte laut rufend hinter uns her.

»Da! Da war's.« Adam deutete auf eine Stelle im Gras, kaum einen Meter von der Tür entfernt.

»Das kann jemandem aus der Tasche gefallen sein«, bemerkte ich etwas benommen, »beim Aussteigen aus dem Auto vielleicht.«

Corey warf mir einen sehr eindeutigen Blick zu. Yep, er dachte jetzt definitiv, dass ich spinne.

»Gut, gut, schon klar. Normalerweise trägt man so ein Ohr nicht unbedingt mit sich rum ...«, räumte ich ein.

Adam zog sein Handy aus der Tasche. »Das muss ich gleich Mom erzählen!« Offensichtlich hatte er die Warnung seines Bruders schon wieder vergessen.

»Adam, Mom ist in Washington. Sie würde sich nur schrecklich aufregen. Willst du das?«

Adam sah ihn mit vorgeschobenem Kinn an und überlegte.

»Wenn du ihr davon erzählst, dann bringt das nichts«, sagte Corey eindringlich. »Sie macht sich nur Sorgen und kann nichts tun, weil sie so weit weg ist. Das ist ganz schlimm für sie. Und wie gesagt, sie will bestimmt nicht, dass du das Ohr behältst.«

Adam sah mich fragend an.

»Corey hat recht. Deine Mom macht sich bestimmt nur unnötig Sorgen, Adam.«

»Dann rufe ich eben Dad an«, beschloss er.

»Dad macht sich auch Sorgen und dann erzählt er es Mom und sie machen sich beide Sorgen und können nichts tun«, erklärte Corey geduldig.

Adam sah wieder fragend zu mir und ich nickte. Endlich ließ er sein Handy sinken.

Ich sah die Straße hinauf und dann wieder hinunter,

als könnte da jemand rumlaufen und mal eben sein Ohr suchen. Aber bis auf einige parkende Autos war da niemand und nichts. Das Grundstück schräg gegenüber hatte keine Mauer als Umgrenzung, sondern bloß eine dichte, hohe Hecke. Die Garage stand offen, aber weder ein Auto noch sonst jemand war zu sehen.

»Die meisten arbeiten in der Stadt oder sitzen den ganzen Tag vor ihrem Computer und kriegen überhaupt nichts mit.« Corey hatte wohl meine Gedanken gelesen. »Kommt, gehen wir rein. Lasst uns drinnen weiter überlegen.«

»Warte!« Da, schräg gegenüber im Vorgarten hinter den Büschen, regte sich etwas. Unwillkürlich packte ich Corey am Arm.

In dem Augenblick kam ein Kombi mit einem Anhänger die Straße heruntergefahren. Er hielt genau vor dem Haus.

Roger Hartely – Gardening and Landscaping stand auf der Tür. Und auf dem Anhänger stand ein Rasenmäher.

Ein kräftiger Mann im grünen Overall kam hinter der Hecke hervor. Offenbar wollte sein Kollege ihn gerade abholen. Er trug eine elektrische Gartenschere.

»Wir könnten ihn fragen«, sagte ich zu Corey. »Vielleicht hat er jemanden gesehen.«

»Ich weiß nicht ...« Corey kniff die Augen zusammen und wirkte so, als wäre er am liebsten ganz woanders.

Sein Bruder dagegen war begeistert. »Yeah, wir fragen den Mann! Fragen! Komm, Annanina, wir fragen den Mann!« Das alles regte ihn furchtbar auf. Bisher war mir gar nicht aufgefallen, dass er sich manchmal wiederholte – oder stotterte. Nun jedoch trat er die ganze Zeit von einem Fuß auf den anderen, rieb sich die Hände und schüttelte den Kopf. Corey hingegen stand immer noch wie festgewachsen da.

Wenn ich was nicht leiden konnte, dann so ein Herumzögern.

»Ich geh jetzt rüber«, teilte ich ihm kühl mit, marschierte, ohne auf seine Antwort zu warten, über die Straße und steuerte auf den Gärtner zu. Der andere Mann hinterm Steuer war mittlerweile auch ausgestiegen und drückte sich mit einem lauten Fluchen die Hände ins Kreuz.

»Hallo, ich hätte mal eine Frage«, rief ich, woraufhin sich die beiden fragend zu mir umwandten.

»Hi!« Der mit den Rückenproblemen grinste mich freundlich an. Wohingegen der mit der Gartenschere mich lediglich finster anglotzte.

Und plötzlich wusste ich nicht mehr, wie ich's sagen sollte.

»Was gibt's, Schätzchen?« Der Finstere zog die Brauen zusammen, was ihn gleich mal noch finsterer machte. Na toll.

Ich warf schnell einen Blick über die Schulter zu Corey und Adam, die abwartend auf der anderen Seite standen und zu uns herübersahen.

»Ich wollte fragen, ob ...« Ich zögerte, fluchte im Stillen über mich selbst und setzte erneut an: »Also ich wüsste gern, ob ... Sie vielleicht gesehen haben, wie jemand da drüben auf dem Grünstreifen vor unserer Einfahrt ... äh ... was fallen gelassen hat?«

Ein paar Sekunden – für mich eine Ewigkeit – antwortete keiner.

»Ich meine ... hätte ja sein können ...« Ich kam wohl nicht drum rum, ein bisschen konkreter zu werden.

Der mit den Rückenproblemen hatte aufgehört zu grinsen. Er kniff jetzt ein Auge zu und musterte mich auf ziemlich unangenehme Art.

»Was wird'n das?«, er hob sein Kinn in Richtung Corey und Adam. »Haben die Hosenscheißer dich vorgeschickt?«

»Nein! Nein!« Scheiße, das lief total falsch.

Jetzt machte er auch noch einen Schritt auf mich zu.

»Und was soll da jemand fallen gelassen haben?«, wollte auf einmal der Mann mit der Gartenschere wissen. Seine Augenbrauen stießen über der Nasenwurzel fast zusammen, sodass sie eine einzige buschige Linie waren. »Also, Schätzchen?« Und diesmal sah er mir genau in die Augen.

»Ein ... Ohr.« Okay. Es war gesagt.

Die beiden sahen sich an.

Ich versuchte ein Lächeln, aber es sah wohl eher ein wenig irre aus.

»Ich hab tatsächlich was gesehen«, sagte der Dicke und legte gelassen die Gartenschere in den Anhänger.

»Wo denn?!« Ich musste mich wirklich beherrschen. Am liebsten hätte ich ihn samt seiner dämlichen Gartenschere geschüttelt, um mehr aus ihm herauszubekommen.

In dem Moment kam Corey mit Adam über die Straße. Wurde ja auch mal Zeit.

»Sie haben also was gesehen?«, fragte Corey.

Der Mann nickte.

»Vor einer halben Stunde oder so hat hier 'n Auto angehalten. Ich hab gerade auf der Leiter gestanden.

Da ist was aus dem Fenster geflogen.« Er zuckte die Schulter. »Jetzt wird mir so einiges klar. Wer will schon mit 'nem fremden Ohr erwischt werden, was?« Er lachte bellend, dabei war das ja nun echt nicht zum Lachen.

»Am besten, wir gehen jetzt zur Polizei«, sagte ich entschlossen.

»Am besten werft ihr das Ohr in den Müll«, sagte der Kollege des Dicken, der daraufhin erneut in bellendes Gelächter ausbrach. »Die Polizei stellt euch nur Fragen, die ihr nicht beantworten könnt, und speichert eure Namen und Fingerabdrücke. Ruck, zuck nehmen die euch in die Mangel.« Er schüttelte den Kopf. »Außerdem – wenn solche Typen rauskriegen, dass ihr zur Polizei gegangen seid, steht ihr auf der Liste.«

»Auf welcher Liste?«

»Der Todesliste, Schätzchen.«

Ich schluckte.

Die beiden hatten uns inzwischen wohl genug Angst eingejagt, jedenfalls stiegen sie grußlos ins Auto und fuhren weg. Wir gingen langsam wieder über die Straße zum Gartentor.

Als der Kombi hinter der Biegung verschwand, fand Adam als Erster die Sprache wieder. »Ich will nicht zur Polizei! Ich will nicht ins Gefängnis!«

»Natürlich gehen wir zur Polizei«, sagte Corey. »Das würde Dad auch tun.«

»Und dieses Gerede von einer Todesliste?«, fragte ich. »Diese Gärtner wollten uns doch nur ein bisschen Angst machen, oder?«

Corey schüttelte nur den Kopf.

»Nicht zur Polizei!«, schrie Adam und stampfte zornig mit dem Fuß auf. »Nein! Nein! Nein!«

»Hey Adam, komm mal wieder runter!«, versuchte Corey, ihn zu beruhigen.

Doch Adam ließ sich nicht so schnell beruhigen. Er trampelte weiter mit den Füßen und hämmerte sich mit den Fäusten an den Kopf.

»Nein!«, schrie er immer wieder ganz außer sich.

»Schon gut, Adam! Dann gehen wir eben nicht.« Corey sah mich ratlos an.

Aber wieso zum Henker sollte schon wieder ich wissen, was wir tun sollten? So was hatte ich doch auch noch nie erlebt. Während ich noch krampfhaft nach einer Lösung suchte, kam ein schwarzer Jeep die Straße herauf und fuhr in unsere Richtung.

»Ach du Scheiße ...« Mehr brachte ich nicht heraus. Diesmal reagierte Corey schneller.

Er zog das schwere Gartentor auf, wir schlüpften schnell in den Garten und Corey knallte das Tor wieder hinter uns zu. Durch einen schmalen Spalt zwischen Tor und Mauer konnte ich sehen, wie der schwarze Jeep langsamer wurde. Die Scheiben waren getönt, sodass man niemanden darin erkennen konnte. Auf der Höhe von unserem Grundstück fuhr er noch langsamer.

»Was ist?«, flüsterte Corey. Ich überließ ihm meinen Platz, damit er auch nach draußen linsen konnte. Adam biss sich vor Aufregung in die Fingerknöchel. Ich hörte den Motor leise brummen und hielt die Luft an. Waren das die Leute, die was mit dem Ohr tun hatten? Was, wenn sie jetzt anhalten und aussteigen würden? Hatten sie uns gerade eben auf der Straße gesehen? Corey lugte noch immer durch den Spalt und Adam stieß ihn an und wollte unbedingt wissen, was da draußen los war.

Plötzlich heulte der Motor auf, die Reifen quietschten und dann entfernten sich die Geräusche. Corey drehte sich zu uns um. »Sie sind weg.«

»Das waren bestimmt die Bösen!«, flüsterte Adam mit der Hand vor dem Mund. »Die Bösen wissen, dass ich das Ersatzohr gefunden habe, jetzt wollen sie mich erschießen.«

»Nein, Adam! Mach dir keine Sorgen.« Corey legte Adam beruhigend die Hand auf die Schulter. Aber ich merkte, Corey glaubte selbst nicht an das, was er gerade gesagt hatte.

»Das war vielleicht ein ganz normales Auto ...«, fing Corey wieder an, da konnte ich nicht anders und unterbrach ihn. »Das ist kompletter Quatsch! Wieso sind die denn ausgerechnet hier vor dem Haus langsamer gefahren?«

Dazu fiel auch Corey nichts mehr ein.

»Wir *müssen* zur Polizei«, raunte ich ihm zu.

»Und wenn doch was dran ist an dem, was diese Gärtner sagten? Dass es dubiose Typen mit Kontakten zur Polizei waren. Typen, die *Todeslisten* anfertigen ...«, wandte Corey leise ein. »Wenn solche Leute rauskriegen, dass wir zur Polizei gegangen sind ...«

»Was sollen wir denn sonst machen? Es ist doch das Vernünftigste, oder?« Normalerweise war ich nicht so die Vernünftige, aber in diesem Fall war ich mir sicher. Wer weiß, wozu diese Männer fähig wären. Wer auch immer sie waren.

Das schien Corey zu überzeugen und so erklärte er seinem Bruder, dass wir ihn jetzt zu den Nelsons bringen und dann noch ein Geschenk für seinen Geburtstag nächste Woche kaufen würden.

Corey hatte vor einem Monat den Führerschein gemacht – nachdem er einmal durchgefallen war, wie er mir mit einem Räuspern anvertraute. Damit er Fahrpraxis bekam, hatten ihm seine Eltern einen gebrauchten kleinen Toyota gekauft.

Bekanntermaßen gibt es ja nun mal gute und schlechte Autofahrer. Corey war kein schlechter Fahrer. Er war ein schrecklich schlechter Fahrer.

Als wir endlich nach mehreren unnötigen Vollbremsungen und zwei überfahrenen gelben Ampeln zwei Straßen weiter bei einem gelb gestrichenen Haus anhielten, wischte ich mir erst mal den Schweiß von der Stirn.

Und Corey atmete langsam aus.

»Adam, du darfst nichts von dem Ohr sagen, okay? Sonst erfahren es am Ende doch noch Mom und Dad und machen sich Sorgen. Und das wollen wir doch nicht, oder?«

Adam schüttelte entschieden den Kopf. »Nein, das wollen wir nicht.«

»Gut. Dann musst du das mit dem Ohr vergessen, ja?«

»Okay, ich vergess das Ohr.«

Corey nickte mir erleichtert zu.

8

Nachdem wir Adam bei den Nelsons abgesetzt hatten, fuhren wir zur Polizei. Corey hatte es sogar geschafft, den Wagen auf Anhieb in eine schräge Parkbucht zu rangieren, aber beim Aussteigen wirkte er ein wenig zittrig.

Am Eingang unter dem großen Schild mit dem Schriftzug *Police* zögerten wir beide gleichzeitig. Ich hatte das Gefühl, wenn wir jetzt durch dieses Tor gingen, gäbe es kein Zurück mehr.

»Meinst du, wir sollen es wirklich tun?«, fragte Corey mich in dem Augenblick.

»Ja«, sagte ich nur.

Drinnen erwartete uns ein Raum voller Menschen. Die einen hatten noch einen Platz in den Sitzreihen ergattert, andere standen.

»Was ist denn hier los?« Corey reckte den Hals. Eine korpulente dunkelhäutige Frau drehte sich zu uns um. »Ist 'n ganz normaler Betrieb heute! Warst wohl noch nicht oft hier, Honey.«

Dann drehte sie sich auch schon wieder um.

Corey sah mich fragend an.

Ich zuckte die Schultern. Keine Ahnung, was wir jetzt machen sollten.

Warten?

»Das kann ja Stunden dauern«, sagte Corey genervt.

Eben!

Also kämpften wir uns an einer Menschentraube vorbei zur Information. Die uniformierte Polizistin sah uns nur kurz durch ihre altmodische Nickelbrille an, als wir drankamen.

»Wir haben ...«, fing Corey an, »wir haben ...«

»Ja?« Wieder sah sie nur kurz auf.

»Wir haben ein Ohr vor unserer Haustür gefunden«, platzte ich heraus und nun sah sie uns durchdringend an. Erst Corey, dann mich. Sie glaubte wahrscheinlich, wir erlaubten uns einen Spaß.

»Ihr habt ein Ohr gefunden?«

»Ein menschliches Ohr«, sagte Corey.

»Und wir haben einen schwarzen Jeep beobachtet ... der an unserem Grundstück vorbeigefahren ist ...«, erklärte er weiter.

Sie runzelte die Stirn.

»Wahrscheinlich hat jemand das Ohr aus diesem Auto geworfen«, ergänzte ich.

Die Polizistin sah nun aufmerksam von Corey zu mir.

»Ihr habt doch gerade gesagt, ihr habt das Ohr vor dem Haus gefunden. Oder habt ihr gesehen, wie es aus dem Auto geworfen wurde?«

Corey und ich sahen uns an. Das hier lief nicht gut.

»Nein«, probierte es Corey noch mal. »Wir haben das Ohr gefunden, das heißt, mein Bruder Adam hat es gefunden und dann haben wir einen Gärtner von gegenüber gefragt und er hat gesehen, dass es jemand aus einem Auto geworfen hat. Und kurz danach ist ein schwarzer Jeep vor unserem Haus stehen geblieben ...«

»Und warum ist Ihr Bruder nicht hier?«

»Weil ... weil er behindert ist und sich ganz schnell aufregt ...«

»Aber er hat das Ohr gefunden«, sie fing an, mit einem Kugelschreiber auf die Schreibtischplatte zu klopfen. »Er muss kommen und es zu Protokoll geben. Außerdem brauchen wir auch den Namen von dem Gärtner. Die Adresse ... und habt ihr euch das Kennzeichen von dem Jeep merken können?«

Corey schüttelte den Kopf.

Verflixt noch mal, die hat uns kein Wort geglaubt.

»Okay«, schaltete ich mich schnell ein und wandte mich an Corey. »So machen wir das. Wir holen seinen Bruder und kommen nachher wieder.« Corey sah mich verdutzt an, aber ich trat ihm unauffällig auf den Fuß und wollte ihn wegziehen.

»Stopp!« Die Polizistin war ganz und gar nicht einverstanden. »So einfach geht das aber nicht«, motzte sie. »Ich brauche eure Namen.«

»Äh ...« Corey war ganz rot geworden und warf mir einen hilflosen Blick zu.

»Sie wollen sicher unsere Ausweise wegen der Daten ...«

»Ganz genau, Miss.«

Ich wusste, dass Corey Adam nicht zur Polizei bringen würde. No way. Aber jetzt saßen wir ganz schön in der Tinte. Das merkte ich auch an Coreys nervösem Auf-der-Lippe-Herumgebeiße.

Die Augen der Polizistin fixierten abwechselnd mich und Corey. Plötzlich hatte ich eine Idee.

»Die Führerscheine, Corey, die haben wir doch im Auto, oder?«

»Ja!«, sagte er schnell. Zum Glück kapierte er diesmal sofort, worauf ich hinauswollte. »Wir holen sie aus dem Auto …«

Der Blick der Polizistin wurde argwöhnisch.

Ich dachte kurz nach. Lügen werden bekanntlich glaubhafter, wenn man Details nennt.

»Aber …«, setzte ich also scheinbar mürrisch an und sah mich um. Die Menschenmenge war nicht kleiner geworden. »Müssen wir dann *wieder* so lange warten?«

»Nein«, sagte die Polizistin mit dem Anflug eines Lächelns. »Dann könnt ihr gleich zu mir kommen.«

»Okay«, sagte ich zu Corey, »komm, wir beeilen uns!«

Und damit machten wir, dass wir rauskamen.

»Ich bringe Adam doch nicht zu den Bullen!«, regte sich Corey auf, sobald wir draußen waren, und tippte sich an die Stirn. »Was bilden die sich eigentlich ein!« Er schüttelte den Kopf. »Adam würde durchdrehen. Und am Ende behaupten die dann noch, er hätte die ganze Geschichte erfunden.«

»Ja, das war wohl leider nichts«, gab ich zu.

»Und was machen wir jetzt?« Corey sah in den Himmel. Ich auch. Der Himmel war wässrig blau, er schien sich unendlich weit auszudehnen. Und vielleicht deswegen oder weil das alles irgendwie so bedrohlich und verwirrend war, musste ich plötzlich an das riesige schwarze Universum dahinter denken – etwas, das ich mir nie so richtig vorstellen konnte.

»Hoffentlich hat sich Adam wieder ein bisschen beruhigt«, sagte er, als wir an einer roten Ampel standen.

»Du machst dir immer ganz schöne Sorgen um ihn«, stellte ich fest.

Er zuckte die Achseln. »Ist ja schließlich mein Bruder.«

»Deine Eltern erwarten, dass du dich möglichst viel um ihn kümmerst, oder?«

»Ja, das war schon immer so.«

»Nervt dich das nicht manchmal?«, fragte ich, aber da schaltete die Ampel auf Grün und Corey gab Gas.

Während der Rückfahrt beschlossen wir, das Ohr vorerst in dem Gefrierfach zu lassen, wo wir es vorhin noch schnell samt Plastiktüte hineingelegt hatten. Obwohl man es bestimmt nicht mehr annähen konnte. Und die Polizei schien ja auch nicht sonderlich interessiert zu sein, aber man wusste ja nie ... Corey bog gerade ab, als wir den schwarzen Jeep vor dem Haus stehen sahen. Ich zuckte zusammen und mir wurde richtig mulmig.

»Shit«, murmelte Corey, »zum Glück ist Adam nicht zu Hause.«

»Was wollen die hier?«

»Was weiß ich«, sagte Corey mürrisch. »Vielleicht wollen die ihr Ohr jetzt doch lieber wiederhaben und sind stinksauer auf diejenigen, die es möglicherweise gefunden haben.«

»Scheiße!«, flüsterte ich. »Und was machen wir jetzt?«

»Ich weiß nicht ...« Corey fuhr langsamer. Und noch langsamer ... bis er praktisch kroch.

»Fahr weiter!«, sagte ich. »Auf keinen Fall langsamer werden! Und nicht hinschauen!«

Corey umklammerte das Lenkrad und sah nun stur geradeaus. Er gab ein bisschen mehr Gas. Dunkel und bedrohlich stand der schwarze Jeep da.

»Kennst du *The Reeper's Image?«*, sagte ich mit einem

leisen Schaudern. Da soll ein Auto jeden verschlingen, der sich ihm nähert.«

»Yep«, sagte Corey mit heiserer Stimme. »Stephen King.«

Mir sträubten sich die Nackenhaare.

Jetzt befanden wir uns auf gleicher Höhe mit dem Auto.

Ich versuchte, beim Vorbeifahren jemanden zu erkennen. Die Fahrertür stand auf.

»Und?«

»Nichts!«, zischte ich frustriert. »Ich konnte niemanden sehen. Fahr weiter! Bieg am besten irgendwo ab!«

»Wo? Rechts oder links?«

»Schrottegal, Corey, nur nicht stehen bleiben!« Mir war klar, jemand von uns musste hier die Nerven behalten. Und offensichtlich war es nicht Corey.

Er lenkte nach links, riss aber dann das Steuer nach rechts.

»Was machst du denn jetzt schon wieder?«, kreischte ich erschrocken.

»Sorry. Ich war mir nicht sicher, ob ich nach links oder nach rechts ...«

Ich warf einen Blick über die Schulter. Kein Auto in Sichtweite.

»Hast du was gesehen? Das Autokennzeichen?« Corey sah hektisch in den Innen- und dann wieder in den Außenrückspiegel.

Mist, ich hätte es mir sofort aufschreiben sollen.

»Da war eine Sieben und eine Zwei ...«, versuchte ich mich zu erinnern, »... und ein F, glaub ich. Ich wollte doch nicht so lang hinstarren! Das wäre denen bestimmt aufgefallen.«

»Wieso denkst du eigentlich, dass es mehrere sind?«

Ich zuckte nur mit den Schultern, überlegte nun allerdings selbst, wie ich draufgekommen sein mochte.

»Annanina!«, schnaufte Corey auf einmal geschockt, den Blick starr im Rückspiegel. »Die fahren hinter uns her!«

Ich drehte mich um. Da war er wirklich: der schwarze Jeep!

»Was machen wir jetzt?« Corey war drauf und dran auszuflippen.

»Weiterfahren, als wäre alles normal, einfach weiterfahren – und guck nicht dauernd in den Rückspiegel, das sehen die auch!«

»Aber ...«

»Fahr weiter, Corey ...«

»Und wohin, bitte schön?«, rief er. »Nach rechts oder links?«

Für mich sah hier eine Straße wie die andere aus. In den Vorgärten standen Kakteen und meistens führte ein Weg aus Fliesen über einen kurzen, trockenen Rasen zum Bungalow. Alles machte einen älteren und billigeren Eindruck als noch die Gegend ein paar Straßen vorher, dort wo Coreys Eltern wohnten. Was mich im Moment jedoch am meisten interessierte, waren mögliche Sackgassen. Wenn wir dadrin landeten, hätten wir verloren. Leider konnte ich aber auch keine Wegweiser entdecken.

»Annanina, wohin?«, fragte er verzweifelt.

Rechts, links, rechts, links ... hallte es in meinem Gehirn.

»Fahr rechts!«, entschied ich kurzerhand.

Ich wurde an die Seitenscheibe geschleudert, so abrupt riss Corey das Lenkrad herum.

»Mann, Corey! Spinnst du? Das ist doch total auffällig!«

»Hättest dich ja mal schneller entscheiden können.«

Ich schnaubte verärgert. »Du wohnst doch hier. Du müsstest doch wissen, ob du nach rechts oder links fahren willst!«

»Glaubst du, ich fahr in meiner Freizeit in dieser Gegend rum? Also echt mal, da hab ich ja wohl Besseres zu tun.«

Super, jetzt war er auch noch eingeschnappt. Und sein Fahrstil wurde noch schlimmer. Jedes Mal, wenn er einen Blick in den Rückspiegel warf, zog er das Lenkrad automatisch nach rechts.

»Mensch! Pass auf!«

»Mann, dann fahr du doch.«

»Scheiße, Corey, halt jetzt bloß nicht an!«

»Sie sind wieder an uns dran!« Coreys Stimme überschlug sich. Er umklammerte das Steuer, sodass seine Knöchel ganz weiß wurden. Ich wagte auch einen Blick in den Außenrückspiegel. Der Jeep war dicht hinter uns.

»Vielleicht müssen die bloß zufällig hier lang«, fiel mir plötzlich ein. »Fahr rechts ran!«

»Jetzt? Wieso?«

»Tu es einfach, Corey.«

»Und dann?«

»Dann hoffen wir, dass sie nicht anhalten und warten, bis wir aussteigen.«

»Und wenn sie anhalten?«

»Dann werden wir schon sehen!«, sagte ich entnervt. »Jetzt mach schon!«

Corey parkte den Toyota am Rand. Ich zählte bis

drei. Hoffentlich, hoffentlich fuhr der Jeep vorbei. Drei, vier …

»Nicht hingucken!«, sagte Corey und drehte sich weg, genau in dem Moment, als der Jeep an uns vorbeifuhr. Ja, er fuhr wirklich an uns vorbei und bog nach links ab.

754 MBK hatte ich gelesen.

»Corey, was hast du vor?«, fragte ich, weil er den Wagen schon wieder startete.

»Wenn sie wieder rechts abbiegen, könnten sie wieder auf unsere Straße kommen«, antwortete er und fuhr langsam an.

»Moment mal, und wohin fährst *du?«*

»Na hinterher. Nachsehen!«

»Aber das merken die sofort, warte wenigstens noch.«

Doch Corey richtete den Blick entschlossen geradeaus, bevor er nach links einbog.

Da! Der Jeep war etwa hundertfünfzig Meter vor uns und scherte dann an einer Kreuzung mit Wegweisern tatsächlich nach rechts ein.

»Fuck!«, fluchte Corey. »Die fahren wirklich zu uns!«

»Fahr nicht so nah auf!« Ich hatte das Gefühl, dass Corey nicht so ganz klar war, was er da gerade tat. Die Typen in dem Jeep waren bestimmt nicht blöd. Ich hielt die Luft an.

Doch diesmal fuhren sie einfach weiter geradeaus. Zum Glück fädelten sich jetzt auch zwei Autos vor uns ein.

»Lass uns nach Hause fahren, Corey«, sagte ich erschöpft.

Die Häusersiedlung lag inzwischen hinter uns. Zu beiden Seiten erhoben sich jetzt große Werbetafeln in der Wüstenlandschaft.

»Da, schau mal, wohin die fahren«, sagte Corey aufgeregt und deutete auf den Jeep, der erneut abgebogen war.

»Wohin denn?«

Corey zeigte wieder durchs Fenster. Auf einem Straßenschild am Rand stand *Campground*.

»Corey, bitte, lass uns zurückfahren.«

Doch er ignorierte mich einfach und ordnete sich stattdessen ebenfalls zum Abbiegen ein. »Was wollen die wohl auf einem Campingplatz?«, murmelte er nachdenklich.

Ein langer Truck brauste an uns vorbei.

»Corey!«

In seinem Blick lag ein Funkeln. »Hey Annanina, ich hab gedacht, du bist hier die Mutige. Die *Coole*«, spöttelte er. »Aber ernsthaft. Jetzt denk doch mal nach. Die haben jemandem ein Ohr abgeschnitten! Und, wer macht so was?«

»Woher soll ich das wissen?«

»Entführer natürlich!«

»Mann, Corey, dann sollten wir erst recht schleunigst nach Hause fahren!«

»Nein! Ich will Beweise. Ich will, dass die Polizei uns glaubt.«

9

Als wir auf die schmale Straße zum Campingplatz einbogen, war der Jeep nicht mehr zu sehen. Vielleicht war er in irgendeine Seitenstraße verschwunden, ohne dass wir es mitbekommen hatten?

Und dann tauchte ein großes Schild vor dem blassblauen Himmel auf.

Rob Hill Campground. Dahinter erhob sich ein Tor – allerdings waren weit und breit weder Zaun noch Mauer in Sicht.

Baufällige Wohnwagen standen dort auf kurzem gelbem Rasen oder vielleicht war es auch nur gelbe Erde. Gleich hinter dem Tor war eine Art Pförtnerhaus, ein schäbiger Flachbau mit Blechdach.

»Sieht ziemlich verlassen aus«, meinte ich und sah angestrengt durch die Windschutzscheibe, um doch noch irgendwas zu erkennen. Corey hielt an. Durch die staubige Windschutzscheibe sah alles noch trostloser aus. Die schmutzig grauen Wohnwagen, das trockene Gras, die alten Holzmasten mit durchhängenden Stromleitungen.

Corey beugte sich übers Lenkrad, näher zur Scheibe. »Ist 'ne abgefuckte Gegend. Wer weiß, was die hier treiben.«

»Meth kochen vielleicht«, erwiderte ich unbehaglich.

»Hm ... hoffentlich nicht ...«

Ich dachte an diverse Mafiafilme, die ich schon gesehen hatte. *Der Pate*, *Die Sopranos* und wie sie alle hießen. Leute aus dem Drogenbusiness, die kannten keine Gnade ... Ich merkte, wie mir langsam schlecht wurde.

»Meinst du nicht, wir wissen jetzt genug und können die Polizei anrufen?«, fragte ich.

Corey zögerte.

»Komm schon, Corey, wer weiß, was hier los ist ...«

Endlich ließ er die Hände vom Steuer sinken. »Okay.«

Ich reichte ihm sein Handy von der Ablage, auch wenn ich am liebsten erst mal direkt wieder nach Hause gefahren wäre.

»Ich will eine Meldung machen ...«, sagte Corey ins Handy. »Wir waren gerade auf der Polizeistation ... ja genau, wegen einem abgeschnittenen Ohr ... richtig!« Corey nickte mir zu und hob den Daumen. Sah gut aus. Sie wussten offenbar, wer wir waren. »Exakt, wir haben jetzt mehr Informationen. Das Kennzeichen von diesem schwarzen Jeep lautet: 754 MBK ... ein schwarzer Jeep ... ja ... und wir sind dem Auto gefolgt ... Wir stehen hier am Campground Rob Hill ... Nein, wir sind nicht hineingefahren. Nein, wir können den Jeep von hier aus nicht sehen ...« Seine Stimme hörte sich immer frustrierter an. »Nein, wir haben nicht gesehen, wer in dem Jeep saß ... nein ... wir haben nicht selbst gesehen, dass jemand aus dem Jeep das Ohr ... aber ... aber der Gärtner von gegenüber ... Die Firma heißt ... einen Moment bitte.« Corey sah mich fragend an. »Was stand da auf dem Auto drauf?«

»Roger Hartely – Gardening and Landscaping«, sagte

ich wie aus der Pistole geschossen. Namen konnte ich mir ziemlich gut merken.

»Roger Hartely – Gardening and Landscaping«, wiederholte Corey mit lauter Stimme. »Nein, wir wissen nicht, wie der Gärtner selbst heißt, aber wir könnten ihn beschreiben, wenn ...« Corey biss sich auf die Lippen. Er wollte noch was sagen, aber dann nickte er nur langsam und legte auf.

So mutlos, wie er aussah, musste ich keine Hellseherin sein, um Bescheid zu wissen.

»Sie wollen erst mal das Kennzeichen überprüfen ...«, sagte er schwach.

»Und dann schicken sie einen Streifenwagen?«

»Keine Ahnung ...«

Mein Blick schweifte zu den Wohnwagen.

»Corey, bitte, ich will zurück«, sagte ich.

»Nein!«, sagte er entschieden. »Dann haben wir die ganze Zeit Panik, dass die Typen vielleicht doch noch mal vorbeikommen. Und wer weiß, was sie dann machen.«

Mir wurde immer mulmiger zumute und ärgerlicherweise fielen mir gleich ein paar Filme ein, die man unter sechzehn eigentlich nicht sehen durfte. Wieso, fragte ich mich in dem Moment, hatten es meine Eltern damit eigentlich nicht so ernst genommen? Mein Dad hatte solche Altersbeschränkungen zumindest in den letzten Jahren immer belächelt.

»Was genau hast du eigentlich vor?«, fragte ich Corey.

»Recherchieren. Wenn wir mehr Einzelheiten wissen, glaubt uns die Polizei eher.«

»Okay, dann schnüffeln wir denen eben hinterher«, sagte ich ergeben. Hinter dem Tor stand eine ganze

Menge Wohnwagen. Vielleicht dreißig oder so. Aber keiner sah bewohnt aus.

»Sehr gut. Wir finden schon noch heraus, was hier läuft.« Er griff zum Türöffner.

»Ist ganz schön riskant, da einfach so rumzulaufen«, sagte ich. »Bleib du lieber im Auto. Dann können wir sofort abhauen. Ich mach das. Ein Mädchen wirkt immer harmloser.«

Corey wollte protestieren, doch da war ich schon ausgestiegen.

Ich wischte mir die feuchten Handflächen an der Hose ab, versteckte mich zuerst einmal hinter dem Torpfosten und ließ meinen Blick über den Campingplatz wandern.

Hier standen überhaupt keine Autos. Seltsam. Ich lauschte, konnte aber keine Stimmen hören oder überhaupt etwas. Ich wollte mich gerade in Bewegung setzen, als ich hinter mir Schritte hörte. Hastig drehte ich mich um.

Corey war auch ausgestiegen.

»Ich nehme die rechte Seite, du die linke?«, flüsterte er, als er neben mir stand.

»Okay. Und wir treffen uns an diesem gelblichen, abgefuckten Wohnwagen.«

»Hier sind doch alle abgefuckt«, sagte er mit einem leisen Lachen.

Wir nickten uns zu.

Geduckt lief ich zwischen den Wohnwagen entlang. Manche waren silbrig und die Sonne reflektierte darauf, andere waren grau oder gelblich mit Löchern, aus denen die Innenverkleidung, eine gelbliche Masse, quoll. Ich lauschte auf Stimmen oder irgendwelche Geräusche. Aber da waren nur das ferne Rauschen der Straße und hin und wieder eine Vogelstimme.

Im Schutz eines langen Anhängers mit Fenstern schlich ich noch ein Stück weiter zwischen den Wohnwagen hindurch, immer weiter über diesen dubiosen Campingplatz.

Einigen Wohnwagen fehlten die Räder, stattdessen standen sie auf wackligen Türmen aus Backsteinen oder Betonblöcken. Sollten die verkauft – oder verschrottet werden? Hier würde wohl keiner sein Wochenende verbringen und Würstchen grillen. Diese Stille hier war beklemmend. Denn auch wenn alles ruhig und verlassen aussah, wer wusste schon, was sich ... Ich schluckte. Hör auf mit dem Scheiß, Annanina!

Endlich hatte ich den gelblichen, mit blassblauen Streifen überzogenen Wohnwagen erreicht und kauerte mich dahinter. Kaum war ich dort, kam auch Corey an.

»Psst!« Er packte meinen Arm. »Ich hab was gehört.«

»Was denn?«

Er schüttelte den Kopf und legte den Finger auf die Lippen.

Außer dem fernen Rauschen der Straße konnte ich nichts hören. Aber Corey war Musiker und hatte womöglich ein empfindlicheres Gehör als ich. Ich lauschte also weiterhin und ja, plötzlich hörte ich es auch. Stimmen. Männerstimmen. Weit weg und gedämpft.

Ich konzentrierte mich darauf, etwas zu verstehen, aber die Stimmen waren zu weit weg. Und bevor ich ihn zurückhalten konnte, war Corey schon zum nächsten Wohnwagen vorgelaufen. Ich wollte da nicht allein hocken bleiben und so machte ich mich ganz klein und rannte, so schnell ich konnte, hinter ihm her. Jetzt hockten wir beide also hinter dem nächsten Wohnwagen. Das lief doch super. Uringeruch stieg mir in die Nase. Ich bemerkte die feuchte Stelle gleich neben dem Wohnwagen. Die Stimmen waren zwar hier lauter, aber trotzdem konnte ich noch nichts verstehen oder irgendjemanden sehen.

Mir brach der Schweiß aus.

»Da«, flüsterte ich und deutete an unserem Versteck vorbei. Ein wenig weiter weg, neben einem Wohnwagen mit einem breiten grauen Streifen, lugte die Haube des schwarzen Jeeps hervor.

Jetzt erst merkte ich, dass ich Coreys Hand gepackt hatte, und ließ sie schnell los. Der sollte mal bloß nicht denken, ich wäre ein Schisser!

Trotzdem konnte ich nicht anders. Vor meinem inneren Auge sah ich fiese schwarz gekleidete Typen, die den lieben langen Tag im Wohnwagen Meth kochten.

Und wenn sie uns hier erwischten, würde jemand unsere Hilferufe hören? Natürlich nicht. Und wahrscheinlich kämen wir noch nicht mal mehr dazu, um Hilfe zu rufen.

»Hauen wir ab!«, flüsterte ich.

Aber Corey legte die Stirn in Falten und lauschte angestrengt. »Warte ...«

»Wir können hier nichts ausrichten, Corey ...« Jetzt war ich es, die die Nerven verlor. Aber das war mir egal. Ich wollte nur schleunigst weg von hier. Doch Corey schien von irgendetwas fasziniert. Oder er hatte noch nicht den Ernst der Lage begriffen.

»Hör mal, wenn das solche Hell's-Angels-Typen sind,

sollten wir so schnell wie möglich verschwinden. Wenn die uns erwischen, dann sind wir dran!«, wisperte ich.

»Psst!« Mit erhobenem Zeigefinger gab er mir zu verstehen, dass ich still sein sollte. »Dadrin ...«, setzte er gerade an und deutete auf den Wohnwagen beim Jeep.

In dem Moment flog mit einem lauten Knall die Tür des Campers auf.

Yep, *jetzt* war es definitiv zu spät zum Abhauen.

Wir warfen uns auf den Boden. Ich kauerte mich so zusammen, dass ich ganz, ganz klein wurde, aber ich verschwand leider trotzdem nicht.

Mein Herz hämmerte und aus allen Poren presste sich der Schweiß.

Ein Typ mit kurz geschorenem braunem Haar und beigefarbener Lederjacke trat aus dem Wohnwagen. Er ging ein paar Schritte, drehte sich dann weg, fummelte an seiner Hose rum und pisste einen Strahl auf die trockene Erde. Als er sich ein bisschen nach vorn beugte, schob sich der Bund seiner Lederjacke hoch: Der Typ hatte eine Pistole im Gürtel stecken!

Oh Gott, oh Gott, oh Gott. Wie sollten wir hier je wieder rauskommen? Was, wenn gerade jetzt Coreys Handy klingeln würde? Mann, wir waren so was von blöd!

»He, wie lang brauchen die denn noch?«, rief eine genervte Stimme aus dem Wohnwagen, von dem jetzt die Tür offen stand. Gleich darauf schlurfte ein dürrer Kerl mit rot-grün karierten Skinnyhosen und strähnigen hellblonden Haaren nach draußen. Vorn an seinem Gürtel steckte eine Pistole. Ich presste meine Kiefer aufeinander, damit meine Zähne nicht mehr aufeinanderschlugen.

Außerdem schliefen mir gerade die Beine ein. Aber ich hatte Angst, mich zu bewegen.

Corey hatte sich dicht neben mich gekauert. Ich wettete, der hatte genauso viel Angst wie ich. Er griff nach meiner Hand und drückte sie fest. Irgendwie tat es gut, sich nicht ganz allein zu fühlen. Wenn die uns entdeckten, würde ich seine Hand nicht loslassen, das nahm ich mir vor. Ich würde sie festhalten, bis zuletzt. Und damit meine ich bis ganz zuletzt.

Hör endlich auf mit diesen Gedanken!, befahl ich mir.

Wir konnten nur hoffen, dass die zwei sich gleich wieder in ihren Wohnwagen verziehen und die Tür zumachen würden. Und dann, dann würden wir rennen, so schnell wir konnten, zurück zum Auto und wegfahren.

Ich sah, wie Corey krampfhaft schluckte. Ihm ging sicher dasselbe durch den Kopf.

Der Typ mit den kurz geschorenen Harren und der Lederjacke setzte eine Pilotensonnenbrille auf und ließ den Blick über den Campingplatz schweifen.

Mir stockte der Atem. Wenn er in unsere Richtung schauen und den Wohnwagen genauer ins Visier nehmen würde, wäre es nur eine Frage der Zeit, bis er auch unsere Beine darunter bemerkte.

Aber er drehte sich zum Wohnwagen, ging hinein und knallte die Tür wieder hinter sich zu.

Ich hörte, wie Corey ausatmete.

»Los«, flüsterte ich und wunderte mich, dass ich überhaupt noch einen Ton herausbekam. Doch wir hatten zu lang gewartet – ein Motorengeräusch näherte sich und eine dunkle Limousine rollte heran.

Corey warf sich wieder auf den Boden und zog mich

mit sich. Und da lagen wir dann im Staub, eng aneinandergepresst, wagten nicht mehr zu atmen und spähten unter dem Wohnwagen hindurch. Die Limousine hielt. Türen flogen auf und zwei Männer sprangen heraus.

Klasse, dachte ich. Jetzt machen gleich *vier* Typen Jagd auf uns! Ich schloss die Augen und zählte bis drei. Ein blöder Trick, der natürlich nie funktionierte. Als ich die Augen nach drei Sekunden wieder aufmachte, waren Corey und ich leider immer noch hier.

Und die Männer auch.

Mit der olivfarbenen Haut und den ölig schwarzen Haaren sah der kleinere aus wie ein Latino. Der andere, ein stämmiger Weißer, war ganz in Schwarz gekleidet. Schwarze Lederjacke, schwarze Hose, Ziegenbart. Seine Glatze glänzte im Sonnenlicht.

»Wir sitzen total in der Scheiße!«, flüsterte Corey.

»Scht!«, zischte ich und konzentrierte mich auf die Männer, die beim Auto standen. Sie sagten was auf Spanisch.

Beide griffen nach hinten in den Hosenbund –

Oh, Mann! Da hatten sie sicher ihre Knarren.

»Oh, oh«, murmelte ich. »Sieht ganz so aus, als wären das die Gangster von einer anderen Bande.«

»Das wäre echt Mist.«

Ganz genau.

In dem Augenblick wurde erneut die Wohnwagentür aufgestoßen. Zuerst kam der Lauf eines Gewehrs zum Vorschein. Der spindeldürre Typ mit den rot-grün karierten Hosen trat durch die Tür. Die strähnigen Haare hatte er am Hinterkopf zu einem dünnen Rattenschwanz zusammengebunden, sah ich jetzt.

»Habt ihr's dabei?«, rief der Rattenschwanz den

beiden aus der schwarzen Limousine entgegen und schwenkte dabei den Gewehrlauf in ihre Richtung.

Die beiden blieben in Höhe der Kühlerhaube ihrer Limousine stehen.

»Glaubst du vielleicht, wir sind zum Kaffeeklatsch gekommen?«, erwiderte der Latino-Typ. Breitbeinig, mit vor der Brust verschränkten Armen stand er da und kaute gelassen auf einem Kaugummi herum – er fühlte sich eindeutig ziemlich sicher.

»Her damit!«, befahl der Typ mit der beigen Lederjacke, der nun hinter dem Rattenschwanz in die Wohnwagentür getreten war.

»Easy, Mann. Erst zeigt ihr uns das Päckchen.« Der schwarz gekleidete Glatzkopf sah ihn auffordernd.

»Das Päckchen ist da drin.« Rattenschwanz schwenkte den Gewehrlauf ganz kurz ein Stück nach rechts, ins Wohnwageninnere.

»Dann hol's gefälligst!«, rief der Glatzkopf.

»Zuerst will ich mal einen Blick auf euer Mitbringsel werfen!«, sagte der Lederjacken-Mann, der nun neben seinem Kumpel Rattenschwanz stand.

Der Latino gab seinem Partner ein Zeichen. Der ging zurück zur Limousine, griff auf der Fahrerseite ins Innere. Der Kofferraumdeckel sprang auf. Ich versuchte, irgendwas darin zu erkennen, aber ich lag ja auf dem Boden, fast unter dem Wohnwagen. Es war schlichtweg unmöglich, in den Kofferraum zu sehen. Corey biss sich auf die Lippen und sah mich an. Nein, er hatte auch nichts erkannt.

»Komm her, Mann, und schau's dir an!«, rief der Latino.

Rattenschwanz kam lässig die Wohnwagentreppe

runtergetänzelt, sein Gewehr im Anschlag. Er war noch nicht bei der Motorhaube der Limousine angekommen, als irgendwo ein Motor aufheulte.

Wir alle – mich eingeschlossen – rissen die Köpfe herum. Ein goldfarbener SUV – ein Chevrolet oder so – mit getönten Scheiben preschte heran, bremste und wirbelte dabei eine dichte Staubwolke auf.

Oh Gott, ich musste husten. Ich versuchte, die Luft anzuhalten, ich presste die Lippen aufeinander, aber in meinem Hals und in meiner Lunge juckte es ganz fürchterlich. Meine Augen fingen an zu tränen und auch Corey hatte ganz rote Augen und hielt sich die Hand vor den Mund.

Zwei Männer stiegen aus. Beide trugen Anzüge und hatten kurzes Haar. Der eine war ziemlich groß, hager mit eckigen Schultern. Der andere war dunkelhäutig, kleiner und hätte ein Ringkämpfer sein können. Er trug eine verspiegelte Sonnenbrille.

Waren das Mafiosi? Oder etwa ... Cops? Dann würden sie hoffentlich diese Typen hier allesamt festnehmen und ... und uns retten!

Aufgeregt drückte ich Coreys Arm. Jetzt wird alles gut, dachte ich.

Und in dem Moment schossen sie.

Ohne Vorankündigung. Direkt auf die anderen.

Es war furchtbar.

Ich zuckte bei jedem Schuss zusammen.

Der mit den eckigen Schultern hatte ein Gesicht wie aus Stein gemeißelt. So wie dieser Van Damme.

Die Schüsse krachten weiter, denn nicht nur Rattenschwanz und Lederjacke erwiderten nun die Schüsse der Anzugträger, sondern auch der Latino und sein

Partner. Überall knallte es, Patronenhülsen fielen klirrend auf den Boden, Sand stob auf und in meinen Ohren pfiff es.

Es war so laut, dass ich mir die Ohren zuhalten musste. Corey griff nach meinem Arm und ich drängte mich noch näher an ihn heran.

Die schossen alle aufeinander und ganz sicher, ja ganz sicher wollte keiner von denen Zeugen wie uns haben. Wer so ohne Vorwarnung auf Leute schoss, der war – wenn überhaupt – kein *guter* Cop.

Wir saßen total in der Falle. Die, die hier lebend rauskamen, würden spätestens nach der Schießerei unser Auto am Eingang bemerken und dann garantiert so lange nach den Insassen suchen, bis sie sie gefunden hätten. Und die Insassen waren wir.

Ein Schuss krachte gegen unseren Wohnwagen, durchschlug die billige Haut aus Plastik und blieb irgendwo drinnen im Wohnwagen stecken. Ich riss die Augen auf. Unter dem Wohnwagen hindurch konnte ich die Limousine mit dem aufgeklappten Kofferraumdeckel sehen, den goldfarbenen SUV mit geöffneten Türen und ... drei Männer am Boden. Der dürre Mann mit dem Rattenschwanz lag mit dem Gesicht im Staub. Auch der Latino war zu Boden gegangen, wo er zuckend und unter schrecklichen Verrenkungen liegen blieb. Aus seinem Bauch quoll Blut.

Die Männer in den Anzügen, mit denen der ganze Albtraum begonnen hatte, verschanzten sich jetzt hinter ihren Autotüren und hielten ihre silberfarbenen Pistolen weiterhin in der ausgestreckten Hand.

Hinter der Treppe des Wohnwagens schoss jemand. Wahrscheinlich hatte sich Lederjacke dahinter verbarrikadiert – der Glatzköpfige in Schwarz musste auch irgendwo noch sein. Wieder prasselten Schüsse und Kugeln. Ich machte mich so klein ich konnte.

Noch nie in meinem Leben hatte ich solche Angst gehabt.

Noch nie in meinem Leben hatte ich einen Toten gesehen. Oder einen Verletzten.

Und nun waren, direkt vor meinen Augen, drei Menschen erschossen worden.

Und sie lagen da und niemand half ihnen und die anderen hörten nicht auf zu schießen –

Ich dachte an zu Hause. Ich dachte an den Garten und an Tim und an meine Eltern und an meine Freundinnen und an Celina und ... lieber Gott, bitte, bitte mach, dass ...

Da nahm ich neben mir eine Bewegung wahr. Ich krallte mich in Coreys Arm. Jetzt ist es aus, dachte ich. Das war's.

10

Plötzlich konnte ich eine weitere Gestalt da im Schatten der Wohnwagentür entdecken. Sie duckte sich und dann krachten wieder Schüsse und ich kniff instinktiv die Augen zu.

»Psssst«, sagte da eine Stimme neben mir.

Ich riss die Augen auf und erschrak zu Tode. Vor uns, auf dem staubigen Boden, lag ein junger Typ.

Er war vielleicht ein bisschen älter als wir. Um den Kopf hatte er eine weiße Binde, die auf der einen Seite, in Ohrenhöhe, rot war, blutig rot ...

Er robbte näher zu uns heran, während weitere Schüsse explodierten.

Ich wollte etwas sagen, so was wie: Wer bist du? Was ist hier überhaupt los? Aber ich brachte überhaupt keinen Laut heraus. Die Panik hatte mich gelähmt und sprachlos gemacht.

»Wir müssen hier raus!«, sagte der Typ.

Ja, das war mir auch klar...

»Und wie?«, fragte Corey, der total bleich war.

Vor uns wurde immer noch geschossen. Und die Anzug-Typen, Van Damme und der Ringkämpfer, näherten sich dem Wohnwagen. In dem Moment krachte wieder ein Schuss und der Mann in der Lederjacke fiel kopfüber aus dem Wohnwagen, stürzte zu Boden – und blieb reglos liegen.

Mir wurde schlecht.

Ja, wir mussten definitiv hier raus. Ich konnte mein Zähneklappern nicht mehr unterdrücken.

»Los, wir nehmen den SUV!«, sagte der junge Typ und deutete auf den goldfarbenen Wagen von Van Damme und dem Ringkämpfer. »Wir haben nur ein paar Sekunden. Ihr kommt hinter mir her und steigt in die Kiste. Einer von euch lässt den Motor an!«

Wir sollten unsere Deckung aufgeben? Mir wurde schlecht. Tausendmal hatte ich so was im Film gesehen. Manche schafften es, geduckt durch den Kugelhagel zu laufen, manche nicht. Die Helden schafften es meistens. Außer am Schluss. Da wurde auch mal der Held getroffen. Verflucht, ich wusste nicht, ob wir am Anfang oder am Schluss waren! Vielleicht waren wir auch gar keine Helden und kamen jetzt gleich um?

»Annanina.« Das war Corey, er zerrte an meinem Ärmel. »Los, das schaffst du!«

»Ich ... kann nicht ...«, brachte ich heraus, aber da riss er mich schon auf die Beine und zusammen rannten wir, so schnell wir konnten, dem jungen Typen mit der Kopfbinde hinterher, während die Männer in den Anzügen zum Wohnwagen stürzten.

Corey sprang hinters Steuer, ich auf den Beifahrersitz – nur der junge Typ war plötzlich weg.

Hektisch sah ich mich um. Da entdeckte ich ihn. Er war zur Limousine gelaufen und im nächsten Moment wieder bei uns.

»Go! Go! Go!«, rief er, und als Corey Gas gab, quetschte er sich zu mir auf den Beifahrersitz, zog die Tür zu und schrie Corey an: »Dreh um und dann nichts wie weg! Mach schon!«

Da krachten schon Schüsse, ich duckte mich. Etwas schlug in unser Auto ein, zischte an meinem Kopf vorbei und flog mitten durchs Seitenfenster.

Du bist getroffen, dachte ich in dem Moment. Jetzt wird alles gleich ganz still und ganz hell und dann läuft dieser Lebensende-Videoclip vor dir ab und dann bist du tot.

Doch es wurde nicht still, sondern der Motor heulte auf, als Corey das Steuer herumriss und wieder Gas gab. Und ich sah nicht ins Licht, sondern starrte auf dieses kreisrunde Loch und die sternenförmig splitternde Seitenscheibe ...

Ich wurde gegen den jungen Typen geschleudert – Corey war irgendwem oder -was auf der Straße ausgewichen. Wir rasten jetzt zwischen den Wohnwagen hindurch. Oh mein Gott, warum musste ausgerechnet Corey am Steuer sitzen?

»Los, Mann! Die sind gleich an uns dran!«, rief der ramponierte Typ neben mir und drehte sich um. »Drück auf die Tube! Schneller!«

Corey saß dicht übers Steuer gebeugt und fuhr so schnell wie wahrscheinlich noch nie in seinem Leben.

Ich krallte mich am Armaturenbrett fest, was natürlich nichts nützen würde, wenn wir irgendwo dagegenknallten.

»Und jetzt?«, schrie Corey.

Oh mein Gott, wir rasten auf einen Maschendrahtzaun zu.

»Links, fahr nach links, da ist eine Ausfahrt!«, schrie der Typ und Corey schaffte es im letzten Moment, das

Steuer herumzureißen. Ich sah über die Schulter zurück. Wir hatten den Campingplatz hinter uns gelassen. Und vor uns lag die Wüste. Geröll, Sand, Kakteen, Dornenbüsche ...

Der Wagen krachte in Schlaglöcher, der Motor heulte wieder auf, aber Corey fuhr nicht langsamer. Er war totenblass, seine Locken waren nass und klebten ihm an der Stirn. Wie ich aussah, wollte ich gar nicht wissen.

»Die verfolgen uns immer noch!«, schrie ich gegen das Motorengeräusch an und bekam gerade noch den Griff über der Tür zu fassen, bevor der Wagen über die nächste Unebenheit flog und unsanft zurück auf den Boden knallte.

»Klar verfolgen die uns immer noch!«, sagte der Typ neben mir. Er klopfte gegen die schwarze Tasche auf seinen Beinen, die ich erst jetzt bemerkte. War er deswegen zur Limousine zurückgerannt? »Ich hab ja was, was die unbedingt wollten.«

Ich starrte ihn misstrauisch an. »Wer bist du überhaupt?«

»Und was hast du da?«, stieß Corey hervor, während er weiter über die holprige Piste raste.

Der junge Typ ignorierte Corey und streckte mir seine Hand entgegen. »Federico. Für meine Freunde: Rico.«

»Annanina«, sagte ich automatisch und schlug ein.

»Hi Annanina«, sagte er und lächelte mich kurz an.

»Corey Fetzer«, Corey nickte ihm zu, verriss dabei das Steuer und ich wurde gegen Rico geschleudert.

Er hielt mich einen Moment fest. »Geht's?«

»Ja. Total super.« Großartig, ich versuchte lustig zu

klingen. Es ging leider daneben. Der Wagen schoss über die Piste, flog über Steine, krachte in Löcher. Ich betete, dass wir lebend hier wieder rauskämen.

Wieder hörte ich einen Schuss.

»Runter!«, befahl Rico und beugte sich über mich. In diesem Moment schlug auch schon eine Kugel ins Heck ein.

Mein Herz stand still. Die wollten uns wirklich umbringen!

»Wer sind die Typen?«, schrie ich, als ich wieder Atem holte.

Corey hatte sich noch näher übers Steuer gebeugt, seine Nase berührte jetzt fast die Scheibe. Immer schneller rasten wir über die Piste. Ich konnte schon gar nicht mehr hinsehen.

»Okay, hier die Kurzfassung ...«, Rico warf einen Blick in den Außenrückspiegel. »Die Männer aus dem Camper haben mich entführt.«

Corey wich einem Schlagloch aus, aber diesmal konnte ich mich noch rechtzeitig am Griff über der Tür festklammern.

»Der Rattenschwanz?« Ich krallte mich noch fester an den Griff.

»Rattenschwanz? Jaja, genau der, und dieser Wichser in der Lederjacke.«

»Und sie haben dir dein Ohr abgeschnitten?«

»Ja, Rattenschwanz hat mir das Ohr abgeschnitten, dieses kleine Arschloch! Wenn ich noch ein bisschen mehr Zeit gehabt hätte, hätte ich ihm seine Eier abgeschnitten!«

Die schwarze Limousine hinter uns krachte in Schlaglöcher, schlingerte – aber sie verfolgte uns.

Corey fuhr wie der Teufel. Ich wurde mal nach links, mal nach rechts geschleudert, dann wieder in den Sitz gedrückt. Den Griff über der Tür ließ ich nicht mehr los.

»Die kriegen uns nicht!«, schrie Rico triumphierend.

»Wieso bist du dir so sicher?«, schrie ich gegen den Motorenlärm an.

»Weil wir einen Vierradantrieb haben und die nur 'ne Limo! Was zum Teufel habt ihr hier eigentlich zu suchen?«

»Wir haben dein Ohr gefunden«, sagte Corey, ohne den Blick von der Piste zu nehmen.

»Ihr habt mein ... mein ...«

Rico verschlug es die Sprache.

Und jetzt begriff ich auch: Rico wurde das Ohr abgeschnitten. *Das* Ohr – das bei Corey zu Hause im Kühlschrank lag.

In dem Augenblick starrte Corey zu uns herüber. Ich griff gerade noch rechtzeitig ins Lenkrad, bevor der Wagen voll in ein Loch geknallt wäre.

»Wo habt ihr mein ... wo habt ihr es gefunden?« Rico schluckte.

»Vor unserem Haus, mein Bruder hat es vor unserem Haus zufällig entdeckt.«

»Aber ...«, setzte Rico an und brach dann wieder ab.

»Wieso haben die dich entführt?«, fragte Corey.

»Weil meine Eltern ziemlich viel Kohle haben.«

Corey starrte schon wieder zu Rico herüber. Ich folgte seinem Blick. Aus dem Reißverschluss der schwarzen Tasche auf Ricos Schoß quollen ... waren das wirklich ... wirklich Dollarscheine?

»Dann gehört das deinen Eltern?«, hakte ich nach.

Rico sah auf die Tasche und zog den Reißverschluss wieder zu.

Während ich – vergeblich – auf eine Antwort wartete, musterte ich ihn von der Seite. Erst jetzt fielen mir seine schwarzen glänzenden Haare unter dem Verband auf, seine olivfarbene Haut, die leicht gebogene Nase und die vollen Lippen.

Genau in der Sekunde sah er zu mir herüber. Er hatte die dunkelsten Augen, die ich jemals gesehen habe. Dunkel wie ... wie der Turmalin ...

Und obwohl ich schnell wieder nach vorn durch die Windschutzscheibe schaute, hatte ich das Gefühl, er würde mir noch immer in die Augen sehen.

»Yes! Die bleiben hinter uns zurück!«, sagte Corey auf einmal.

Tatsächlich. Der Abstand hatte sich vergrößert.

»Und ... und wie viel ist da drin?«, wagte ich zu fragen und blickte wieder auf die Tasche.

Rico tätschelte sie. »Eine Million Dollar.«

»Eine Million?«, wiederholten Corey und ich gleichzeitig.

Verdammt, dachte ich. Eine Million! Wer lässt sich eine Million klauen? Diese Männer würden uns verfolgen, bis sie ihr Geld wiederhatten. Und sie würden uns erschießen. So wie sie die anderen auf dem Campingplatz erschossen hatten ... Corey beschleunigte, als wäre ihm in diesem Moment genau derselbe Gedanke gekommen.

Der Wagen schoss über einen Sandhügel und dann – auf die Straße. Vor uns war eine richtige Straße!

»Geschafft«, verkündete Corey und drückte noch mal

mehr aufs Gas. »Und jetzt müssen wir zur Polizei und vor allem deine Eltern anrufen.«

»Nein! Zuerst muss ich mein ... mein Ohr wiederhaben!«, schrie Rico gegen das Motorengeräusch an.

Ich sah wieder zurück. Bis jetzt hatten die Männer in der Limo noch nicht die Straße erreicht. Aber es würde nicht mehr lang dauern, da war ich mir sicher.

»Sie werden hinter uns herfahren und dann wissen sie auch, wo wir wohnen!«, schrie ich. Mein Herz klopfte bis zum Hals und mein ganzer Körper hatte angefangen zu zittern.

»Holt mein Ohr, verdammt! Jetzt!«, schrie Rico.

»Hoffentlich kann man es überhaupt noch annähen«, bemerkte Corey überraschend trocken. »Aber okay.«

Rico betrachtete die Häuser mit den ordentlichen Vorgärten, in denen Kakteen und Büsche wuchsen, die nicht viel Wasser brauchten. »Nette Gegend. Ein bisschen spießig, aber nett.«

Corey erwiderte nichts, aber ich merkte, dass ihn der Kommentar kränkte. Er fuhr jetzt langsamer und parkte schließlich vor dem Haus seiner Eltern.

Rico sah aus dem Fenster. »Schönes Haus! Was machen deine Eltern?«

»Mein Dad hat eine Galerie, Mom ist Journalistin«, antwortete Corey kühl.

»Wie habt ihr eigentlich mein Ohr gefunden?« Ricos Frage ging an mich.

»Coreys Bruder hat es gefunden, hier, direkt vor der Tür. Und ein Gärtner von gegenüber hat beobachtet, dass jemand was aus dem Autofenster geworfen hat.« Es hörte sich wirklich ziemlich schräg an.

Rico drehte sich zu Corey. »Dein Bruder?«

Corey hatte schon die Hand am Türgriff, ich sah ihm an, dass er so schnell wie möglich aussteigen und die ganze Sache vergessen wollte.

»Moment mal«, fing Rico an und sah von Corey zu mir und wieder zu Corey. »Nur dass ich das richtig kapiere: Dein Bruder hat mein Ohr gefunden und den Typen gesehen?« Es hörte sich an, als glaubte er uns nicht.

»Nein«, sagte Corey. »Der Gärtner hat die oder den Typen gesehen ...«

»Vielmehr das Auto«, berichtigte ich.

Corey zuckte die Schultern und machte die Tür auf. Es war offensichtlich, dass er von Rico allmählich genug hatte.

Ricos dunkle Turmalin-Augen verengten sich. »Mann, Corey, dein Bruder könnte ernste Schwierigkeiten kriegen.«

Corey hatte schon einen Fuß auf der Erde und hielt mitten in der Bewegung inne.

»Wer waren denn die anderen?«, schaltete ich mich hastig ein.

Rico fixierte uns mit schmalen Augen. Ich wusste, was er sich fragte: ob er uns vertrauen konnte.

»Die in der dunklen Limousine«, fing Rico an, »haben das Lösegeld gebracht. Und die anderen ... das waren Cops. Die wollten die Kohle.«

»Echt jetzt? Cops?«, fragte ich ihn ungläubig. Eigentlich hatte ich ja doch gedacht, dass so etwas nicht sein konnte. »Wieso wollten die Cops denn das Geld? Und wieso ballern die durch die Gegend und schießen sogar auf uns?«

Rico starrte einen Moment gedankenverloren durch die Scheibe.

»Es gibt gute und es gibt böse Cops. Und das waren die bösen.«

»Die bösen?«, wiederholte ich.

Er nickte kurz.

Mehr wollte er offenbar nicht dazu sagen. Okay, dachte ich, auch in Ordnung. Solange wir in Zukunft aus der Sache rausbleiben.

»Ich hole dein Ohr«, sagte Corey, der es ganz offenbar genauso eilig wie Rico hatte, warf die Tür zu und ging zur Gartentür.

Ich packte den Türgriff und wollte vom Sitz rutschen, doch dazu musste Rico erst einmal aussteigen. Er saß zwischen mir und der Tür und sah mich schweigend an.

Sein Blick hatte etwas seltsam Intensives.

»Willst du nicht mitkommen?«, fragte er plötzlich.

»Zum Ohrannähen?« Ich hatte schreckliche Panik vor Krankenhäusern und noch schrecklichere vor Spritzen und Nadeln.

Grinsend schüttelte er den Kopf und klopfte auf die Tasche. »Wir könnten jede Menge Spaß haben.«

Ich starrte auf die prall gefüllte Reisetasche. Eine Million Dollar ...

»Aber das ist doch das Lösegeld von deinen Eltern. Du musst es ihnen zurückbringen!«

»Ach ja, muss ich das?« Sein schiefes Grinsen hatte von einem Moment zum anderen etwas Unheimliches. Aber auch jetzt noch musste ich ihm die ganze Zeit in die Augen sehen.

Endlich stieg er aus und zum Glück kam Corey in

dem Augenblick zurück, in der Hand die durchsichtige Plastiktüte mit dem Ohr.

Er reichte sie Rico. »Wenn du gleich ins Krankenhaus fährst, können die vielleicht noch was machen.«

Rico verzog angewidert das Gesicht.

»Scheiße ... hat einer von euch schon mal so genau sein Ohr angesehen?«

Wie gebannt starrte ich dieses Ohr da an und stellte mir vor, es wäre meins.

»Also, dann«, sagte ich schnell und stieg auch aus. »Es ist ja unglaublich, zu was die Ärzte heutzutage in der Lage sind.« Zu meinem eigenen Entsetzen fing ich an, unkontrolliert zu plappern. Das musste der Schock sein. »Die können ja fast alles wieder annähen«, fuhr ich mit hoher Stimme fort. »Hauptsache ist, dass es gekühlt gelagert wird. Und das haben wir ja gemacht. Aber ich weiß natürlich nicht, wie die Typen da im Jeep dein Ohr gelagert haben ...« Ich verstummte unter Ricos Blick. »Äh ... du ... du solltest dich beeilen ... wegen der Kühlung ...«

»He Leute, ihr wollt mich doch nicht allein ins Krankenhaus fahren lassen, oder?«

Genau das wollten wir, aber bevor ich ihm das mitteilen konnte, wurde ich von Corey unterbrochen.

»So ein Mist«, fluchte er und riss die hintere Autotür auf. »Annanina, steig ein!« Sein Blick war auf die Straße hinter uns gerichtet.

Und jetzt sah ich sie auch: die dunkle Limousine.

»Aber wir hatten die doch abgehängt!«, rief ich, als mich Corey auf den Sitz schubste, selbst einstieg und die Tür hinter sich zuknallte. Rico war schon auf dem Fahrersitz und trat aufs Gas.

»Du hast gesagt, die kriegen uns nicht!«, schrie ich ihn hysterisch an.

»Verdammt, wahrscheinlich haben die rausgekriegt, wo ihr wohnt. In den Polizeiakten ist doch alles haarklein protokolliert«, gab Rico zurück, während er durch die Straße raste.

»Außerdem haben die bestimmt mein Auto gefunden«, sagte Corey.

Oh Gott, ich krallte mich wieder über der Tür fest, diesmal auf dem Rücksitz, und hoffte, dass jetzt niemand vor uns über die Straße gehen wollte.

Rico riss das Lenkrad nach rechts, raste die Seitenstraße runter, um gleich wieder nach links abzubiegen. Corey und ich wurden hin und her geschleudert. Mal fiel ich auf ihn, mal er auf mich, mal prallte ich gegen die Seitenscheibe, mal er.

Ich drehte mich um. Die Limousine war noch nicht wieder aufgetaucht.

»Ich muss sofort zu Adam!«, schrie Corey.

»Adam? Wer verdammt ist Adam?«, schrie Rico zurück.

»Sein Bruder.« Ich versuchte mal zur Abwechslung nicht zu schreien. »Adam ist bei den Nelsons bestimmt in Sicherheit«, beruhigte ich Corey. »Und niemand weiß, dass er bei ihnen ist.«

Corey wollte offensichtlich nicht beruhigt werden. »Rico, lass uns hier raus!« Er trommelte mit den Fäusten auf die Lehne des Fahrersitzes. »Verdammt, halt endlich an!«

»Spinnst du!« Na gut, dann schrie ich eben auch wieder. »Die sind vielleicht immer noch in der Nähe!«

»Ich will da aber nicht noch mehr mit reingezogen werden. Halt sofort an!«

Mit einem Klacken hatte Rico die Türen verriegelt, worauf Corey wütend am Griff rüttelte. »Mach die Tür auf! Mach sofort die Tür auf!«

Rico beschleunigte, der Wagen schoss vorwärts, kam ins Schleudern, pflügte einen Briefkasten um, holperte über den Bordstein und fand schlingernd wieder zurück auf die Fahrbahn.

»Du verdammter Idiot, willst du uns alle umbringen?«, brüllte Corey.

»Ich nicht, aber die Typen, die hinter uns her sind! Vermutlich ist dein Bruder gar nicht ernstlich in Gefahr. Aber wir. Wir sind Zeugen! Hast du es immer noch nicht kapiert?«

Mein Magen rumorte und mir wurde schwindlig. Nein, mir durfte jetzt nicht schlecht werden. Bloß nicht kotzen!

Coreys Blick, als er zu mir herüberschaute, machte mir dann allerdings noch mehr Angst.

»Annanina«, sagte er leise zu mir. »Das Handy ... ich hab's im Auto vergessen.«

Na, wenn's nur das war. Ich atmete erleichtert auf.

»Was wollen die schon mit deinem Handy?«, erwiderte ich. »Und wahrscheinlich haben sie's noch nicht mal gefunden.«

Corey presste die Lippen zusammen. »Und wenn doch?« Er runzelte die Stirn. »Außerdem weiß ich noch nicht mal die Handynummern von meinen Eltern auswendig.«

»Ach, das lässt sich rauskriegen«, versuchte ich ihn zu beruhigen. »Ist vielleicht sowieso besser, du rufst sie erst mal nicht an. Ich meine ...«

»Ich soll sie nicht anrufen?«, unterbrach er mich.

»Was glaubst du, wie die sich aufregen!«, sagte ich, als Rico mit quietschenden Reifen nach links abbog. Meinen Eltern würde ich so was nie erzählen! Nein, niemals! Sie würden sterben vor Angst! Und würden mir ewig lang vorwerfen, dass ich mich auf so etwas eingelassen hatte.

»Du hast mir doch selbst gesagt, dass sie sich dauernd um Adam Sorgen machen«, redete ich weiter auf Corey ein, der ganz blass war und sich krampfhaft am Türgriff festhielt.

»Ja«, sagte er und nickte.

»Na, eben.«

Er dachte nach. »Du hast recht«, sagte er schließlich.

Ich bemerkte, wie Rico einen kurzen Blick auf Corey warf, bevor er mich im Rückspiegel musterte. Aber ich konnte den Blick nicht deuten.

Ich redete mir krampfhaft ein, dass wir in wenigen Stunden alles hinter uns hätten, bei Coreys Eltern zu Hause wären und dann würde sich sowieso alles zum Guten wenden. Maureen und Andrew wüssten ganz sicher eine Lösung. Ganz, ganz bestimmt.

»Wir sind da, Leute«, sagte Rico und seine Stimme klang ziemlich belegt.

11

Medical Center konnte ich auf dem großen Schild lesen.

Vor der Klinik, einem breit angelegten, nur wenige Stockwerke hohen Gebäude, befand sich ein riesiger Parkplatz. Rico steuerte gleich die Plätze nahe am Eingang an. Rico wollte gerade einparken, als mir ein Polizeiauto auffiel, das langsam die Parkreihen hinaufrollte. Suchten sie schon den Geländewagen, in dem wir saßen?

»Was ist, wenn diese Cops den SUV als gestohlen gemeldet haben?«, fragte ich besorgt.

»Haben die bestimmt nicht«, gab Rico zurück. »Die müssen doch selbst aufpassen, dass sie aus der Schusslinie bleiben.«

»Aber die könnten sicher was erfinden«, wandte ich ein.

Rico drehte sich zu mir um und grinste spöttisch. »Stimmt. Ja, dann sollten wir wohl bald in ein anderes Auto umsteigen.«

»Du meinst, ein Auto klauen?«, fragte ich und es hörte sich ziemlich naiv an. Corey sah mich entsetzt an.

Rico nickte, als sei das die selbstverständlichste Sache der Welt, und rangierte in einem Zug ein.

»Und die Polizei?«, versuchte ich es noch mal.

»Okay, schon gut. Dann gehen wir nachher eben zur Polizei. Aber ich muss erst zu den Ärzten, okay?« Er hielt mir die Plastiktüte hin. »Kannst du das für mich tragen?« In der anderen hatte er die prall gefüllte schwarze Reisetasche. Ich zögerte. »Annanina«, bat er leise. Auf einmal war etwas anders als vorhin. *Er* war anders. Irgendwie verletzlicher.

»Gib her«, sagte ich ruppig, »aber du musst mir versprechen, auch mein Ohr zu tragen – falls ich dich mal drum bitten sollte.«

Manchmal mache ich solche komischen Witze. Vor allem dann, wenn mir eigentlich gar nicht nach Witzen zumute ist.

»Versprochen«, sagte Rico grinsend.

»Kommt ihr jetzt oder was ist?«, rief Corey, der schon ausgestiegen war.

»Beeilen wir uns lieber, sonst taut mein Ohr noch auf ...«, witzelte Rico und nahm zu meiner Verwunderung meine Hand. Ich weiß nicht, warum, aber ich zog sie nicht weg. Und irgendwie fühlte es sich ganz richtig an.

Ohne Zögern steuerte Rico mit mir – und der Reisetasche – auf den Empfang zu, hinter dem drei Empfangsdamen in grünen Kitteln saßen. Eine war etwas älter und trug eine große Hornbrille. Sie war diejenige, die gleich aufsah, als wir zu dritt an den Tresen herantraten. »Wie kann ich Ihnen helfen?«, fragte sie und sah dabei auf Ricos Verband mit dem durchgesickerten Blut.

Ich hielt die Plastiktüte mit dem Ohr hoch. Rico setzte ein dämliches Grinsen auf.

Die Frau zuckte zurück und griff nach dem Telefon. Sie rief einen Arzt an und versicherte uns, dass wir gleich in die Unfallchirurgie gebracht würden.

Als sie aufgelegt hatte, fragte sie mit einem bestürzten Blick auf die Tüte. »Wie ist das passiert?«

»Hab mich beim Rasieren geschnitten«, antwortete Rico todernst. Wenn die ganze Angelegenheit nicht so furchtbar ernst gewesen wäre, hätte ich jetzt bestimmt gelacht.

Weil keine Stühle mehr frei waren, blieben wir neben der Empfangstheke stehen und warteten auf den Arzt.

Ich deutete auf die Tüte mit dem Ohr und den Eiswürfeln, die wir dazugepackt hatten. »Hoffentlich hält die Kühlung noch.«

»Das hoffe ich doch! Ich will nicht mit einem halb verwesten Ohr rumlaufen!«, meinte Rico, worauf sogar Corey ein bisschen grinsen musste.

Glücklicherweise dauerte es wirklich nicht lang, bis ein Arzt auf uns zukam. Um seinen Hals hing ein Stethoskop.

»Dr. Roybal«, stellte er sich vor und betrachtete erst Ricos Verband – sah dann auf die Plastiktüte in meiner Hand und schließlich wieder zu Rico. Aber statt uns mit Fragen zu überhäufen, sagte er nur: »Hier entlang!«, und zeigte auf eine Tür.

Wir gingen einen langen Flur entlang, bis Dr. Roybal vor einer großen Tür mit der Aufschrift *Unfallchirurgie* stehen blieb.

»Sie«, damit meinte er mich und Corey, »bleiben hier, sonst nähen wir vielleicht aus Versehen einem von Ihnen das Ohr von Ihrem Freund an.«

Wahrscheinlich sollte es witzig sein, aber keiner von uns lachte.

»Wird es wehtun?«, fragte ich ihn.

»Ihr Freund wird's überleben.«

»Ich wollte wissen, ob's wehtut!«, wiederholte ich verärgert.

Rico drückte meine Hand. »Schon okay, Annanina«, sagte er leise zu mir. In dem Moment tat mein Herz weh. Na ja, es war eher so, als würde es da drin ganz warm werden und ziehen.

»Corey, du nimmst das hier.« Rico übergab Corey die Reisetasche und sah ihm dabei eindringlich in die Augen. Corey nickte überraschenderweise, als wäre ihm gerade ein Auftrag übertragen worden, den nicht einmal er ablehnen konnte. Nicht einmal, wenn er von Rico kam.

Ich wollte Ricos Hand nicht loslassen, aber schließlich musste ich es doch, denn Dr. Roybal hielt schon die Tür auf.

Ich setzte mich zu Corey auf einen der kalten orangefarbenen Plastikstühle, die in einer Reihe an der Wand standen.

Corey hatte die Tasche zwischen die Füße gestellt. Eine Krankenschwester schob einen Verbandswagen vorbei, kurz darauf rannten zwei Ärzte den Gang entlang. Ihre Gummisohlen quietschten auf dem Fußboden.

Auf einmal schlug sich Corey auf die Oberschenkel und stand auf. »Wieso sitzen wir hier eigentlich rum?«

»Weil wir auf Rico warten. Er kann nach der OP bestimmt nicht Auto fahren.«

Nachdenklich rieb sich Corey die Nase.

»Ich möchte wissen, warum seine Eltern nicht hier sind«, sagte er dann. »Ist doch schräg, oder? Und warum wollte er sie nicht mal anrufen?«

»Hm.« Es behagte mir ganz und gar nicht, was Corey da sagte. Aber er sprach ja nur aus, was mir selbst schon durch den Kopf gegangen war.

Corey setzte sich wieder, stützte den Kopf in die Hände und starrte auf die Tasche.

»Die ganze Story ist seltsam«, sagte er. »Erst die Typen in der Limo, dann die anderen im SUV. Die einen bringen das Lösegeld, die anderen wollen es ihnen wieder abjagen. Und dann erschießen sie sich gegenseitig.« Er zog die Brauen zusammen. »Und noch was: Findest du Rico nicht ein bisschen zu cool für das, was alles passiert ist?«

»Du meinst, er hätte sich vor Angst in die Hose machen müssen?«

»Na ja«, Corey fuhr sich nervös durch die Haare, »er ist schließlich entführt worden, sie haben sein Ohr abgeschnitten und vor seinen Augen werden ein paar Leute abgeknallt. Und dann verfolgen uns auch noch korrupte Cops.«

»Hm«, machte ich wieder. »Er ist halt anders. Anders als wir.« Ich zuckte die Schultern. »Wer weiß ... wie er aufgewachsen ist.«

»Das alles ist so dermaßen verfahren.« Corey seufzte. »Warum haben wir nicht einfach weiter diesen Film gesehen und Popcorn gegessen, Annanina?« Er stand auf. »Hier kann man bestimmt irgendwo telefonieren. Ich ruf jetzt meine Eltern an.« Wieder fuhr er sich durch die Haare, die schon ganz wirr waren. »Wie soll ich ihnen das alles bloß erklären?« Er kratzte sich am Kopf. »Es ist nur ...«, er steckte die Hände in die Hosentaschen, dass sie sich ausbeulten. »Verdammt, sie haben bestimmt versucht, mich anzurufen. Und wenn doch einer von den Typen das Auto gefunden hat und ... mein Handy ... verdammt, Annanina, dann wissen die definitiv, dass wir alles gesehen haben! Dass wir mit Rico geflohen sind und dass wir das Geld haben!«

»Jetzt bleib mal ruhig«, sagte ich. »Die hatten bestimmt keine Zeit mehr, das Auto zu durchsuchen. Wahrscheinlich sind diese Cops nur hinter Rico her.« Das machte das Ganze wahrhaftig nicht besser. Aber Corey war nun mal nicht gut auf Rico zu sprechen, warum auch immer. »Wer weiß«, fuhr ich hastig fort, »vielleicht wissen die noch nicht mal, dass es uns gibt.«

Ja, das klang vernünftig. An dieser Version hielt ich mich fest. Die wussten nichts von unserer Existenz. Nur eins war trotz alledem klar. Die waren eindeutig hinter Rico her.

Corey war sowieso nicht meiner Auffassung.

»Mensch, Annanina, die *werden* das Auto finden. Und dann auch mein Handy. Und dann müssen sie doch nur noch im Telefonbuch nach *Mom* oder *Dad* suchen, sie anrufen und fragen, wo sie wohnen, weil ... was weiß ich, weil ich verunglückt bin oder so! Oder noch einfacher, sie müssen sich nur durch irgendeine Datenbank klicken und schon wissen sie, wem der Toyota und das Handy gehören ... Und dann, dann fahren sie zu unserem Haus und ... und bringen uns alle um.«

Mir wurde eiskalt. »Okay, dann ruf sofort deine Eltern an und dann die Polizei!«, sagte ich.

»Du wartest hier, ja?«

»Wo sonst? Jetzt mach schon!«

»Die Tasche!«, ermahnte er mich noch. »Pass bloß auf die Tasche auf!«

Dann rannte er los.

Oh Gott, wir waren genau die Art von Zeugen, die man eliminieren musste. Eliminieren. Aus der Welt schaffen. Verschwinden lassen.

So hieß das doch.

In mir schwappte etwas hoch und ich schaffte es gerade noch aufs Klo.

Als ich mir den Mund auswusch, erschrak ich vor dem blassen Gesicht im Spiegel. Und im nächsten Moment erschrak ich noch viel mehr. Die Million! Ich hatte sie einfach da draußen im Flur stehen gelassen!

Ich stürzte hinaus. Sie war noch da. Na, immerhin. Ich hatte echt nicht die geringste Lust, Rico zu erzählen, dass wir seine Million verschlampt hatten.

Ich hatte keine Ahnung, wie lange so eine OP dauern würde, und in der Aufregung auch vergessen, Dr. Roybal danach zu fragen. Corey war noch nicht wieder zurück, als die Flügeltür aufflog und Dr. Roybal auf mich zukam.

Ich sprang auf und wäre beinahe wieder auf meinen Stuhl zurückgefallen. Meine Knie waren ganz weich. Und als sich Dr. Roybal räusperte, ahnte ich, dass etwas nicht stimmte.

»Wir haben die Wunde versorgt, aber das Ohr war leider nicht mehr zu retten«, fing er an und musterte mich eingehend. »Wie ist das passiert?«

»Das hat Rico Ihnen doch bestimmt erklärt.«

Dr. Roybal lächelte mich herablassend an. »Sie wollen mich doch nicht für dumm verkaufen.«

Ich mochte seine Art nicht und ich mochte nicht, wie er mich behandelte.

»Das Ohr ist mit einem scharfen Schnitt abgetrennt worden.«

Sein Blick war bohrend. Wusste er, was passiert war? Hatte Rico ihm vielleicht was gesagt?

»Wenn es sich um eine Verwicklung in ein Verbrechen handelt, müssen Sie das der Polizei mitteilen. Das ist Ihnen hoffentlich klar. Oder, Miss? Sonst sind Sie Mitwisserin. Und in unserem Rechtssystem machen sich Mitwisser mitschuldig.«

Sollte ich ihm die ganze Sache nicht doch anvertrauen? Wäre das nicht besser?

»Ich weise Sie darauf hin, dass das Krankenhaus verpflichtet ist, Verbrechen zu melden.« Dr. Roybal gab nicht auf. Aber letztlich war es doch Ricos Entscheidung, ob er etwas erklären wollte oder nicht – und nicht meine.

Ich beschloss also, bei meiner Version zu bleiben, nahm all meinen Mut zusammen, setzte ein freundliches Lächeln auf und sagte: »Ich verstehe. Aber es war ein Unfall.«

Er runzelte die Stirn, aber dann meinte er nur: »In zehn Minuten können Sie zu Ihrem Freund.« Er deutete zum hinteren Teil des Gangs. Ich sah auf die große Uhr an der Wand. Er nickte mir noch einmal zu und ging dann weiter, zog eine Tür auf und verschwand dahinter.

So langsam fragte ich mich, wo Corey so lange blieb. Dermaßen lange konnte es doch nicht dauern, bis er mit seinen Eltern telefoniert hatte.

Ich hoffte nur, dass sie uns helfen könnten. Denn

meine Eltern einzubeziehen, hätte das Ganze nur noch schwieriger gemacht.

Ich setzte mich wieder hin und starrte auf den Minutenzeiger, der unendlich langsam weiterruckte.

Da, endlich, kam Corey den Flur hinaufgerannt.

»Ich konnte nur die Sekretärin in Dads Galerie erreichen!«, rief er mir schon von Weitem zu. Schnaufend blieb er vor mir stehen und schüttelte den Kopf. »Sie meinte, dass meine Eltern in total wichtigen Meetings sind und ihre Handys ausgeschaltet haben.«

»Hast du denn keine Nachricht für deine Eltern hinterlassen?«, fragte ich.

»Natürlich nicht! Ich hab mein Handy doch nicht mehr! Wie sollen sie mich denn zurückrufen? Und außerdem ... wie hätte ich denen in der Galerie das alles erklären sollen?«

»Und was machen wir jetzt?«

»Ich hab die Polizei angerufen und denen alles erzählt. Na ja, außer der Sache mit den Cops. Und sie haben versprochen, einen Streifenwagen vorbeizuschicken.«

»Was?« Ich sprang auf. »Hierher?«

»Ja, natürlich hierher! Die können uns dann vernehmen und nach Hause fahren!«

»Wieso sollen die uns nach Hause fahren?«

»Wieso? Weil wir in Lebensgefahr sind, ganz einfach.«

»Aber wenn Rico recht hat und diese Anzugtypen von der Polizei ...«

»Glaubst du das wirklich?«

»Ja«, sagte ich schlicht.

Ächzend ließ sich Corey neben mich auf den Stuhl sinken.

»Scheiße, und was machen wir jetzt?«

»Woher soll ich das wissen!«, fuhr ich ihn an. »Ich hab so was noch nie erlebt!«

»Denkst du, ich vielleicht?«

Ich seufzte laut. »Mann, Corey ...«

Er seufzte auch. »Mann, Annanina.« Und aus irgendeinem Grund stahl sich plötzlich ein winziges Lächeln auf seine Lippen.

Ich erhob mich. »Komm, wir können jetzt zu ihm. Vergiss die Tasche nicht!«

Sein Lächeln verschwand. Er biss sich auf die Lippen und sagte nichts mehr.

12

Ich erschrak, als ich Rico da so liegen sah. Die rechte Gesichtshälfte bräunlich vom Jod oder was auch immer sie da zum Desinfizieren draufpinseln. Der Verband war dick und blütenweiß – und nicht mehr schmuddelig und blutig.

Er war wohl gerade erst zu sich gekommen.

Müde hob er die Hand und machte das V-Zeichen.

Und dann war er wieder eingeschlafen.

Ich setzte mich zu ihm aufs Bett. Corey holte den Stuhl vom Tisch unterm Fenster und zog ihn ans Bett heran.

Schweigend saßen wir eine ganze Weile da.

»Wie lange willst du noch hierbleiben?«, fragte mich Corey irgendwann.

»Bis er wieder aufwacht, natürlich. Mann, Corey, wir können ihn doch nicht einfach im Stich lassen!«, sagte ich leise.

»Wieso nicht? Wir haben unser Bestes getan. Wir haben ihm sein Ohr wieder ... na ja, wiedergegeben ... irgendwie«, erwiderte er deutlich weniger leise.

»Na, viel genützt hat ihm das ja nicht.«

»Dafür können wir doch nichts! Und wir haben ihn ins Krankenhaus gefahren. Außerdem haben wir ihn auf dem Campingplatz gerettet!«, sagte Corey.

»Ich weiß nicht, hat nicht eher er uns gerettet?« Wären wir ohne ihn zum Auto gerannt? Bestimmt nicht.

Ich seufzte und betrachtete Rico. Ich fragte mich, wie es wohl war, entführt zu werden. Er musste doch Todesangst gehabt haben. Und wie sie ihm dann das Ohr abgeschnitten hatten, das musste doch furchtbar gewesen sein! Ich stellte mir vor, wie dieser Typ mit dem Rattenschwanz ein Messer rausgeholt hatte ... Wenigstens hatte Rico in dem ganzen Durcheinander entkommen können. Wer weiß, was sonst mit ihm passiert wäre.

In diesem Moment ging die Tür auf. Die Krankenschwester stutzte kurz, als sie uns sah.

»Wir sind seine Freunde«, erklärte Corey, bevor sie etwas fragen konnte. Es hörte sich komisch an, wie er das sagte. Ich hatte nicht den Eindruck, dass Corey Rico überhaupt mochte.

Die Krankenschwester musterte uns, nickte dann und kontrollierte Ricos Blutdruck.

Bevor sie wieder verschwand, drehte sie sich zu uns um. »Euer Freund muss Anzeige erstatten, das wisst ihr doch.«

Wir antworteten nicht. Ich hatte keine Ahnung, welche Story Rico erzählt hatte. Irgendeine, nur nicht die wahre, da war ich sicher.

Ricos Augenlider fingen an zu flattern, seine Lippen bebten.

»Rico?« Ich beugte mich über ihn.

Er machte die Augen auf und sah mich an. Aus seiner Kehle kam ein leises Ächzen. »Anna... Annanina.«

»Corey ist auch da. Wie geht's dir?«

»Wie seh ich aus?«

»Besser als vorher ...«

Er lächelte schwach.

»Tja, hat wohl nicht geklappt.«

Ich schüttelte den Kopf.

»Jetzt weiß ich, warum man *zwei* Ohren hat.« Er sah aus, als ob er lächeln wollte.

»Scheiße, lachen tut verdammt weh.« Seine Hand griff nach meiner und ich spürte, wie mir die Röte ins Gesicht schoss, und zog meine Hand schnell zurück. Aber Corey war der Moment nicht entgangen.

»Wir müssen los«, sagte er und erhob sich von seinem Stuhl.

»Aber ihr lasst mich hier doch nicht ...« Rico wollte etwas sagen, doch da fielen ihm wieder die Augen zu.

»Annanina«, sagte Corey auf einmal schroff zu mir. »Seine Eltern sind bestimmt schon angerufen worden und unterwegs. Komm jetzt endlich!«

»Trotzdem kann ich ihn doch nicht hier so allein liegen lassen!« Ich streckte meine Hand aus und berührte vorsichtig Ricos linke Wange. Ich konnte nicht gehen.

»Willst du etwa hier warten, bis seine Eltern kommen oder die Polizei?«, fragte Corey ungeduldig.

Rico öffnete wieder die Augen. »Polizei? Ihr habt doch hoffentlich nicht die Polizei angerufen – oder ... oder doch?«

Ich zögerte und wartete darauf, dass Corey etwas sagte. Aber er schwieg.

»Hey Leute«, Rico klang plötzlich panisch. »Ihr kriegt einen Anteil von dem Geld, wenn ihr mir helft und mich mitnehmt.« Er machte Anstalten aufzustehen.

Corey hob die Tasche an. »Einen Anteil von dem hier?«

Ruckartig versuchte Rico, sich aufzusetzen.

»Ja, kommt!«

»Wohin?«, fragte Corey, ohne sich zu rühren.

»Hier raus, ganz einfach. Krankenhäuser machen mich krank. Oh, Mann«, Rico versuchte erneut, sich aufzurichten.

Ich hatte Erbarmen und half ihm.

»Diese verfluchten Quacksalber haben mir einen ordentlichen Cocktail in die Venen gejagt. Wow!«

»Rico, verdammt. Wo sind deine Eltern? Warum holen die dich nicht ab?«, zischte Corey. »Warum sagst du uns nicht, was wirklich los ist?

Rico fixierte ihn mit einem Wahnsinnsblick, dass ich Gänsehaut bekam. Er fuhr hoch, warf mit einem Schwung die Bettdecke von sich und stellte die Beine auf den Boden. »Scheiße ...«, brachte er gerade noch hervor, dann sackte er stöhnend aufs Kissen zurück.

»Ist schon gut, Rico, wir bringen dich hier raus.«

Ich weiß auch nicht, warum ich das in dem Moment sagte. Vielleicht, weil ich nicht anders konnte, weil ich ihn nicht allein lassen wollte. Und weil wir ihm zu verdanken hatten, dass wir diesen grässlichen Campingplatz lebend wieder verlassen hatten. Und, nun ja, wohl auch, weil ich ahnte, dass seine Eltern – warum auch immer – nicht kommen konnten.

»Du kannst ja gehen«, sagte Corey zu mir, »ich bleibe jedenfalls hier und versuche noch mal, meine Eltern zu erreichen.«

»Echt, Corey«, sagte ich etwas entnervt. »Hättest du mal dein Handy nicht im Auto liegen lassen. Willst du jetzt ständig zur Telefonzelle rennen oder was?«

»Du hast was?« Rico starrte uns erschrocken an.

»Kann dir doch egal sein.« Corey hörte sich trotzig an.

Rico fuhr wieder hoch und diesmal schaffte er es, sitzen zu bleiben. »Es soll mir egal sein? Wenn die dein Handy finden, wissen die, wer sie beobachtet hat. Das ist dir doch bestimmt auch schon aufgegangen. Oder, Klugscheißer?«

Ich sah, wie Corey schwer schluckte.

»Wer ist gerade bei dir zu Hause?«, fragte Rico.

Corey schluckte wieder. »Im Moment niemand.«

»Und wo sind deine Eltern?«

»Meine Eltern sind in Washington und ...«

»Mann, du hast alle in Gefahr gebracht! Die Typen finden ganz schnell raus, wo ihr wohnt! Gut, dass deine Eltern weg sind. Was ist mit deinem Bruder?«

»Der ist bei Nachbarn«, sagte Corey mit schwacher Stimme.

»Da ist er hoffentlich erst mal in Sicherheit. Verstehst du, du kannst jetzt nicht so einfach nach Hause.«

Weder Corey noch ich brachten ein Wort heraus.

Energisch schwang Rico die Beine aus dem Bett.

»Shit, die haben mir Zeug für einen Elefanten gegeben!« Er betastete den Verband. »Und mein Ohr liegt bestimmt schon im Müll.« Er blickte an sich herunter und wurde sich wohl erst jetzt bewusst, dass er noch das weiße Krankenhaushemd trug.

Ich konnte nicht anders und fing an zu kichern. Normalerweise bin ich überhaupt nicht so albern. Ich glaube, es war die Anspannung. Es gibt Leute, die kriegen regelrechte Lachanfälle, gerade dann, wenn es überhaupt nichts zu lachen gibt.

»He, was gibt's da zu lachen?«

»Du hast so weiße Beine«, sagte ich und hielt mir die Hand vor den Mund. Nein, ich wollte jetzt nicht mehr kichern.

Eigentlich waren sie gar nicht so weiß, aber da seine Arme und sein Gesicht gebräunt waren, fielen sie eben auf. Und weil sich schwarze Haare darauf kringelten.

»Ich mag keine Shorts«, knurrte er. »Die machen Typen lächerlich.«

In dem Moment starrten er und ich und Corey selbst auf Coreys nackte Beine, die unter den karierten Shorts herauskamen. Sie waren gebräunt und hellblonde Löckchen kringelten sich darauf wie Flaum.

»Find ich nicht«, sagte ich auf einmal wieder ernst mit einem Seitenblick auf Corey.

»Ich finde, am Arsch offene Krankenhaushemdchen machen Typen noch lächerlicher«, parierte Corey und da musste ich wieder lachen.

»Schon gut, Corey«, sagte Rico. »Aber jetzt helft mir mal. Irgendwo haben die mein Zeug versteckt! Was ist in dem Schrank dahinten?«

Corey machte keinerlei Anstalten, sich zu bewegen, und Rico blieb einfach stehen, er hatte ja dieses Hemdchen an, das hinten offen war. Also ging ich zum Schrank und holte seine Jeans und sein schwarzes Hemd raus.

»Jetzt brauch ich ein bisschen Privacy – ich bin gleich draußen bei euch. Corey, hey, die Tasche lass mal da.«

Corey warf sie ihm vor die Füße.

»Verdammter Mist, das mit dem Handy«, brummte Corey, als wir auf dem Gang standen. »Aber diese angeblichen Cops sind uns ja sofort hinterhergefahren. Die können das Handy gar nicht gefunden haben.«

»Hoffen wir's mal«, sagte ich und stellte mir vor, wie Coreys Eltern schon tausendmal angerufen hatten und das Handy auf dem Sitz vor sich hin schrillte. Aber da war noch was, ich sah es Corey an, so wie er die Lippen aufeinanderpresste und die Stirn runzelte.

Ich sah ihm direkt in die blauen Bergkristall-Augen, die mir sofort auswichen.

»Corey?«

»Was?«, fragte er nervös.

»Ist da noch was außer dem Handy?«

»Nein, nein.« Er lachte kurz auf. »Gar nichts! Das mit dem Handy reicht doch wohl!« Er hatte einen Getränkeautomaten entdeckt und steuerte darauf zu. Wo waren wir da bloß hineingeraten?

Corey hielt mir die Coladose hin. Als ich den Kopf schüttelte, betrachtete er geistesabwesend die Dose in seiner Hand.

Schließlich sah er mich direkt an. »Er gefällt dir.«

Einen Moment lang war ich sprachlos.

»Unsinn«, sagte ich schließlich und merkte selbst, dass ich viel zu schnell redete, »wie kommst du auf so einen Quatsch?«

Mit einer schnellen Bewegung riss er die Dose auf, legte den Kopf in den Nacken und trank.

»Hey Corey, sag schon!«

Doch er trank den Rest und versenkte die Dose mit einem gezielten Wurf im zwei Meter entfernten Mülleimer. *Plopp*.

Im selben Augenblick flog die Zimmertür auf und knallte mit einem dumpfen Laut an den Türstopper. Rico stützte sich mit der einen Hand am Türrahmen ab, in der anderen hielt er die schwarze Tasche.

»So, Leute! Nichts wie weg. Wenn man zu lang in Krankenhäusern ist, stirbt man am Ende!«

Er warf Corey die Autoschlüssel zu. »Du fährst, ich fühl mich noch ein bisschen belämmert.«

Reflexartig hatte Corey die Schlüssel gefangen, jetzt starrte er darauf, als wären sie vergiftet.

»Komm schon, Mann. In einer Stunde bin ich wieder fit.« Mit dem weißen Kopfverband sah er ziemlich irr aus.

Corey rührte sich nicht von der Stelle. Rico fixierte ihn mit seinen schwarzen intensiven Augen.

»Damit kannst du den Scheiß mit dem Handy wiedergutmachen.«

Ich wartete darauf, dass Corey zurückwich. Aber er blieb einfach stehen, die Schultern ein wenig hochgezogen.

»Ich bin nicht sicher, ob du uns die ganze Wahrheit erzählt hast«, sagte er schließlich. »Warum sind zum Beispiel deine Eltern nicht hier?«

Rico schaute ihn schweigend an, eine, zwei Sekunden vielleicht. Heilige Scheiße. Gleich würde er Corey eine runterhauen. Ihm einen Schlag in den Magen versetzen. Oder ihn einfach bloß auslachen. Aber nichts dergleichen geschah. Rico sagte bloß: »Okay, ich erzähl euch alles auf der Fahrt.« Dann drehte er sich um und steuerte den Aufzug an, dessen Türen sich in dem Moment öffneten.

»Was ist, wollt ihr, dass die euch finden?«

Ich hatte Angst. Und ich glaubte ihm.

Ich folgte ihm in den Aufzug.

Corey aber blieb davor stehen und schob trotzig das Kinn vor, bis sich die Aufzugtür schloss.

Hastig drückte ich auf den Türöffner. »Corey, bitte!«

Er überlegte kurz – dann trat er endlich einen Schritt vor.

Keiner von uns sagte was, wir standen nur da und jeder starrte für sich an die graue Fahrstuhlwand. Zum Glück gab es keine Spiegel, in denen man sich automatisch in die Augen hätte sehen müssen. Mir genügte die Spannung, die in der Luft lag, völlig.

Ich atmete auf, als wir endlich wieder aussteigen konnten. Doch in der Krankenhauslobby blieb Rico abrupt stehen.

»Shit! Schnell, dahinten rein!«

Irritiert sah ich mich um, konnte aber nichts Auffälliges entdecken. Nur Patienten im Bademantel und ein paar Besucher, die Blumen dabeihatten.

»Macht schon!«, zischte Rico, zog mich in den Gang und weiter durch eine Tür mit der Aufschrift *Emergency*.

Corey kam hinter uns hergerannt. »Was ist denn los?«

Doch Rico antwortete nicht, sondern lief weiter bis zu den besetzten Stühlen im Wartebereich vor der Rezeption, wo wir uns in der hintersten Reihe auf drei freie Plätze fallen ließen.

»Was für eine Show ziehst du eigentlich ab?«, fragte Corey. Er war eindeutig stinksauer.

»Die haben uns gefunden!«, flüsterte Rico und machte sich kleiner. »Wenn die uns hier sehen, sind wir endgültig geliefert.«

Rico deutete mit dem Kinn in Richtung Flur, der zur Notaufnahme führte.

Da sah ich sie auch. Die Typen vom Campingplatz! Van Damme und den dunkelhäutigen Ringer! Zielstrebig steuerten sie die Notaufnahme an.

Ich hatte das Gefühl, auf der Stelle tot umzufallen.

»Wahrscheinlich hat das Krankenhaus schon Meldung gemacht«, flüsterte Rico. »Los jetzt, Leute.« Hastig stand er auf, ich folgte seinem Beispiel, nur Corey war wie zur Salzsäule erstarrt.

»Corey!«

Er rührte sich immer noch nicht vom Fleck.

»Kommt jetzt endlich!«, drängte Rico.

Ich packte Corey kurzerhand am Handgelenk und gemeinsam schlängelten wir uns zwischen den Wartenden hindurch.

Ich hielt mich dicht hinter Rico, der am Eingang kurz stehen blieb.

»Was ist?«, fragte ich. Ich wollte so schnell wie möglich hier weg.

»Dahinten!« Er zeigte auf eine Parkreihe. »Der alte Ford!«

Ich hatte keine Ahnung, was es mit dem Auto auf sich hatte, aber ich folgte ihm, zusammen mit Corey, den ich immer noch nicht losgelassen hatte.

Der Ford war dunkelgrün und auf der Motorhaube waren helle Flecken, als hätte jemand Säure drübergekippt. Am Kotflügel waren auch ein paar Beulen.

Rico machte sich an der Tür zu schaffen. So schnell konnte ich gar nicht gucken, da hatte er sie schon geöffnet und ließ sich mit einem Ächzen auf den Fahrersitz fallen.

»Passt auf, dass niemand kommt!«, befahl er uns und fummelte unter dem Lenkrad herum.

»Du kannst doch nicht einfach das Auto klauen!«, zischte ich.

»Willst du hier vielleicht warten, bis sie uns aufgespürt haben? Ihr habt's wohl immer noch nicht kapiert, Leute.« Rico sah zu uns auf. »Das sind Cops. Deren Karriere ist erledigt und sie wandern wahrscheinlich lebenslänglich in den Knast, wenn ihr sagt, was ihr gesehen habt. Außerdem habt ihr keine Beweise, euch glaubt doch keiner. Geht das endlich in eure Schädel?«

Die ganze Zeit über hatte ich mir einreden wollen, dass sich schon irgendein Ausweg finden würde. Ein legaler. Doch das stimmte nicht. Rico hatte recht. Wir hatten keinerlei Beweise. Corey erwiderte auch nichts. Er dachte sicher dasselbe wie ich.

»Jesus!«, stöhnte Rico und ließ sich an die Lehne zurückfallen. »Mir ist schwindlig. Corey, du musst das machen.«

»Ich?«

»Verdammt, ja! Los! Setz dich hier hin. Ich zeig's dir.« Rico rutschte auf den Beifahrersitz.

Corey zögerte.

»Mann, Corey, die Bullen kommen gleich raus! Jetzt mach schon!«

»Bitte ...«, flehte ich und erst da gab er sich einen Ruck und nahm Ricos Platz ein.

»Die zwei Kabel ...«, fing Rico an zu erklären.

»Ich weiß«, unterbrach ihn Corey gereizt und beugte sich unters Lenkrad.

Zwei-, dreimal gab der Motor ein zischendes Geräusch von sich, dann lief er tatsächlich. Corey drückte ein paarmal aufs Gas. »Steigt ein!«

Corey hatte ein Auto geknackt ... Ich konnte es nicht glauben ...

Widerstrebend stieg ich ein. Eigentlich sträubte sich alles in mir dagegen, in ein gestohlenes Auto zu klettern ...

»Annanina ...« Corey schien meine Gedanken zu lesen. »Das ist ein Notfall. Okay?«

»Okay«, sagte ich leise.

»Erst mal schön langsam«, meldete sich nun Rico vom Beifahrersitz aus, »damit wir nicht auffallen.«

Ich starrte durch die Scheibe und redete mir ein, dass das alles gar nicht wirklich sei.

13

Woher weißt du, wie man ein Auto klaut?«, fragte ich irgendwann, als Corey langsam die Straße hinauffuhr.

»Ich hab mal in einer Autowerkstatt gejobbt. Geht aber nur noch bei alten Autos ohne Wegfahrsperre.«

»Mhm.« Corey konnte also Autos knacken ... Ob Maureen das wusste?

Ich betrachtete Rico im Außenrückspiegel. Er sah ganz schön mitgenommen aus. Dunkle Augenränder, blasse Lippen und die Augen fielen ihm immer wieder zu.

»Er hat mich gesehen«, sagte Corey plötzlich laut und Rico fuhr hoch.

»Wer?«

»Der Cop, der große«, sagte Corey.

»Van Damme?«, platzte ich heraus.

Rico starrte mich an. Ich zuckte die Schultern. »Er sieht ihm ähnlich.«

»Der Mann heißt Chuck Ashton«, sagte Rico. »Detective Chuck Ashton und sein Partner Salvador Duarte.«

Jetzt hatten sie Namen. Und damit waren sie endgültig real.

»Auf dem Campingplatz«, redete Corey weiter. »Er – Chuck ...«

»Ashton«, ergänzte Rico.

»Ja, Ashton. Also der hat mir direkt in die Augen gesehen. Und wenn er und dieser Duarte mein Handy und das Auto gefunden haben …« Corey schüttelte den Kopf. »Scheiße, ich bin geliefert und Adam und meine –«

»He, pass doch auf!«, schrie Rico plötzlich und griff ins Lenkrad.

Ein Laster raste direkt auf uns zu. Ich krallte mich in die Polster.

»Du Idiot!«, brüllte Corey, stieß Rico grob weg und riss wieder das Steuer herum. Gerade noch im letzten Moment. Wir schlingerten zurück auf die rechte Spur und der Lieferwagen preschte laut hupend an uns vorbei. »Mach das nie wieder!«, schrie er Rico an. »Nie wieder, kapiert!«

Coreys Augen funkelten. So hatte ich ihn noch nie erlebt. »Du bist doch total durchgeknallt. Du hättest uns beinahe umgebracht!« Er war außer sich.

»Bullshit«, gab Rico genauso laut zurück. »Du bist auf die Gegenfahrbahn gekommen.«

»Du hast dahin gelenkt«, widersprach Corey.

Rico schlug mit der flachen Hand aufs Armaturenbrett. »Halt an. Sofort!«

Corey sah ihn ungläubig an, fuhr dann aber an den Straßenrand.

»Ich fahr jetzt. Steig aus!«, blaffte Rico ihn an.

»Spinnst du?«, rief ich von hinten. »Du bist doch noch halb benebelt!«

»Was bleibt mir übrig, wenn keiner von euch fahren kann. Oder kannst du fahren, Annanina?«

»Nein! Ich kann nicht fahren!«

»Wieso nicht?«

»Weil ich erst sechzehn bin! Okay?«, schrie ich zurück. Ich zitterte noch immer wegen dieses Lastwagens. Mann, wir wären beinahe tot gewesen ...

Rico wandte sich Corey zu und sagte grob: »Raus jetzt!«

Corey zögerte.

»Raus, hab ich gesagt!«, brüllte Rico so laut, dass ich zusammenfuhr. »Rauuuuuus!«

»Schon gut ...« Corey hob beschwichtigend die Hände. Dann stieß er die Tür auf und stieg aus. Ich saß wie versteinert da.

Rico rutschte auf den Fahrersitz.

Einen winzigen Moment lang dachte ich: Jetzt fährt er los und überfährt Corey einfach. Der ging nämlich gerade rüber zur Beifahrerseite.

Aber Rico sah nur durch die Scheibe und wartete, bis Corey die Beifahrertür hinter sich zugezogen und sich angeschnallt hatte. Dann erst gab er Gas und mit quietschenden Reifen schoss der Wagen auf die Fahrbahn. Der Fahrer hinter uns blinkte auf und hupte wütend. Rico warf nur einen flüchtigen Blick in den Rückspiegel und schon rasten wir mit hundertsechzig Sachen über die Landstraße.

Warum machte ich jetzt eigentlich die Augen zu und vertraute darauf, dass alles gut gehen würde?

Weil Rico so entschlossen wirkte. Weil er keine Spur von Zweifel an dem zeigte, was wir taten. Fahren Sie nach einer Narkose NIEMALS Auto, fahren Sie nicht schneller als neunzig Meilen pro Stunde, fahren Sie nicht so dicht auf, überholen Sie nicht an unübersichtlichen Stellen. Rico hielt sich an keine einzige Regel.

Entsetzt und zugleich fasziniert saß ich auf dem Rücksitz und sah meinem Leben zu, als wäre es ein Film.

»Halt an!«, sagte Corey auf einmal.

Wir waren auf eine zweispurige Straße aufgefahren, rechts und links befanden sich nur noch Lagerhallen.

»Jetzt, wieso jetzt?«, fragte Rico mit einem spöttischen Grinsen.

»Corey, das ist Unsinn.« Ich beugte mich zu den Sitzlehnen vor.

»Euch ist hoffentlich klar, dass ihr jetzt nicht mehr zurückkönnt.« Ricos Stimme bekam einen scharfen Unterton.

»Aber ich muss unbedingt meinen Eltern Bescheid sagen ...«, wandte Corey ein.

»Lass es, Mann!«, entgegnete Rico. »Mommy und Daddy werden garantiert die Polizei anrufen. Und die Polizei wird uns suchen – und bestimmt auch bald finden. Sicher hat Ashton schon durchgesetzt, dass er sofort verständigt wird, wenn wir gefunden werden. Schließlich haben wir drei Leute auf dem Campingplatz umgelegt. Denn das schieben er und Duarte uns bestimmt in die Schuhe.«

»Blödsinn!«, fuhr ich auf.

Rico warf mir einen kurzen Blick im Rückspiegel zu. »Euer Auto steht am Tatort. Unsere Spuren sind dort. Und im gestohlenen SUV sind sie auch.«

»Aber wir können doch alles aufklären«, sagte ich und versuchte vergeblich, das Zittern in meiner Stimme zu unterdrücken.

»Aufklären?« Rico warf mir wieder einen Blick zu.

»Ihr beschuldigt Cops. Meinst du, dass die Bullen euch das einfach so abkaufen?«

»Sie werden uns töten«, sagte Corey leise.

»Sie werden uns töten«, bestätigte Rico mit einem Nicken. »Darauf kannst du einen dreckigen Rattenschiss geben.«

Meine Gedanken stolperten wild durcheinander.

Auch Corey sagte nichts mehr. Ich glaube, er dachte genau das Gleiche wie ich: Die Polizei würde uns nicht glauben, wir waren auf der Flucht und die würde erst enden, wenn ...

»Wir fliehen also so lange«, fuhr Corey mit seltsam monotoner Stimme fort, »bis entweder Ashton und Duarte überführt sind – oder wir ... wir tot sind.«

»Yep«, sagte Rico ruhig. »Genau so ist es.«

Ich brachte nichts mehr hervor. Wir waren in einem Albtraum gefangen. War das denn möglich? Heute Morgen ... war doch alles noch ganz ... ganz normal ... gewesen.

Ich ließ mich an die Rücklehne sinken und starrte zum Seitenfenster hinaus. Lagerhäuser, Wohnhäuser, Felsen, Straßenschilder flogen vorbei. Aber eigentlich war das eine Täuschung. In Wahrheit fuhren wir die ganze Zeit an einem Abgrund entlang.

»Also, Leute«, kam es plötzlich leichthin von Rico. »Was wolltet ihr schon immer mal machen, wenn ihr reich wärt?«

»Rico! Mir ist jetzt wirklich nicht nach solchen Spielchen zumute«, sagte ich ungeduldig. Vielleicht verfolgte uns immer noch jemand.

Außerdem musste Rico doch endlich mal seinen Eltern Bescheid geben. Sie mussten doch wissen, dass er geflohen war und noch dazu ihr Geld gerettet hatte.

»Du wolltest uns alles erzählen«, erinnerte ich ihn an sein Versprechen.

Im Rückspiegel suchten seine Augen meinen Blick.

»Also gut ...«, sagte er mit einem Grinsen. »Ich erzähle euch, was passiert ist – und ihr sagt mir, was ihr euch am meisten wünscht. Deal?«

Ich zuckte die Schultern.

Corey sagte gar nichts.

»Die Sache ist die ...«, fing Rico an, »meine Eltern haben ein paar Restaurants in der Stadt, wo ziemlich viel Schotter gemacht wird. Einige Leute haben gedacht, cool, davon wollen wir auch was abhaben. Zwei Wichser haben mich vor dem Restaurant überfallen, mir die Augen verbunden und mich auf diesem Campingplatz in einem Wohnwagen verfrachtet. Angeblich haben sich meine Eltern erst mal geweigert, das Lösegeld zu zahlen. Meine Eltern wollten einen Beweis, dass wirklich ich es bin, den die Entführer haben. Rattenschwanz hat mir deswegen einfach das Ohr abgeschnitten.« Rico biss die Zähne zusammen und ballte wütend die Hand. »Der andere ist dann damit losgefahren, um es im Restaurant zu den Lebensmittel-Lieferungen zu mischen. Mann, die haben sich gar nicht mehr eingekriegt, als sie die Idee ausgebrütet haben.« Rico holte Luft. »Später ruft der Lederjackentyp unterwegs aus dem Auto bei Rattenschwanz an. Sie streiten sich über das Lösegeld. Rattenschwanz will auf einmal 60–40 machen, weil er schließlich die Idee hatte. Die waren die ganze Zeit zugedröhnt. Und plötzlich hat Rattenschwanz mir mal eben mitgeteilt, sein Kumpel, der hirnlose Saftsack, hätte mein Ohr aus dem Autofenster geschmissen! Wenn die mich nicht gefesselt hätten, wäre ich Rattenschwanz an die Gurgel gegangen und hätte ihn auf der Stelle erwürgt.«

Das war der Moment, in dem wir ins Spiel kamen – das heißt Adam, dachte ich.

»Rattenschwanz hat nur noch rumgebrüllt«, redete Rico weiter. »Der wollte das Ohr wiederhaben.«

Deshalb war der Jeep also noch mal vor das Haus der Fetzers gefahren.

»Als er das Ohr nicht mehr finden konnte, ist Rattenschwanz erst recht ausgeflippt. Kam dann aber auf die Idee, übers Handy einfach ein Foto zu schicken: Ich ohne mein Ohr. Meine Eltern wollten daraufhin auch gleich zwei Typen mit dem Lösegeld rüberschicken. Rattenschwanz kam sich vor wie 'ne Intelligenzbestie.«

»Das waren also die beiden in der Limousine auf dem Campingplatz?«, fragte ich. »Und die beiden Cops?«

»Tja«, Rico zuckte die Schultern. »Ashton und Duarte kassieren von meinen Eltern Schutzgeld fürs Restaurant. Wahrscheinlich haben die das mit der Entführung mitgekriegt und wollten was vom Kuchen abhaben ... und sie wollten keine Zeugen und Mitwisser. Da gab's nur eins: Sie mussten die Überbringer des Lösegeldes umbringen – und die Entführer natürlich auch, denn sonst hätten die vielleicht noch ausgepackt.«

Ich versuchte, das, was Rico gerade erzählt hatte, in eine Ordnung zu bringen.

»Denkst du, wir sind blöd?«, schnaufte Corey verärgert. »Was ist das denn für eine schräge Geschichte?«

Rico warf ihm einen vernichtenden Blick zu. »Wisst ihr, was, ihr habt null Ahnung, was da draußen wirklich abgeht. Ihr sitzt schön brav bei euren Eltern auf der Couch und schaut euch Filme an, weil euer eigenes Leben zu langweilig ist.« Wieder sah er mich im Rückspiegel an.

Ich biss mir auf die Lippen. Hatte er nicht recht? Wenigstens ein bisschen? Corey und ich hatten uns einen Horrorfilm angesehen, aber das, was wir dann erlebten, auf dem Campingplatz, die Schießerei, die Autojagd – ich fühlte wieder die Panik in mir aufsteigen, die mich beim Anblick der Toten erfasst hatte – das alles war doch viel, viel ... erschreckender. Nein, ich würde mir bestimmt keinen Horrorfilm mehr ansehen. Ich würde ... vielleicht schwimmen gehen wollen oder Eis essen oder sogar mit meiner Mutter shoppen.

»Und jetzt zu meiner Frage an euch.« Mann, der ließ echt nicht locker! Wenigstens fuhr er inzwischen etwas langsamer. »Kommt schon, gönnt mir ein bisschen Spaß nach den Strapazen! Was ist euer sehnlichster Wunsch? Annanina, du zuerst!« Rico lächelte wieder, als wäre nichts gewesen.

»Mhmmm ... ich weiß nicht so ...«

»Komm schon!«, drängte Rico. »Und du, Corey? Was wünschst du dir?«

Corey sah schweigend aus dem Fenster. Vielleicht war Ricos Frage gar nicht zu ihm durchgedrungen.

»He Leute, seid ihr wirklich so langweilig?« Rico schlug aufs Steuer und lachte.

»Strengt mal euren Grips an! Ich will von jedem einen Wunsch! Annanina!«

Zu Hause hätte ich mir vielleicht einen neuen Tennisschläger gewünscht oder dass meine Eltern nicht mehr stritten. Aber hier ... Ich war mir gar nicht mehr so sicher, was ich mir wirklich wünschte – möglichst bald wieder in Coreys Haus oder nicht doch lieber nach Berlin zurückzukehren.

Draußen schien die Sonne von diesem ins Endlose gedehnten blassblauen Himmel. Irgendwo weiter im Westen war der Pazifik mit seinen Stränden und den rauen Wellen. »Ich wünsche mir, dieser Albtraum wäre endlich zu Ende ... und wir könnten einfach weiterfahren. Bis ans Meer.«

Rico grinste zu mir nach hinten.

Corey starrte weiter aus dem Fenster, als ginge ihn das alles nichts an, ja, als wäre er gar nicht hier, sondern längst schon zu Hause.

Rico nahm die nächste Ausfahrt.

»Wohin fahren wir?«, klinkte sich Corey nun doch wieder ein. »Wir brauchen so langsam einen Plan, Leute.«

Ich wartete darauf, dass Rico etwas erwiderte, aber er sah mich nur an und dann wieder auf die Straße. Keine Ahnung, was er vorhatte.

Rechts und links tauchten nun immer mehr Häuser und Geschäfte auf. Wir näherten uns der City von Santa Fe. War hier in der Nähe nicht auch das *Helios*, in dem Celeste jobbte? Rico fuhr jetzt langsamer.

»Rico, wohin fahren wir?«, wiederholte ich ungeduldig Coreys Frage.

»Überraschung!«, sagte Rico, als würde ihn das alles total amüsieren.

Am Straßenrand rangierte ein blauer Wagen aus einer Parklücke. Rico bremste abrupt und scherte ein. Er stellte den Motor ab und drehte sich zu uns.

»So, Leute, wir sind da!«

»Ich fahr jetzt von hier zur Polizei«, sagte Corey zornig und sah mich auffordernd an. »Kommst du mit?«

»Mann, benutz endlich deinen Schädel! Wir haben zwei korrupte Bullen am Hals«, sagte Rico ungeduldig.

Corey verschränkte die Arme vor der Brust und blieb einfach sitzen.

Rico sah mich an. »Ich hab dem Tod ins Auge gesehen – glaubt mir, das gibt einem einen ganz andern Blick aufs Leben.«

Nicht sein etwas theatralisches James-Bond-Gehabe war es, das mich in dem Moment alles andere vergessen ließ. Es waren seine Augen.

Turmalin.

Schön!, hatte der Verkäufer in dem verstaubten Steinladen in Kreuzberg gesagt, als Celina und ich dort die Steine ausgesucht hatten. *»Der Bergkristall ist das helle Licht in der hellen Welt und der Turmalin – das Licht in der dunklen Welt ...«*

Rico sah mich immer noch an. Turmalin – das Licht in der Dunkelheit ...

»Alles okay mit dir?«, fragte er.

»Jaja ... alles okay ...« Ich wusste nicht, ob alles okay war. Eigentlich war gar nichts okay. Aber ich spürte etwas, das ich noch nie gespürt hatte. Etwas Warmes in mir, tief drinnen. Etwas, das mir gehörte, ja, es war etwas, das ich war und das ich noch nie so intensiv wahrgenommen hatte. Ich wollte nicht, dass es aufhörte.

Ich machte die Tür auf und stieg aus. Die Sonne umhüllte mich mit ihrer Wärme. *Es ist alles gut,* schien sie zu sagen.

Rico drehte sich zu mir um und streckte mir die Hand entgegen.

14

Parfümierte Kühle empfing uns, als wir die Glastür aufzogen.

»Mal sehen, was die hier so haben«, raunte Rico mir zu und setzte ein strahlendes Lächeln auf, als die – zugegebenermaßen sehr hübsche – Verkäuferin ebenfalls freundlich lächelnd auf uns zukam.

»Hallo, meine Schöne!«, begrüßte er sie selbstbewusst. So einen Ton würde ich bestimmt nie hinkriegen: nicht mit so einem Kopfverband, nicht in so einem Laden und auch nicht mit einer Million Dollar in der Tasche.

»Kann ich Ihnen irgendwie helfen?«, erkundigte sie sich zuvorkommend und musterte den Verband.

»Ich denke schon«, sagte Rico, der weiterhin gekonnt seinen Charme spielen ließ. »Wir hätten gern etwas für«, er sah mich an, »für meine Begleiterin.«

Irritiert schüttelte ich den Kopf.

»Also, wie wär's mit ...« Weiter hinten im Laden hatte er offenbar etwas entdeckt und steuerte darauf zu.

»Das hier.« Er hatte einen Bügel mit einem schwarzen Minikleid herausgezogen.

»Wie bitte?!«, fragte ich entgeistert. Ich trug doch so gut wie gar keine Kleider, höchstens mal einen Jeansrock. Allerhöchstens.

Er nickte bloß und strahlte jetzt *mich* an. Yep, er sah sogar mit Verband gut aus, fiel mir in dem Moment auf.

»Das ist wie für Sie gemacht«, sagte die Verkäuferin mit professioneller Begeisterung, »dort hinten sind die Umkleidekabinen. Kommen Sie!«

Rico drückte mir den Bügel mit dem Kleid in die Hand.

Die Verkäuferin hielt mir die Kabinentür auf.

Was, zum Teufel, sollte ich hier? Das schwarze Kleid hing da am Bügel wie etwas, das nichts, rein gar nichts mit mir zu tun hatte.

Plötzlich fragte ich mich, warum ich da eigentlich mitmachte. Weil ich ihm einen Gefallen tun wollte? Blödsinn! Oder war da noch was anderes? Schon möglich ... Seufzend ließ ich mich auf den Hocker fallen.

Nur weil Rico diese Turmalin-Augen hatte, weil er mich so ... so behandelte, weil ich mich in seiner Gegenwart irgendwie anders fühlte, besonders, wertvoller ... nur deshalb ließ ich mich auf etwas ein, das doch total verrückt war.

»Und, wie sieht es aus?«, rief Rico erwartungsvoll von draußen.

»Gleich!« Ich zog also meine Jeans und die Bluse aus und das Kleid an. Ich musste mich ein bisschen verrenken, bis es über die Schultern und über die Hüften ging. Aber dann passte es. Einen Augenblick sah ich mich im Spiegel an.

War ich das, diese Fremde mit den kurzen dunklen Haaren, dem großen Mund und diesem prüfenden Blick?

Jetzt verstand ich, warum Mom immer meinte, ich hätte so was Skeptisches und Herausforderndes und das würde manchen Typen Angst machen. Aber Rico hatte keine Angst ...

So, und jetzt? Unschlüssig starrte ich mich weiter an. Na, was schon? Wollte ich mich wieder umziehen, oder wie? Nein, verdammt, ich würde jetzt da rausgehen!

Ich holte tief Luft und drückte die Tür auf.

Rico musterte mich von oben bis unten und lächelte unergründlich. Und Corey starrte mich mit großen Augen an. Moment mal, wieso war der plötzlich hier?

»Wahnsinn!«, sagte Rico bewundernd.

»Fantastisch«, stellte die Verkäuferin mit einem zufriedenen Nicken fest und an Corey gewandt: »Finden Sie nicht auch?«

Der räusperte sich verlegen. »Mhm ...« Er war rot geworden.

Ich lächelte im Spiegel Rico zu.

»Du siehst granatenmäßig aus«, sagte Rico und grinste breit. »So, und jetzt brauchen wir noch die richtigen Schuhe.«

»Ich bringe Ihnen was Passendes«, sagte die Verkäuferin zu der Fremden da in dem schwarzen Kleid. Und schon war sie zwischen Kleiderständern und einem Regal verschwunden.

»Hey Corey«, sagte Rico mit einem Blick auf mich, »sieht sie nicht super aus?«

Corey errötete wieder. Und das fand ich süß.

»Die!« Vor meiner Nase ließ die Verkäuferin ein Paar glitzernde Bändchen mit Sohle baumeln.

»Die?«, fragte ich ungläubig.

»Die sind wie für Sie gemacht!« Die Verkäuferin war selbst ganz entzückt. Und Rico nickte mir ermutigend zu.

Ich zog die Schuhe an. Die Verkäuferin hatte recht, sie passten und sie passten perfekt zum Kleid.

»Bitte einpacken!«, sagte Rico zu der Verkäuferin und hielt mir ein neues Kleid hin.

»Rico ...« Es war schön, musste ich zugeben. Ein luftiges Sommerkleid mit Blumenmuster und schmalen Trägern, aber –

»Das ist nichts für mich.«

»Zieh es doch erst mal an.« Und dann leiser und ganz ernst: »Bitte.« Ich blickte in seine Augen und auf seinen Mund mit den vollen Lippen, die noch einmal das Wort »bitte« formten. Jeglicher Widerstand, der sich eventuell noch in einer letzten Ecke meines Inneren gehalten hatte, brach zusammen. Ich nahm das Kleid und ging in die Kabine.

Der Stoff fühlte sich gut an. Zart und leicht wie ... wie Blütenblätter. Und ich mochte die Farben. Grün, Braun, Blau ... Irgendwie hatte ich ein bisschen Angst, dieses Kleid anzuziehen. Ich ahnte, dass ich mich darin verwandeln würde. Superman zog ein Cape über und besaß damit übermenschliche Kräfte und ich ... wer weiß, was es mit mir machte ... Schließlich fasste ich mir doch ein Herz, zog es an, streifte mir die schmalen Träger über die Schulter, strich es mit der Hand über meinem Körper glatt. Ja, der Stoff fühlte sich gut auf meiner Haut an. Dann erst wagte ich aufzusehen.

Das Mädchen da mit den kurzen dunklen Haaren, den braunen, ernsten Augen und dem – verflucht – ja, dem schönen Mund, das war wirklich ich. Oder etwa nicht?

War es möglich, dass mich so ein bisschen Kleid wirklich veränderte? Ich meine, war es möglich, dass ich mich anders fühlte als vorher? Erwachsener? Verführerischer?

Das Kleid passte jedenfalls auf Anhieb.

»Oha!«, meinte Rico nur, als ich vor die Kabine trat, und seine Augen blitzten.

Corey hatte sich auf einen der Sessel neben dem Spiegel fallen lassen und wirkte so, als gehöre er gar nicht zu uns. Aber jetzt sah er auf. Und mir entging auch nicht sein zustimmendes, kaum merkliches Nicken.

Rico klatschte in die Hände und wandte sich an Corey.

»So – und jetzt noch was für dich!«

»Ich brauche keine Klamotten«, sagte er und blieb mit übergeschlagenen Beinen sitzen.

»Wir sprechen auch nicht von brauchen – sondern von Spaß.« Rico zog ein Hemd von der Kleiderstange und warf es Corey zu.

Corey fing das Hemd auf und betrachtete es, als wäre es etwas total Abartiges.

»Was soll ich denn damit?«

Rico lachte gut gelaunt. »Annanina, sag ihm, was er damit soll.«

»Sag du's ihm doch.« Was auch immer die beiden da am Laufen hatten, ich wollte echt nicht mit hineingezogen werden.

»He, was ist los?«, fragte Rico mit gespielter Verwunderung.

Corey warf ihm das Hemd ins Gesicht, wo es einen Moment hängen blieb, bevor Rico es wegzog. Sein Blick hatte sich verfinstert. Corey erhob sich langsam. Mit vorgeschobenem Kinn.

Einen Augenblick standen sich die beiden gegenüber

wie bei einem Duell. Corey mit zusammengepressten Lippen und geballten Fäusten – und Rico mit diesem herausfordernden Killer-Blick.

»Hört auf damit!«, sagte ich. »Das ist doch total bescheuert!«

»Ziehen Sie das Hemd doch mal an«, kam mir die Verkäuferin zu Hilfe, »es ist ... außerdem eine sehr gute ... äh ... Qualität.« Einen kurzen Moment lang dachte ich daran, den Laden einfach zu verlassen. Aber instinktiv spürte ich, dass es Rico wirklich wichtig war, uns etwas zu schenken. Vielleicht war das seine Art, sich bei uns zu bedanken – oder uns seine Freundschaft zu zeigen.

Entschlossen nahm ich Rico das Hemd aus der Hand und hielt es Corey hin.

»Corey, bitte. Mir zuliebe.«

Vielleicht begriff Corey es auch. Jedenfalls schnappte er sich das Hemd und zog es kurzerhand über sein T-Shirt.

»Ja«, sagte die Verkäuferin übertrieben begeistert. »Das passt zu Ihnen.«

»Sieht toll aus«, stimmte ich ihr zu.

»Soll ich Ihnen auch noch eine Jeans ...«

Ich bewunderte die Verkäuferin, wie sie so souverän ihren Job machte.

»Gern«, sagte ich, »holen Sie ruhig noch eine Jeans. Und noch ein Hemd und Jeans für ihn.« Ich deutete auf Rico, woraufhin die Verkäuferin eilig davonging.

Am Ende bezahlte Rico sechshundert Dollar und wir verließen den Laden mit drei Tüten.

»Das war ja richtig billig, Leute!«, Rico klimperte lachend mit den Autoschlüsseln. »Jetzt haben wir immer noch 999.400 Dollar!«

Corey, der immer noch sein neues Hemd trug, runzelte die Stirn.

»Weißt du, was ich glaube, Rico? Ich glaube, du verarschst uns.«

Rico blieb stehen.

»Du erzählst uns, du bist entführt worden, und jetzt gibst du mal locker das Lösegeld aus, das deine Eltern für dich bezahlt haben. Kauf doch die ganze verdammte Stadt leer mit deinem Lösegeld! Mach, was du willst! Aber ich fahr jetzt zur Polizei, und wenn du noch ein bisschen Grips hat, dann kommst du mit, Annanina.«

Er sah mich an mit seinen hellen blauen Augen.

»Warum fahren wir nicht zu deinen Eltern, Rico, und dann gemeinsam zur Polizei?«, sagte ich diplomatisch.

Ricos Blick veränderte sich, aber ich konnte ihn nicht deuten. Irgendetwas verschloss sich.

»Okay, okay ...« Kapitulierend hob Rico die Hände.

Ich setzte mich nach hinten und ließ Corey vorn einsteigen.

Es dämmerte inzwischen. Der Himmel war nicht mehr blassblau und unendlich, sondern rötlich, wie entzündet. Und ich fühlte mich erschöpft und durcheinander. Ich hatte bisher immer das Gefühl gehabt zu wissen, wer ich war, was ich wollte und was ich nicht wollte. Aber seit dem Blick in diesen Spiegel, in der Umkleidekabine, fragte ich mich, ob ich mich die ganze Zeit in mir selbst geirrt hatte. Ob ich schon die ganze Zeit eigentlich anders war, als ich dachte.

Rico hatte den CD-Player angeschaltet. Folkmusik.

»Der Typ, dem das Auto gehörte, stand auf Johnny Cash«, kommentierte Rico die Musik. »Du auch?« Er sah Corey fragend an.

»Corey spielt ziemlich gut Gitarre«, erklärte ich ihm, als Corey nichts erwiderte.

»Cool«, sagte Rico anerkennend. »Ich hab's mal mit Schlagzeug probiert, aber ich war zu faul zum Üben. Und mit dem Talent war's auch nicht so weit her.« Er lachte.

»Oh, das kenn ich!«, sagte ich. »Sei bloß froh, dass du mir nie beim Gitarrespielen zuhören musstest!«

Der Song war zu Ende. Ein neuer begann.

But if you wanna leave, take good care
I hope you make a lot of nice friends out there
But just remember there's a lot of bad and beware
Oh baby, baby, it's a wild world ...

Ja, es war hart zurückzufahren. Als würden wir von einem Ausflug aus der wirklichen Welt in etwas Künstliches zurückkehren. Würde ich Rico nach unserer Heimkehr noch einmal sehen? Der Motor dröhnte und irgendwo klapperte und schepperte es. Hoffentlich hielt das Auto durch.

»Corey, guck doch mal im Handschuhfach nach, ob da noch ein paar CDs drin sind. Vielleicht hat der Typ auch ein bisschen R&B.«

»Das ist aber nicht der Weg zu unserem Haus«, stellte Corey in dem Augenblick fest.

»Nur noch eine klitzekleine Überraschung, okay?«, sagte Rico mit einem Augenzwinkern. »Ein Abschiedsgeschenk von mir, sozusagen.«

Cory klappte das Fach auf.

»Ich hab auch ’ne klitzekleine Überraschung!«, sagte Corey und richtete eine Pistole auf Rico. »Hände hoch, los, wird’s bald!«

Ich war starr vor Schreck. Rico musterte ihn kühl.

Corey fing an, hysterisch zu lachen. »Na, ist sie mir gelungen, die Überraschung, ja?« Er fuchtelte wild mit der Pistole herum und zog eine Grimasse.

»Hör auf, das ist kein Spielzeug«, sagte Rico ruhig.

»Nein? Ach, na so was, na so was«, sagte Corey und betrachtete vorwurfsvoll die Pistole. »So kann man sich täuschen, was?«

»Leg sie wieder ins Handschuhfach zurück.«

»Och, warum denn? Ich meine, vielleicht haben wir hier ja ein kleines Schmuckstück, einen 38er-Revolver gar?«

Mir war unbehaglich zumute. Corey war total schräg drauf.

»Leg sie weg, Mann!« Rico hob eine Hand. Es sah fast so aus, als wollte er Corey schlagen.

»Hör auf mit dem Herumgefuchtel, Corey«, schaltete ich mich hastig ein. »Das macht mich ganz verrückt. Komm schon, es ist verflucht gefährlich!«

Mit einer langsamen Bewegung drehte er sich zu mir. »Meinst du, ich kann damit nicht umgehen, Annanina?«

»Hör wenigstens auf sie, du Arschloch!«, fuhr Rico ihn an.

»Wie nennst du mich?«

»Corey, bitte, das ist doch kindisch. Schluss jetzt. Leg sie weg. Bitte!«

Corey sah mich einen Moment an, dann legte er die Pistole ins Handschuhfach zurück.

Erleichtert drückte Rico aufs Gas.

It's a wild world ...

Wer waren wir eigentlich? Gestern noch war Corey der schüchterne, vernünftige große Bruder von Adam gewesen, der am liebsten Filme ansah und Musik machte. Und ich? Ich sah wieder das fremde Mädchen im Spiegel. Nur Rico war vielleicht derselbe geblieben.

Der Himmel blutete jetzt. Rot. Hellrot und an den Rändern dunkelrot. Leuchtreklamen brannten sich in die Dunkelheit wie Brandzeichen und grelle Lichter bestrahlten graue Hauswände und Eingänge. Es ist alles wirklich, sagte ich mir. Wirklicher als alles, was ich jemals erlebt habe.

Rico fuhr jetzt langsamer und hielt nach irgendetwas Ausschau. Auf einmal bog er von der Straße auf einen Parkplatz vor einem flachen Gebäude ab.

Downtown Music Studio stand auf dem blau-gelben Schild über dem Eingang.

Corey beugte sich näher zur Windschutzscheibe.

»Was wollen wir hier?«

»Wart's ab, Mann.«

»Willst du uns nicht mal verraten, was du vorhast?«, fragte ich argwöhnisch.

»Irgendwelche Typen besuchen«, sagte Corey höhnisch. »Solche, mit denen er Geschäfte macht.«

Rico lachte laut, wie es seine Art war, sodass man seine weißen Zähne sehen konnte. Dann schnappte er sich die Tasche vom Rücksitz, stieg aus, ging um das Auto herum und öffnete die Beifahrertür. »Jetzt komm schon, sonst muss ich ein paar meiner *Typen* holen.«

15

Als Rico die Tür des Studios aufstieß, hob ein bulliger dunkelhäutiger Typ mit Sonnenbrille – die er ja vielleicht wegen der Neonbeleuchtung trug? – grüßend die Hand. Er saß an einem Schreibtisch, der für ihn viel zu klein wirkte, mit aufgeklapptem Notebook und Stapeln von Papieren.

»Hi Toni!« Rico streckte ihm die Faust entgegen. Der Mann erhob sich von seinem Schreibtischsessel und schlug mit seiner Faust kurz dagegen. Er war nicht besonders groß, aber breit und untersetzt, mit kurzen Armen und gedrungenem Hals. Auf seinem schwarzen T-Shirt stand *Self-Awareness is a bitch.*

»Was liegt an, Mann?«, sagte er mit einer tiefen, dröhnenden Stimme. »Fuck, was hast du mit deinem Kopf gemacht?«

»Nur ein kleiner Unfall«, Rico winkte lässig ab. »Wo ist Bouncy?«

»Der macht gerade ’ne kleine Pause.« Toni fuhr sich über die gegelten krausen Haare. »Nachdem du ihn gestern Nacht hängen gelassen hast, musste er …«

Rico bedeutete ihm mit einer leichten Handbewegung zu schweigen. Das alles ging so schnell, dass es mir beinahe entgangen wäre.

»Ihr schuldet mir noch einen Gefallen«, sagte Rico.

»Yo, was kann ich für dich tun, Mann?«

»Mein Freund hier«, Rico schob Corey vor, »ist ein echter Künstler. Er will ein paar Songs aufnehmen.«

Corey starrte Rico ungläubig an. »Nein, nein, das ist ein Missverständnis ...«

Rico zwinkerte Toni zu. »Er ist einfach zu bescheiden.«

»Hey ...« Corey wollte noch etwas sagen, aber es hatte ihm offenbar die Sprache verschlagen.

Toni steckte sich einen Kaugummi in den Mund. »Yo, geht klar.« Er fing an, auf seinem Computer herumzutippen. »Nächste Woche habe ich ...«

»Nein, jetzt!« Rico schlug mit der flachen Hand auf den Stapel Papiere. »Wir brauchen dein Studio jetzt.«

Toni schüttelte den Kopf und kaute unbeeindruckt weiter. »Das geht nicht, Mann, ich hab gerade einen Kunden drin ...«

Ich sah zu Corey hinüber, der dem Gespräch stirnrunzelnd folgte.

Rico griff in die Hosentasche und holte ein Bündel Geldscheine raus, zählte mehrere Hundertdollarscheine ab und legte sie auf den Papierstapel. »Dreitausend. Sag deinem Kunden, er soll morgen wiederkommen. Es gibt technische Probleme.«

»Dreitausend.« Toni hatte nur kurz mit dem Kauen aufgehört.

Er nahm die Scheine, schloss die Augen und hielt sie sich genießerisch an die Nase. »Nichts geht über den Duft von Kohle!« Er öffnete die Augen. »Ich befürchte nur, dass der Kunde damit nicht einverstanden ist und sehr böse sein wird. Sehr, sehr böse ...« Mit einem herausfordernden Blick hielt er Rico die leere Handfläche hin.

Corey wich einen Schritt zurück.

Aber ich war so fasziniert von der Situation – ich fühlte mich wie in einem Gangsterfilm –, dass ich mich nicht rühren konnte, und biss mir vor Aufregung auf die Lippen.

Rico seufzte übertrieben und ich dachte, er würde jetzt noch ein paar Scheine aus seiner Jackentasche ziehen. Doch da hatte er blitzschnell Tonis Handgelenk umfasst und drehte ihm, dem kräftigen Kerl, der sicher doppelt so viel wie Rico auf die Waage brachte, den Arm derart um, dass der vor Schmerz laut aufschrie.

»Ich bin auch sehr böse ... Toni!«

»Hör auf, Mann! Ja!«, presste Toni hervor. »Mann, ist okay. Du kriegst das Studio!«

»Auf dich ist wirklich Verlass, Toni.« Rico ließ sein Handgelenk los.

Mit schmerzverzerrtem Gesicht rieb Toni sich das Handgelenk.

»Wartet da drin.« Er wies zu einer Tür mit der Aufschrift *Privat.*

Wir betraten einen Raum mit einer durchgesessenen, abgeschabten Ledercouch und einem riesigen Flachbildschirm, der fast die ganze Wand einnahm. Mit einem lauten Ächzen ließ sich Rico in die Mitte der Couch fallen.

Corey setzte sich neben mich an die äußerste Kante. Wir fühlten uns irgendwie fehl am Platz, ganz im Gegensatz zu Rico, der sich benahm, als wäre das hier sein zweites Zuhause.

Wer bist du wirklich?, hätte ich ihn am liebsten gefragt. Aber ich wusste, dass er mir weder jetzt noch später ernsthaft darauf antworten würde.

Auf dem Couchtisch lag ein Päckchen Zigaretten. Rico bot mir eine an. Ich schüttelte den Kopf. Er zog sich eine heraus, zündete sie an, steckte das Päckchen ein und lehnte sich zurück. Ich sah den Rauchringen nach, die an die Decke mit den Styroporplatten stiegen. Was machten wir hier? Warum war ich hier? Ich sah Rico von der Seite an. In dem Moment drehte er sich zu mir und unsere Blicke trafen sich. Ich spürte, wie ich rot wurde und wie diese Hitze wieder in mir hochschoss. Schnell sah ich weg.

Corey blickte sich schweigend um. Betrachtete die Plattencover an der Wand. Musiker mit langen Haaren und schmachtendem Blick. Manche trugen Hemden in schrillen Farben und Mustern, andere waren ganz in Schwarz gekleidet. Andere Cover zeigten braun gebrannte langhaarige Mädchen in knappen Bikinis, mit Titeln wie *Caliente, caliente* oder *Chicas y Salsa* oder *Noches calientes ... chica, chica ...*

»So 'ne Musik mach ich nicht«, sagte Corey entschieden.

»Egal, welche Musik du machst, du hast hier ein Studio mit allem Drum und Dran.« Rico hatte sich erstaunlich schnell erholt. Er wirkte weder müde noch angeschlagen. Nur der Verband um seinen Kopf erinnerte daran, was er hinter sich hatte. Und ich spürte eine seltsame Spannung zwischen ihm und mir. Außerdem dachte ich viel zu oft über ihn nach.

»Bist du Musikproduzent?«, fragte ich.

»Seh ich etwa so aus?«

Er blies einen perfekten Rauchkringel in die Luft.

»Ja, wie ein drogendealender Musikproduzent.« Ich weiß auch nicht, warum ich das sagte, es war mir so rausgerutscht.

Einen Augenblick lang starrte er mich an, dann verzog sich sein Gesicht zu einem breiten Grinsen. Er wollte wohl gerade etwas antworten, als Toni die Tür öffnete. Seine gedrungene Gestalt füllte die ganze Breite des Türrahmens aus.

»Okay«, sagte er und nickte Rico zu.

Rico drückte die Zigarette im Aschenbecher auf dem Tisch aus. »Dann mal los, Leute!« Beim Hinausgehen klopfte er Toni freundschaftlich auf die Schulter. Mir kam es vor, als wären wir Kleinkriminelle und hätten gerade den Safe geknackt.

Corey verwandelte sich in dem Moment, als er das Aufnahmestudio betrat. Keine Spur mehr von Widerstand oder Trotz. Er schien alles vergessen zu haben. Ich staunte, wie er sich gleich mit allem zurechtfand, mit dem Mikro und den Knöpfen, und wie schnell er die Gitarre gestimmt hatte, die Toni ihm geholt hatte.

»Ist echt cool.« Corey nickte mit leuchtenden Augen.

Rico klopfte ihm auf die Schulter.

»Dann mal los, Alter.«

Corey warf mir einen strahlenden Blick zu.

»Du hast ihm seinen sehnlichsten Wunsch erfüllt, glaube ich«, raunte ich Rico zu, als wir durch die Tür in den Raum mit dem Mischpult gingen. Rico grinste nur.

Ich hatte mich nicht getäuscht: Rico genoss es, uns zu beschenken. Uns zu imponieren.

Wir setzten uns zu Toni ans Mischpult. Corey hatte sich die Gitarre umgehängt, auf einen Barhocker gesetzt und stellte das Standmikrofon auf die richtige Höhe ein.

»Kann's losgehen?«, fragte Toni.

Corey wirkte ein bisschen nervös, so, wie er die Lippen befeuchtete und auf dem Hocker herumzappelte.

Aber in dem Moment, in dem er den ersten Akkord anschlug, war er vollkommen ruhig und konzentriert. Sein Fuß wippte im Takt und seine Stimme – *wow!* –, die klang ganz anders.

What a journey with you!
The sun shines brighter
The sky is higher
The world is different with you!

And if you leave me now
It will really be hard
But you'll stay in my heart
Forever and ever and now.

Es war seltsam, aber ... er verzauberte mich in dem Augenblick. Und ich hatte das Gefühl, er spielte nur für mich ...

Nach dem ersten Song klatschten wir aufrichtig begeistert und Corey wirkte ganz benommen, als käme er aus einer anderen, fremden Welt zurück.

Als er vom Hocker rutschte, lachte er uns an. Es war ein glückliches, befreites – ein neues Lachen.

Ich merkte, dass Rico mich betrachtete. Als ich mich

zu ihm umdrehte und ihm in die Augen sah, hielt mich sein Blick eine Weile fest.

»Was ist, hast du Hunger?«

Ich konnte mich gar nicht mehr erinnern, wann ich zum letzten Mal was gegessen hatte. Dieser Tag kam mir endlos vor.

»Ziemlich großen sogar«, antwortete ich also.

»Corey braucht uns ja wohl hier nicht«, meinte Rico trocken.

Als Corey sich für den nächsten Song vorbereitete, beugte sich Rico kurz zum Mikro am Mischpult und sagte: »He Corey, wir gehen kurz was essen. Annaninas Magenknurren verdirbt dir sonst noch die Aufnahmen!«

Ich musste lachen. Rico hatte wohl *immer* irgendeinen dämlichen Spruch parat. Corey warf mir einen seltsamen Blick zu, nickte dann aber kurz. Er war eindeutig viel zu abwesend und auch schon zu sehr in den nächsten Song vertieft, um sich für irgendetwas anderes zu interessieren.

Rico sah mich an. »Also: Du ziehst dein neues Kleid an und wir gehen ins Lobster's. Das ist nämlich ein Geheimtipp für Hungrige, okay?«

»Und was ist mit Corey?«

Doch Corey hatte sich längst abgewendet und stimmte seine Gitarre nach.

Er hat mich schon vergessen, dachte ich und merkte, wie mir das etwas ausmachte.

»Also, los!« Rico war schon aufgestanden.

»Ich brauch erst eine Dusche«, sagte ich.

»Habt ihr 'ne Dusche hier?«, gab Rico die Frage an Toni weiter.

»Logisch. Hast du die noch nie benutzt? Die Tür da neben den Klos.«

Ricos Blick sagte: *Siehst du, ich krieg, was ich will.*

Eigentlich mochte ich solche Typen nicht. Wir hatten solche Jungs in der Schule. Ich machte immer einen weiten Bogen um sie. Sie waren mir zu selbstherrlich, wollten dauernd bewundert werden und sie glaubten, ihnen gehörte die ganze Welt.

Ich runzelte die Stirn.

»Gibt's ein Problem?«, fragte mich Rico, als ich neben ihm durch die Tür ging.

Ich zuckte die Schultern. Wie sollte ich ihm das erklären?

»Warte«, sagte er, »ich kann's mir schon denken. He Toni! Habt ihr einen Fön und Shampoo, Conditioner und so ein Zeugs hier?«

Jetzt musste ich doch wieder lachen. Gerade noch dachte ich, er wäre so selbstherrlich, jetzt brauchte ich nur mal die Stirn in Falten zu legen und er machte sich schon Gedanken, was mir wohl fehlte ... Conditioner! Also echt.

Rico hob fragend die Brauen.

»Schon okay«, ich winkte ab. »Ich brauch keinen Conditioner.«

»Ist aber alles da«, sagte Toni und deutete auf den Schrank. »Die *chicas* haben mit der Zeit eine ganze Parfümerie dagelassen.«

Als das Wasser so über mich lief, an meinem Gesicht herunterrann, über meine Schultern, meine Oberarme und weiter, stellte ich mir plötzlich vor, es wäre Rico, der mich dort berührte ... sofort wollte ich die Vorstellung verdrängen, es war nicht richtig, dass ich so etwas dachte, es war falsch ... oder? Ich schloss die Augen und genoss die Vorstellung, bis ich eine Gänsehaut bekam. Als ich die Augen wieder öffnete, war ich fast überrascht, dass ich noch immer allein unter dieser Dusche stand. In meiner Vorstellung war das so real gewesen.

Benommen trocknete ich mich ab und holte das schwarze Kleid aus der Tüte.

In meinem neuen schwarzen Kleid mit den schmalen Trägern fühlte ich mich nackt, aber zugleich auch irgendwie gut. Anders. Ich schüttelte meine kurzen nassen Haare. Dann schnappte ich mir den Fön und sie waren in wenigen Minuten trocken.

Es gab eine Menge Schminkzeug. Lippenstifte in allen erdenklichen Farben, Make-up, Wimperntusche, Nagellack ...

Nele und Tanja hätten bestimmt ihren Spaß gehabt.

Seltsam, dass ich gerade jetzt an sie dachte. Sie gehörten zu einer Welt, die so weit weg war, dass sie mir gar nicht mehr wirklich vorkam. Was würden sie bloß sagen, wenn ich ihnen das alles erzählen würde? Ich legte einen dezenten Lippenstift auf. Das war's. Bei Wimpertusche tränten mir immer die Augen. Und außerdem wollte ich nicht, dass Rico glaubte, ich würde mich für ihn zurechtmachen.

Aber – hörte ich meine innere Stimme – *für wen denn sonst?*

Ich beschloss, diese lästige Stimme zu ignorieren. Dieser Tag hatte mich in eine neue Galaxie geschossen. Vielleicht sollte ich das einfach mal so sehen.

Ich warf der Person im Spiegel einen letzten Blick zu,

bevor ich mich umdrehte und rausging. Alles in mir kribbelte, als würde Strom durch mich hindurchlaufen.

Ich wusste nicht, was es war, ich wusste nur, dass ich noch nie so etwas empfunden hatte.

Rico saß im Sessel an dem runden Tisch und rauchte.

»Annanina.« Zum ersten Mal hatte er keinen Spruch parat. Lag das an diesem Kleid? Oder gab mir dieses Kribbeln und das, was da in mir brodelte, diese Macht? Egal: Es fühlte sich gut an. Sogar ziemlich gut.

Er hatte auch geduscht, roch nach Parfüm und trug die neuen Sachen aus dem Laden. Die Jeans und ein weißes Hemd.

»Komm, ich hab Hunger!« Ich wollte die Tür aufstoßen, doch er war schon aufgesprungen und kam mir zuvor.

Eine neue Galaxie, dachte ich mir und lächelte still in mich hinein.

16

Draußen war es jetzt dunkel. Bis auf die Leuchtreklamen und die wenigen Laternen. In den neuen Schuhen konnte ich besser laufen, als ich es erwartet hatte. Aber ich musste ja nicht viel laufen. Nur ins Auto vorm Eingang steigen. Rico hielt mir die Autotür auf. Ich kam mir ein bisschen vor wie etwas Besonderes, Kostbares ...

Es fühlte sich neu an. Ungewohnt. Diese Annanina kannte ich noch nicht. Und ich hatte keine Ahnung, wie sie sich benehmen würde.

Rico drehte den Schlüssel und fuhr vom Parkplatz auf die Straße. Die Tasche hatte er unter den Fahrersitz geschoben. Er trug noch immer den Verband und ich stellte mir unwillkürlich vor, wie er ohne ihn aussah. Gut. Verdammt gut.

Rico fing meinen Blick auf und hob eine Augenbraue. Da war es wieder, dieses selbstbewusste Grinsen ...

Rico schaltete Musik ein und lächelte mich an.

Ich lächelte kurz zurück und sah dann schnell wieder nach vorn auf die Straße, die Meter um Meter von der Motorhaube verschluckt wurde. Verlegen spielte ich an meinen Fingern rum, die merkwürdig kalt waren im Vergleich zu meinem ganzen Körper.

Obwohl Rico nichts sagte, konnte ich die Spannung

zwischen uns fast sehen. Rote und gelbe Funken, Wellen und gezackte Linien. Alles in mir kribbelte und zitterte.

Auf einmal legte er ganz leicht seine Hand auf mein Knie. Beiläufig, ohne mich dabei anzusehen. Zuerst wollte ich wegrücken, aber ich konnte mich nicht rühren. Die Stelle, auf der seine Hand lag, wurde immer wärmer und allmählich vibrierte mein ganzer Körper. Mein Herz schlug schneller und härter. Ich schloss die Augen. Mit jeder Sekunde versank ich tiefer in diesen verwirrenden Zustand, bis ich die Augen wieder aufriss. Das war die Wirklichkeit:

Draußen war Nacht und Rico saß neben mir und lenkte den gestohlenen Wagen durch die Stadt. Und ich trug dieses Kleid, gekauft vom Lösegeld der Eltern, die das Ohr ihres Sohnes bekommen sollten ... Was, zum Henker, tat ich hier? Doch bevor ich erneut in Grübeleien verfallen konnte, trafen sich unsere Blicke.

»Warum fährst du nicht zu deinen Eltern?« Etwas Besseres fiel mir gerade nicht ein, um den Zauber zwischen uns, der mir Angst machte, zu beenden.

»Warum willst du das jetzt wissen?«

»Na ja ... Ich finde es seltsam, dass du nicht zu ihnen fährst. Und ich frage mich, was du mit mir und Corey vorhast. Warum hast du uns gekauft?« Ich musste diesen Zauber ganz zerstören, sofort ...

Ein Schatten flog über sein Gesicht.

»Ich hab euch gekauft?«

»Ja, mich mit diesem ...«, ich zupfte an meinem Kleid, »... Fummel – und Corey mit dem Studio.«

»Gekauft? Mit dem *Fummel* für dreihundert Dollar? Bist du so billig zu haben?«

Seine Worte klatschten mir ins Gesicht wie Ohrfeigen. Und ich wünschte mir, ich hätte nichts gesagt.

Warum konnte ich nicht einfach unsichtbar werden? Verschwinden?

»Okay«, sagte Rico, »lass mich eins klarstellen: Ich wollte bloß, dass wir ein bisschen Spaß miteinander haben. Und meine Eltern haben Angst, dass diese Cops zu Hause auf mich warten. Über meine Eltern musst du dir also keine Gedanken machen. Und außerdem bin ich kein kleiner Junge mehr. Ich bin zweiundzwanzig. Thema beendet?«

Wieder musste ich mich räuspern. Was war nur mit meiner Stimme los?

Noch etwas anderes zog mir durch den Kopf. Irgendetwas war seltsam, wenn er so über seine Eltern sprach. Vielleicht hat er gar keine, dachte ich. Aber was ging es mich an? Wir hatten sein Ohr gefunden, das reichte doch. Und jetzt ging ich mit ihm was essen. *In einem Kleid, das er ausgesucht – und gekauft – hat,* erinnerte mich meine penetrante innere Stimme. Na, wennschon ... antwortete ich ihr, so teuer ist es auch nicht gewesen ... hat er gerade eben ja selbst gesagt.

Rico fuhr an den Straßenrand und stellte den Motor ab.

Ich sah mich um. Auf der gegenüberliegenden Seite unter der blauen Leuchtschrift Heaven's Gate wartete eine Menschenschlange.

»Du bist gar nicht zum Lobster's gefahren?«

»Komm.«

Ich stieg aus. Weil ich wusste, dass jeder Widerspruch einfach nur albern gewesen wäre. Und weil ich eigentlich dorthinein wollte. Ich wollte in so einen Club. Ich wollte in einem solchen Kleid mit einem solchen Typen in einen solchen Club.

Rico nahm meine Hand und steuerte auf die Menschenschlange zu. Aber wir stellten uns nicht ans Ende, sondern Rico zog mich an den Leuten vorbei, bis wir vor dem Türsteher standen, einem mexikanisch aussehenden Typen, der genauso breit wie groß war.

»Hi Raúl ...« Rico schlug ihm auf die Schultern.

Der Türsteher verschränkte die Arme vor der Brust. Oh Gott, dachte ich, jetzt schlägt der Rico gleich zusammen. Aber Raúl verzog sein Gesicht zu einem erfreuten Grinsen. »Ricooooooo! Was haben die mit dir gemacht?« Er deutete auf Ricos Kopfverband.

»Unfall ... aber halb so schlimm.« Rico lächelte und zog mich näher zu sich heran. Raúl streifte mich mit einem interessierten Blick, hielt zum Glück aber seinen Mund. Einen Macho-Spruch hätte ich jetzt wirklich nicht vertragen. »Yo, dann amüsiert euch!« Er öffnete die Stahltür einen Spalt, um Rico und mich hineinzulassen.

Zuerst dachte ich an eine Welt aus Glas ... hier schimmerte alles bläulich ... die Gesichter und Flaschen hinter der Theke ... und die Musik hallte, als käme sie von ganz weit her.

War ich wirklich hier? War ich ... wirklich ich?

Rico drängte sich mit mir zielstrebig zur Theke.

Der Typ hinter der Bar erkannte ihn gleich.

»Rico! *¿Qué pasó?*«

»Unfall«, sagte ich wie aus der Pistole geschossen. Auch wenn ich meinen Auftritt genoss, hatte ich keine

Lust, nur so hinter Rico herzudackeln. Rico warf mir einen überraschten Blick zu, während ich mich neben ihn an die Bar drängte. »Ich hätte gern eine Cola.«

Der Barkeeper nickte mir zu und stellte mir eine Pepsi-Flasche auf die Theke, Rico ein Bier und schob dann noch einen Teller mit Chips dazu.

»Hast du nicht noch was anderes?«, fragte Rico den Barkeeper.

»Wie wär's mit Enchiladas?«

»Genau die«, sagte Rico und wandte sich an mich: »Die besten in der Stadt.«

Meine Stimmung hob sich prompt. »Ich hoffe mal, dass du recht hast. Ich bin nämlich Spezialistin«, gab ich zurück.

»Sehr gut. Ich fachsimple gern mit Enchiladas-Spezialistinnen.« Ricos breites Grinsen steckte mich an. Ja, das fühlte sich gut an ...

Rico hob die Bierflasche und ich meine Cola.

Rico ließ seinen Blick suchend herumschweifen.

»Suchst du jemanden?«, fragte ich.

Er schüttelte schnell den Kopf. »Nur so eine dumme Angewohnheit. Ich will nicht, dass uns jemand hier überrascht.«

»Wer? Diese Cops? Ashton und ...« Sofort war sie wieder da, die Angst.

»Duarte, ja. Gut möglich.«

Ich verschluckte mich beinahe an meiner Cola. »Du meinst, die haben uns bis hierher verfolgt?«

Rico zuckte nur mit den Schultern und ließ den Blick weiter umherschweifen.

»Warum gehen wir nicht einfach jetzt gleich?« So langsam kapierte ich gar nichts mehr.

»Hey, wir sind doch gerade erst gekommen.«

»Ist Gerardo da?«, fragte Rico den Barkeeper, der einen Cocktailmixer schüttelte.

»Heute noch nicht.« Der Barkeeper goss den Inhalt in ein Glas und schob es über die Theke zu einer jungen Frau. Sie hatte Wahnsinns-Haare. Ganz dunkel, lang und seidig. Rico sah natürlich auch zu ihr hinüber. Sie bemerkte es und lächelte ihm kurz zu, bevor sie sich langsam umdrehte und mit wiegenden Hüften und dem Cocktail in der Hand die Lounge-Ecke ansteuerte.

Auf solche Frauen steht er also, dachte ich. War ja klar. Ich fragte mich nur, was er mit mir hier wollte.

»Eure Enchiladas!«, sagte der Barkeeper in dem Moment, als meine Stimmung am Kippen war, und platzierte den Teller vor mir.

Mein Gott, hatte ich einen Hunger. Das lenkte mich erst mal ab.

Ruck, zuck hatten wir die vier Enchiladas aufgegessen.

»Wollen wir tanzen?« Rico wartete meine Antwort gar nicht erst ab, sondern nahm mir die zerknüllte Serviette aus der Hand und zog mich auf die volle Tanzfläche.

»Aber wir müssen doch weg ...«, fing ich an.

»Wir müssen gar nichts«, fiel er mir ins Wort, »wir müssen nur sterben ... irgendwann.«

Was sollte denn das jetzt? Ich hätte gern nachgehakt, aber ich konnte überhaupt keinen klaren Gedanken mehr fassen. Die Musik, die Lichter, die Tanzenden, das alles benebelte mich und ich hatte erneut das Gefühl, in einer ganz anderen Welt zu sein. Rico zog mich weiter auf die Tanzfläche, hinein in die Menge der sich wiegenden Körper, es war eng und warm dort und ich musste gar nicht tanzen, es war viel zu wenig Platz.

Rico legte seine Hände um meine Hüften. Sein Körper war auf einmal ganz nah und seine Augen tauchten in meine. Sie waren so dunkel und so tief ... wie ... in mir begann sich ein Strudel zu drehen, der alle Gedanken und Gefühle mit sich riss, immer tiefer und schneller ... ich schloss die Augen und gab den Widerstand auf. Die Musik hüllte uns ein. Rico hielt mich fest, meine Hände lagen auf seinen Schultern. Eigentlich – eigentlich war es gar nicht so schlimm ... sich diesem Strudel zu überlassen. Eigentlich ... war es sogar ... schön ...

Ich spürte, wie seine Hand meinen Rücken hinaufglitt. Die andere schob sich in meinen Nacken. Seine Lippen berührten meinen Mund. Oder geschah das nur in meiner Fantasie? Aber spielte es eine Rolle, ob es Fantasie oder Wirklichkeit war? Es war schön ... und ... das Bild von Corey stieg in mir auf, wie aus einem Nebel, er sang und spielte Gitarre und ich wünschte mir, er wäre auch hier ...

»Annanina ...«, raunte er mir ins Ohr ... und dann spürte ich wieder seine Lippen ... »Komm«, sagte er oder vielleicht träumte ich es auch, aber er zog mich weiter, zwischen den Körpern der Tanzenden hindurch, weiter in die bläuliche Tiefe, weiter in einen Flur, von dem Türen abgingen.

»Wohin gehen wir?«

»Wir fahren ...«

»Wohin?«

»Wir hauen hier ab.«

»Wieso?«

»Psst.« Er legte den Finger auf meine Lippen.

Am anderen Ende des langen Flurs hatte sich eine Tür geöffnet, Licht fiel in den Gang und ... auf einen Mann im Anzug. Das war jetzt nicht wahr, oder? Das konnte ja gar nicht sein!

»Duarte?«, flüsterte ich in Ricos Richtung.

Während in meinem Kopf noch irgendetwas nach vernünftigen Argumenten suchte, weshalb es nicht sein konnte oder schlichtweg vollkommen unwahrscheinlich war, dass der angebliche Polizist, der mit seinem Partner vor unseren Augen drei Leute erschossen und Jagd auf uns gemacht hatte, dass dieser Typ jetzt hier war, genau in dem Moment, in dem wir auch hier waren – hatte Rico schon mein Handgelenk gepackt und zog mich in den Schatten der Wand. Die Menschen um uns herum tanzten weiter. Vielleicht hätten wir einfach wie sie weitertanzen sollen, aber dann fiel mir ein, dass Rico ja diesen weiß leuchtenden Verband hatte ...

Wir hatten uns an die Wand gepresst und ich konnte Ricos harten Herzschlag in mir spüren. Mein Gott, hatte ich Angst! Mein Mund war so trocken, dass ich kaum schlucken konnte. Was, wenn er uns entdecken würde? Ich drängte mich enger an Rico und wagte nicht zu atmen.

Duarte steckte zwei dicke Bündel Geld in die Innentasche seines Jacketts und machte einen Schritt in den Flur.

Nur noch ein paar Meter und er geht direkt an uns vorbei!

Er *musste* uns entdecken.

In dem Augenblick riss mich Rico mit sich und wir stürzten den dunklen Flur hinunter.

Ich stolperte, aber Rico hielt mich fest und zog mich weiter.

»Hier rein!« Eine schwache Glühbirne tauchte den Flur in ein düsteres Dunkelgrau.

»Hat er uns gesehen?«, flüsterte ich und presste mich neben Rico an die Wand.

»Keine Ahnung ... aber ... wir müssen schleunigst hier weg!«

Ich bückte mich und riss mir die Schuhe von den Füßen. Mit denen konnte ich nicht rennen.

»Wo sind wir überhaupt?« Über uns liefen dicke dunkle Rohre an der Decke entlang und an der Wand gegenüber befanden sich Hebel und Schalter. Sah nach der Zentrale für die Klimaanlage und die Stromverteilung aus.

Rico suchte etwas und drückte dann mehrere Schalter. Mit einem Mal verstummte die Musik und es wurde stockfinster. Aufgeregte Rufe waren bis hierhin zu hören. Er hatte den Strom für den gesamten Club abgeschaltet!

Hinten im Gang leuchtete etwas in schwachem Grün. *Exit.* Ein Notausgang.

Er steuerte darauf zu und gemeinsam hasteten wir weiter durch die Dunkelheit. Ich versuchte, auf Schritte hinter uns zu achten, aber das erschreckte Geschrei der Leute auf der Tanzfläche war zu laut.

Endlich hatten wir den Notausgang erreicht. Rico drückte eine Metalltür auf. Eine Treppe führte hinauf ins Freie.

Ich japste nach Luft, aber Rico zog mich schon weiter. Wir liefen über die Straße, sprangen in den alten Ford und rasten los.

Entkommen? Waren wir wirklich entkommen?

»Wieso war Duarte im Club?«, stieß ich keuchend hervor.

Rico hatte den Blick fest auf die Fahrbahn geheftet. Ich wusste nicht, ob er mich überhaupt gehört hatte.

»Duarte und Ashton kassieren in einigen Clubs ab«, sagte er schließlich und beschleunigte vor einer gelben Ampel. »Die teilen sich ihr Revier.«

Ich versuchte, das alles zusammenzubekommen. Die Entführung, die chaotische Geldübergabe, die Flucht und dann das hier: der korrupte Polizist im Club, in dem Rico offensichtlich ein und aus ging.

Plötzlich fühlte ich mich wie auf einem zugefrorenen See. Ich war schon weit hinausgegangen und bemerkte erst jetzt, wie dünn die Eisschicht war. Ich betrachtete Rico von der Seite. Er hatte mir nicht alles gesagt, da war ich sicher ...

»Warum sind wir in diesen Flur gegangen, Rico?«

»Warum?«

»Ja, ich frag mich, warum wir ausgerechnet dann in den Flur gegangen sind, als dieser Duarte auftauchte.« Noch immer hatte er den Blick starr auf die Straße gerichtet. Plötzlich kam es mit aller Macht – das Gefühl, einen Fehler gemacht zu haben, als ich mit Rico gegangen war und Corey allein zurückgelassen hatte.

Rico antwortete nicht.

»Und warum sind wir überhaupt in diesen Club gefahren?«

Neben uns flogen die Leuchtreklamen vorbei.

»Du hattest doch die ganze Zeit einen Plan, oder? Du wusstest, dass Duarte dort ist. Oder, nein, warte, du hast ihn dorthin gelockt? Stimmt's? Und dann war das alles nur gespielt, auf der Tanzfläche ...« Ein bitterer Geschmack breitete sich auf meiner Zunge aus.

»Gespielt?« Seine dunklen Augen funkelten zornig. »Gespielt! Du glaubst, ich hätte dich nur mal so ... geküsst?«

Ich biss mir auf die Lippen. »Ja, genau das glaube ich.«

Rico trat auf die Bremse und fuhr an den Straßenrand. »Annanina ...« Er sah mich ernst an. »Nichts war gespielt. Ich wusste nicht, dass der Cop da war! Das musst du mir glauben! Ich ... ich ...« Er nahm meine Hand. Zuerst wollte ich sie wegziehen, aber er hielt sie einfach fest.

Ich spürte das Kleid auf meiner Haut und dachte im selben Augenblick: Rico ist Stammgast in diesem Club.

Natürlich ging er nicht allein in diesen Club. Und natürlich tanzte er nicht allein ... Was hatte ich geglaubt – dass ich seine Erste und Einzige war?

Seine Hand legte sich auf mein Knie. Diesmal zog ich mein Knie weg und seine Hand fiel ins Leere. Er legte sie wieder ans Steuer.

In meinem Kopf explodierte ein Feuerwerk von Gedanken.

Die Momente im Club blitzten auf, ich sah uns tanzen, aber plötzlich hatte ich ein anderes Gesicht – nein, das war nicht mehr ich, die mit ihm tanzte. Das waren andere. Eine vollbusige Blonde, eine dunkelhaarige Schlanke, eine zierliche Rothaarige ... Immer schneller wechselten die Gesichter – bis ich den Kopf schüttelte, damit der Film endlich riss.

Das Licht der wenigen Laternen und Leuchtreklamen

legte Linien und Streifen über Ricos Gesicht, mal helle, mal blaue, mal gelbe – wie eine Kriegsbemalung.

Ich fühlte mich, als wäre ich aus der Zeit herausgefallen. Ja, als würden wir in diesem verbeulten Ford durch eine fremde Galaxie irren. Wir waren dazu verdammt, für immer unterwegs zu sein ...

»Warst du schon mal in Mexiko?«, fragte Rico auf einmal. Und seine Stimme klang so, als habe er das zum ersten Mal zu einem Menschen gesagt.

Über sein Gesicht zog ein breiter roter Streifen und dann gleich ein blauer.

»Meine Großeltern kommen aus Mexiko. Als Kind war ich öfter bei meinem Onkel – am Meer.«

»Ich war auch ...« Ich kam ins Stottern und sah die Fremde in dem Kleid wieder vor mir. »Mit meinen Eltern bin ich in den Sommerferien auch ans Meer gefahren ...«

»Von Mexiko können wir nach Belize fliegen.«

»Belize?« Ich hatte den Namen schon mal gehört, aber keine Ahnung mehr, wo das war.

»Das Paradies in Südamerika! Mit dem Geld kaufen wir uns ein Stück Land und bauen ein Haus. Mit großer Veranda und einem Garten mit vielen Palmen, in denen Papageien sitzen – und uns jeden Morgen wecken.«

Er lächelte mich an. »Wir haben ein Boot und fahren raus aufs Meer ... und am Wochenende kommen Freunde oder wir gehen tanzen ... Morgens küsse ich dich wach und bringe dir den Kaffee ans Bett. Später frühstücken wir auf der Veranda. Und wir haben einen Hund ...«

»Ja, das klingt schön ...« Ich schloss kurz die Augen und gab mich dieser Vorstellung hin.

»Einen großen Hund«, redete er weiter. »Und eine … eine Katze?«

Ich nickte. Ich wollte immer eine Katze, aber meine Mutter sagte: Hund oder Katze. Entweder – oder. Zusammen vertragen sie sich nicht.

»Vertragen sich denn Hund und Katze?«

»Na klar. Wenn sie wissen, dass wir eine Familie sind!«

Seine dunklen Augen glänzten. »Eine Katze und einen Hund«, sagte er. »Und … und Kinder, zwei, drei, vier … vier Kinder!«

Jetzt musste ich laut lachen. An Kinder hatte ich noch nie gedacht.

»Hund und Katze reichen mir erst mal«, sagte ich.

»Sie würden so aussehen wie du.«

Er schaute wieder zu mir herüber.

Ich betrachtete ihn. Er sah so aus, als ob er das alles ernst meinte.

Mexiko, Belize, korrupte Cops … Hund und Katze und vier Kinder … ein Haus am Meer …

»Wir müssen zurück zu Corey«, sagte ich, auf einmal von einer plötzlichen Panik erfasst. Ich hatte ihn einfach allein gelassen. Was hatte ich mir eigentlich dabei gedacht? Er wusste ja gar nicht, wo wir waren. Überhaupt hatte er keine Ahnung … Und ich redete hier mit Rico über Kinder!

»Wir müssen zu Corey und dann fahren wir alle zur Polizei«, sagte ich entschieden. »Wir können doch nicht ewig so weitermachen …«

Ganz genau. Alles andere ist nämlich total verrückt, sagte meine innere Stimme.

»Lass uns weiterfahren, Annanina«, sagte Rico. Er

musste mir die Angst angesehen haben, denn seine Stimme klang auf einmal viel sanfter ... anders.

Vor uns dehnte sich die Dunkelheit aus. Nur noch ab und zu tauchte schemenhaft das eine oder andere flache Gebäude auf. Eine Werkstatt, eine Lagerhalle, die letzten Ausläufer der Stadt. Und was kam danach?

»Die Grenze ist nicht mehr weit. Mein Onkel kann uns helfen.« Rico streichelte meinen Arm. In meinem Magen vibrierte etwas. Und nicht nur in meinem Magen, es breitete sich aus und ich fühlte mich wie ... elektrisiert.

Ich sah geradeaus durch die Windschutzscheibe. Mexiko. Belize. In diesem Moment – das wurde mir auf einmal klar – hatte ich mein Leben in der Hand. Ich ganz allein. Ich könnte etwas Ungeheures entscheiden. Wie würde mein normales Leben weitergehen? Ich würde nach Berlin zurückkehren, die Schule hinter mich bringen und dann studieren. Vielleicht würde ich auch nicht studieren. Was wollte ich eigentlich vom Leben? Ich sah zu Rico. Ein Haus am Meer? In Belize?

Wie oft hatten Celina und ich im Baumhaus über solche Dinge nachgedacht. Wie stellen wir uns unsere Zukunft vor? Wo wollen wir leben? Mit wem?

Wir wollten mit jemandem verheiratet sein, den wir liebten – und der uns natürlich liebte. Wobei ich öfter auch nicht verheiratet sein, sondern einfach nur mit Tim in einem Haus am Wald leben wollte. Aber das galt immer nur für ein paar Tage. Dann wollte ich wieder wie Celina in New York in einem Wolkenkratzer wohnen, so hoch, dass ich, wenn ich die Hand aus dem Fenster streckte, einen Stern berühren konnte.

Rico sah wieder zu mir herüber. Jetzt – ich müsste nur Ja sagen.

Belize. Papageien. Ein Boot ... Tanzen ...

Du bist erst sechzehn. Wie erklärst du das deinen Eltern?

Du bist erst sechzehn. So was darfst du nicht tun. Du ruinierst dein Leben. Du kommst unter die Räder.

Meine innere Stimme brachte mich wieder auf den Weg, zumindest in die Richtung, in die ich zu gehen hatte – als Moms und Dads einzige Tochter. Alles andere war doch komplett verrückt!

»Wir müssen zu Corey zurück!«, sagte ich so bestimmt ich es in dem Moment konnte.

»Annanina«, sagte Rico in dem Augenblick. »Wir leben nur dieses eine Leben ...« Seine schwarzen Augen glitzerten – wie der polierte Turmalin.

Ich biss mir auf die Lippen, damit nicht doch noch ein *Okay, ja, fahren wir!* herauskäme. »Wir müssen zu Corey«, sagte ich. Und der Gedanke an ihn fühlte sich gut an.

17

Auf dem gesamten Rückweg zum Studio sprachen wir kein Wort mehr miteinander. Dass ich überhaupt mit Rico weggefahren war, ja, dass ich dieses Kleid trug, kam mir jetzt so gemein gegenüber Corey vor. Was war nur mit mir los gewesen? Ich warf einen flüchtigen Blick auf Rico, der schweigsam geradeaus sah. Hatte ich wirklich mit ihm getanzt? So nah? So eng? Waren das wirklich seine Hände gewesen, die meinen Körper berührt und so ... so elektrisiert hatten? Und – verdammt – hatten wir uns wirklich geküsst?

Als der Wagen vor das Studio rollte, sagte ich mir, es war alles nur ein wunderschöner Traum gewesen.

Corey sprang von dem Sessel neben dem Eingang auf.

»Endlich. Wo wart ihr denn?«

Corey hatte sich verändert. Nicht äußerlich, da sah er immer noch genauso aus. Auch wenn seine rötlichen Locken feucht waren und seine Augen glänzten. Es war die Art, wie er uns begrüßte. Etwas umgab ihn, so was wie eine Aura, ein Strahlen.

»Ich hab fünf Songs aufgenommen!« Er wedelte mit einer CD vor unserer Nase herum. »Wollt ihr sie hören?«

In dem Moment fiel sein Blick auf mein Kleid und

er ließ die CD sinken. Er sah von mir zu Rico und wieder zurück zu mir. Das Strahlen erlosch. Seine Augen zogen sich zusammen und seine Lippen wurden ganz schmal.

»Das war also nur ein Trick, was, Rico? Du hast mich hier abgestellt, weil du mit Annanina allein sein wolltest.«

Rico tippte sich an die Stirn.

»Dich abgestellt? Für dreitausend Bucks? He Mann, sei mal ein bisschen dankbar, okay?«

»Dankbar? Was bist du nur für ein mieser Typ? Verschleuderst das Geld, das deine Eltern als Lösegeld für dich gezahlt haben.« Mit einer schnellen Handbewegung schlug Corey Rico auf die Brust. »Ist da kein Herz drin?« Als er Rico noch einen Schlag auf die Brust verpassen wollte, packte Rico seinen Arm.

»Beruhig dich, Mann! Du bist ein bisschen gekränkt. Kommt vor. Jetzt krieg dich mal wieder ein.«

Ich wich Coreys Blick aus.

Ohne ein weiteres Wort stiegen wir in den alten Ford und fuhren weiter. Das Blumenkleid fiel mir noch ein, ich hatte es im Studio gelassen. Aber was spielte das noch für eine Rolle? Corey kauerte auf dem Rücksitz, verschränkte die Arme vor der Brust und ignorierte uns.

Schweigend fuhren wir durch die Nacht.

In einem gestohlenen Auto und mit fast einer Million Dollar im Gepäck. Ging es noch absurder?

»Und wohin fahren wir jetzt?«, fragte ich irgendwann.

»Wir tauchen erst mal unter«, sagte Rico. »Und dann sehen wir weiter.«

Wie wäre es wohl weitergegangen, wenn ich mit Rico nicht zum Studio zurückgefahren wäre? Ich sah uns am Strand von Mexiko. Hinter uns das Haus, in dem wir leben, vor uns das Meer. Abends grillen wir Fische und sehen zu, wie die Sonne im Meer versinkt, so blutend rot, dass ich manchmal weinen muss. Dann nimmt mich Rico in seine Arme und ich lege den Kopf an seinen Hals und rieche das Salz und die Sonne auf seiner Haut. Bellend kommt unser Hund aus dem Wasser. Er schüttelt sich und wälzt sich im Sand.

Ich liebe dich ... flüstert mir Rico ins Ohr, ... *über alles in der Welt.*

Er hält mich ganz fest. Und Corey ist plötzlich auch da. Das Meer wird rot, bis die Sonne darin versunken ist. Aber wir wissen, morgen geht sie über den Bergen wieder auf und wir gehen zum Strand und braten Fische. Ich wollte diesen Traum ewig weiterträumen.

»Wie sollen wir der Polizei bloß das mit dem gestohlenen Auto erklären?«, sagte Corey irgendwann in das Schweigen hinein.

»Jetzt mach dir nicht gleich in die Hose, Mann«, kam es von Rico. »Ich kann auch sagen, dass ich es war. Also, entspann dich.«

»Nein!« Corey schlug mit der Faust gegen Ricos Rückenlehne, dass ich zusammenzuckte. »*Ich* hab's geknackt! Ich! Okay? Du musst nicht den Helden spielen!«

Ich dachte an das, was Rico gesagt hatte, dass Duarte und Ashton in den Restaurants seiner Eltern abkassierten. Bestimmt standen auch Richter auf ihrer Schmiergeldliste ... und da war auf einmal dieser Kloß im Hals und ich sagte: »Vielleicht gibt es einen Anwalt, der uns helfen kann. Oder deine Eltern, Rico.« Ich fand meinen Vorschlag vernünftig und wunderte mich, dass ich nicht schon früher darauf gekommen war.

»Ja, sie kümmern sich schon drum.« Ricos Lächeln war unergründlich. Keine Ahnung, ob ich ihm glauben sollte.

Ich sah aus dem Fenster ins Dunkel. Wir mussten irgendwo außerhalb der Stadt sein. Keine Ahnung, wo.

»Wir sollten tanken«, sagte Rico, als ein Tankstellenschild auftauchte.

Der Wagen rollte vor eine der beiden Zapfsäulen. Ein roter Lieferwagen fuhr gerade weg. Aus dem Fenster des kleinen Tankstellenshops fiel ein müder Lichtschein in die Nacht.

»Wollt ihr was? Cola, Sandwiches?«, fragte Rico beim Aussteigen. Wir waren in einer merkwürdigen, gedämpften Stimmung gefangen und schüttelten beide den Kopf.

Rico warf die Tür zu und hängte den Stutzen in den Tank. Ich hörte es gurgeln.

»Ich muss mal«, sagte ich zu Corey und stieg aus. Wortlos ging ich an Rico vorbei. Der Tankwart hinter der Kasse nickte mir freundlich zu, während er einen Kunden abkassierte. Ich durchquerte den engen Shop mit den Regalen voller Kleinkram und drückte die Tür zur Damentoilette auf. Es roch nach Desinfektionsmittel und das Neonlicht war so grell, dass mir die Augen wehtaten.

Als ich mich kurz im Spiegel ansah, schrak ich zurück. Ich hatte immer noch das schwarze Minikleid an. Aber ...

Irritiert streckte ich die Hand aus, berührte erst die

Lippen, dann die Nase. *Du hast dir was vorgemacht, Annanina. Du bist immer noch dieselbe, egal ob du diesen Fummel trägst oder nicht. Und egal ob dich Rico geküsst hat oder nicht. Du hast dich in ein anderes Bild von dir verliebt.*

Ich ging schnell auf die Toilette. Dann zog ich die Spülung und wusch mir die Hände, ohne noch einmal in den Spiegel zu sehen.

Ich ließ die Tür hinter mir zufallen und hastete durch den Gang mit den Regalen hinaus ins Freie.

Erschrocken blieb ich stehen.

Wo war der alte Ford? Er stand nicht mehr an der Zapfsäule ... Mein Herz fing an zu rasen.

Corey hatte Rico überwältigt und war einfach losgefahren. Da war ich mir sicher. Nein, Rico hatte Corey rausgeschmissen und mich einfach zurückgelassen.

In dem Moment entdeckte ich den Ford neben der Säule mit dem Staubsauger. Rico wischte die Scheiben.

Was dachte ich da auch für ein irres Zeug! Erleichtert wollte ich zu Rico laufen, als mich jemand von hinten packte und mir die Luft zum Atmen nahm. Im selben Moment wurde mir mein linker Arm grob auf den Rücken gebogen, ein bärenstarker Unterarm drückte sich brutal gegen meinen Hals und dann blitzte eine Messerklinge vor meinen Augen auf.

Ich wollte schreien, treten, beißen, boxen, schlagen, aber gegen diese Kraft kam ich nicht an.

In dieser Sekunde blickte Rico auf, der Wischer fiel mit einem Klatschen in den Eimer.

»Rück die Kohle raus oder ich schlitz der Süßen vor deinen Augen die Kehle auf!«, zischte die Stimme nah an meinem Gesicht. Es war Duarte ... ich spürte es ...

Ich wagte nicht mehr zu atmen, mich nicht mehr zu rühren – nicht mal mehr zu denken. Die Klinge schnitt mir in die Haut und mein Herz hämmerte, hämmerte, hämmerte. Bitte, bitte, lieber Gott, ich will nicht sterben! Nicht hier! Nicht jetzt! Nicht so! Und Rico stand da und bewegte sich nicht.

Hilf mir ... bitte ...

Da flog die Autotür auf. Corey! Er hatte die Tasche in der Hand.

»Brav!«, rief die tiefe Stimme hinter mir. »Komm langsam hierher, schön langsam, Kleiner!«

Mir tränten die Augen, vor Angst und vor Wut. Corey kam auf uns zu, mit der Tasche, mit der Million ...

»Leg sie dahin!«, befahl die Stimme.

Mein Gehirn schaltete auf Overdrive, verzweifelt suchte es nach einem Ausweg, aber da war das Messer, da war der Arm und da war der Typ und gegen all das kam ich nicht an. Mir war so schlecht vor Angst, dass mir schwindlig wurde. Corey kam näher ... *Corey ... Bitte, Corey, bitte, rette mich ... bitte ...*

Corey bückte sich langsam und legte die Tasche wie befohlen einen Schritt von uns entfernt auf den Boden. Die Klinge schnitt mir tiefer in die Haut. Ich unterdrückte einen Schrei, der alles nur noch schlimmer machen würde. Der Typ würde mich töten ...

Corey!, wollte ich rufen. *Hilf mir!*

Ich wurde zu Boden gedrückt. Ein Arm griff nach der Tasche. Ich sah dunkle Haut. Duarte ... es war wirklich Duarte ... Mein Hals brannte, ich schloss die Augen, jetzt hatte er doch, was er wollte, jetzt würde er mich loslassen! Oder nicht? Oder würde er mir die Kehle durchschneiden ... mit einer blitzschnellen Bewegung ... zack ... quer über den Hals ... Blut würde spritzen ...

Gleich bin ich tot.

In diesem Moment sprang Corey auf und stürzte sich auf uns.

Ich wurde wieder zu Boden gerissen, ein Schuss explodierte und ein schweres Gewicht sackte mitten auf mich drauf. Klirrend fiel neben mir das Messer auf den Boden, noch eine Explosion, jetzt ...

Jetzt bin ich tot.

... doch jemand packte mich, riss mich hoch, schleifte mich zu unserem Ford, Türen schlugen zu, der Motor heulte auf und wir rasten davon.

»Scheiße, Scheiße, verdammte Scheiße!«, schrie Corey. Er saß am Steuer. »Das war der Cop! Rico! Das war der Scheißcop vom Campingplatz!«

»Ja!« Rico saß neben mir auf dem Rücksitz, den Arm um mich gelegt. In der anderen hielt er die Pistole. Unendlich lang starrte ich auf die Pistole, bis ich endlich begriff. Rico hatte Duarte erschossen.

»Der wollte mich umbringen.« Meine Stimme klang ganz fremd und dünn – und verwundert. Und dann fing ich an zu zittern. Mein ganzer Körper schlotterte, meine Zähne schlugen aufeinander und aus meiner Kehle stieg ein Schluchzen.

»Scht ...«, machte Rico, »es ist alles gut. Der Typ kann dir nichts mehr tun.«

Ich nickte, aber die Klinge blitzte noch immer vor meinen Augen und der Arm presste sich noch immer gegen meinen Hals.

»Ich hab gedacht, ich sterbe.« Nur mühsam brachte ich die Worte hervor.

»Du bist am Leben«, sagte Rico mit zärtlicher Stimme. »Du musst keine Angst mehr haben. Er ist tot. Jetzt ist nur noch Ashton da.«

Nur noch Ashton? Warum sagte er so etwas? Aber *wie* er es sagte, so sanft und ruhig, war tröstlich und ich blieb eng an ihn gekauert da sitzen, legte meinen Kopf an seine Brust und hielt mich an ihm fest. Er strich mir über den Kopf und küsste meine Stirn. »Es wird alles gut.«

»Sag es noch mal, bitte.«

Er küsste mich auf die Haare. »Es wird alles gut.«

Ich sog seine Worte auf. *Es wird alles gut. Es wird alles gut* – und irgendwann fühlte ich mich sicher. Mit Rico. Mit Corey. Sie hatten mich gerettet.

»Fahren wir jetzt nach Mexiko?«, fragte ich Rico. Aber er gab keine Antwort. Oder vielleicht hatte ich sie auch nicht gehört.

Der Wagen raste durch die Dunkelheit. Ich war fast dankbar für das Brennen an meinem Hals, die Schmerzen in meiner Schulter und an meinem Handgelenk. Sie sagten mir, dass ich noch am Leben war.

»Pass auf die Straße auf!«, brüllte Rico plötzlich, der mich noch immer festhielt. Ich krallte mich fest an seinen Arm.

»Ich pass auf!«, schrie Corey zurück und schlug aufs Lenkrad. »Verdammt noch mal, warum musstest du den Cop erschießen!«

»Warum? Weil er sonst Annanina getötet hätte! Und dich auch, Idiot!«, schrie Rico zurück.

»Er hatte sie doch schon losgelassen!«, schrie Corey.

»Er hatte es verdient«, sagte Rico nüchtern, »es ist seine Schuld.«

»Es soll seine Schuld sein, dass er jetzt tot ist, oder was?« Corey war vollkommen außer sich. »Was für ein Scheiß! Du hast jemanden umgebracht! Und jetzt sucht uns die Polizei, die richtige, die gute Polizei!«

»Corey!« Ich konnte kaum sprechen, jeder Laut tat mir im Hals weh. »Rico hat uns das Leben gerettet.«

»Gerettet?« Seine Stimme überschlug sich. »Rico ist schuld daran, dass es überhaupt so weit gekommen ist! Warum hast du denen nicht das verfluchte Geld gelassen?«

Rico sah aus dem Seitenfenster und antwortete nicht.

»War das wirklich Duarte?«, fragte ich Rico mit zitternder Stimme.

»Ja.«

Der dunkelhäutige, korpulente Mann, der einen Anzug und diese verspiegelte Sonnenbrille trug, der Polizist war ... und dann begriff ich erst das ganze Ausmaß dessen, was passiert war.

Rico hatte einen Menschen getötet.

Rico hatte einen Menschen getötet.

Rico hatte ...

»Rico hat einen Cop erschossen«, unterbrach Corey meine immer hektischer, verzweifelter werdende Gedankenspirale.

»Einen *korrupten* Cop!«, ergänzte Rico und presste die Lippen aufeinander.

»Offiziell ist es ein Cop! Ein Cop! Ein Cop!«, brüllte Corey. »Dafür bekommt man lebenslänglich. Und jetzt haben wir die gesamte Polizei von New Mexico am Hals. Großartig. Danke, Rico.«

Seine Worte hallten in meinem Kopf und ich wusste:

Das ist das Ende.

Das Ende eines Menschen namens Duarte. Eines Polizisten.

Eines Polizisten, der mich vermutlich umgebracht hätte.

Das Ende unseres Lebens.

Was hatten wir getan?

Wie sollten wir da jemals wieder rauskommen?

»Wir müssen zur Polizei«, sagte ich. »Wir erklären denen alles – dass Rico keine Wahl hatte, dass er aus Notwehr gehandelt hat.« Ich nickte ein paarmal, wie um mich selbst darin zu bestärken. »Das ist das einzig Vernünftige.« Mich erfüllte plötzlich eine seltsame Ruhe. Vielleicht war es der Schock. Oder vielleicht lag es daran, dass ich fast tot gewesen wäre.

»Vernünftig?«, sagte Corey. »Nichts ist hier vernünftig. Die Polizei wird uns fragen, welchen Beweis wir gegen Duarte in der Hand haben. Beweise, dass er Annanina grundlos angegriffen hat. Beweise für die Entführung und die Schießerei am Campingplatz.«

»Wir haben doch das Lösegeld als Beweis«, sagte ich, »und Rico wurde das Ohr abgeschnitten ...«

»Und du meinst, das reicht? Wem glaubt wohl die Polizei mehr: ihrem eigenen Kollegen oder uns?«

»Wir müssen es eben erklären und ...«, beharrte ich.

»Passt auf«, unterbrach mich Rico, »ihr geht zur Polizei. Aber lasst mir zwei Stunden Vorsprung.«

Niemand sagte daraufhin ein Wort, während wir weiter über eine dunkle Straße in die Finsternis rasten, als wären wir schon in der Hölle. Ich stellte mir vor, wie die gesamte Polizei von New Mexico den Polizistenmörder Federico suchte.

Und am Ende ... am Ende würden sie ihn lynchen ... und Corey und ich würden bei den Fetzers im Wohnzimmer auf der Couch sitzen und in den Nachrichten hören, dass er auf der Flucht erschossen worden wäre. Nein, das durfte nicht sein, das durfte ich doch nicht zulassen ...

»Wir kommen mit dir«, sagte ich entschlossen.

Abrupt riss Corey das Steuer herum und hielt mit quietschenden Reifen am Straßenrand. Rico und ich wurden nach vorne geschleudert. Aber bevor wir uns beschweren konnten, drehte er sich auch schon mit fassungslosem Gesicht zu uns um.

»Spinnst du jetzt total, Annanina?«, fuhr er mich an. »Es gibt einen Toten. Denk doch nur an die Spuren, die du im Auto hinterlassen hast. Fasern, Abdrücke, was auch immer. Du hast doch bei der Einreise deine Fingerabdrücke abgeben müssen. Die finden dich und dann werden sie dich so lange löchern und fertigmachen, bis du zusammenbrichst! Hast du dir das Szenario schon mal ganz genau ausgemalt?«

Ich schluckte. Nein, hatte ich nicht. Aber ich konnte es mir vorstellen. Ich hatte genug Filme über dieses *Szenario* gesehen.

Trotzdem wollte ich nicht zur Polizei. Ich konnte Rico doch nicht einfach im Stich lassen.

Corey sah Rico in die Augen und sagte ganz ruhig: »Hör zu: Annanina und ich fahren jetzt zur Polizei. Bevor die uns findet, okay? Du willst sicher nicht, dass Annanina etwas zustößt.«

Ich starrte Corey an. »Nein ... warte ...«

Aber Corey hatte schon die Tür aufgemacht.

»Ich will nicht mit dir geschnappt werden, Rico!«,

sagte Corey. »Ich will nicht ins Gefängnis. Ich weiß doch, wie es da zugeht und wie sie die Leute da schikanieren – oder gleich umbringen.«

»Immer schön cool bleiben, ja Mann?«, sagte Rico betont ruhig und stieg ebenfalls aus.

Ich blieb im Auto sitzen. Gelähmt, ohnmächtig, schockiert. Es war alles so furchtbar ...

Rico ging um den Wagen herum zur Fahrerseite, wo Corey stand, gestreift vom Licht der Scheinwerfer, in dem Tausende von Mücken und Faltern schwirrten.

Rico steckte die Hände in die Taschen seiner Jeans und sah Corey eine Weile an. Schließlich sagte er:

»Erstens, du hast doch gar nicht geschossen. Und zweitens, du bist noch nicht volljährig. So schlimm wird's also nicht für dich.«

Corey wirkte auf einmal so verletzlich mit seinen nackten Beinen und den knochigen Schultern. Dabei war er kaum kleiner als Rico.

»Wir sind aber Mitwisser«, beharrte Corey. »Annanina und ich ...«

Ich hielt es nicht mehr aus.

»Corey«, sagte ich durchs offene Fenster, »was sollen wir hier, mitten in der Pampa? Willst du etwa zu Fuß zur Polizei laufen, oder was?«

Corey zuckte gleichgültig die Schultern. »Wenn's sein muss ...«

Rico stand abwartend da, ohne sich zu rühren.

Die Zeit tickte.

Wir mussten uns entscheiden.

Und ich hatte Angst, die falsche Entscheidung zu treffen.

»Corey ... hör mal«, redete ich weiter, »selbst wenn die Polizei mir und dir glaubt, wird Ashton versuchen, Rico umzubringen, bevor er aussagen kann. Das ist doch klar. Du und ich ... wir wären schuld, wenn Rico etwas zustößt. Könntest du damit leben? Rico ... Rico hat mir schließlich das Leben gerettet ... und dir ...«

Ich sah Corey schlucken, während immer mehr Mücken ins Scheinwerferlicht flogen.

»Warum fahren wir nicht einfach weiter?«, sagte ich. Und ich meinte es ganz ernst. Ja, es war unsere einzige Chance.

»Wohin, nach Mexiko vielleicht?«, fragte Corey schroff und stieß mit der Schuhspitze in den Sand. »Und an der Grenze ist Endstation für uns. Keine Pässe, aber ein gestohlenes Auto. Super.«

»Es gibt auch andere Wege über die Grenze«, sagte Rico.

»Ach ja, zu Fuß vielleicht?« Corey spuckte auf den Boden.

Da drehte sich Rico um, riss die Tür auf, packte mich am Handgelenk und zog mich heraus. »Haut einfach ab!«, schleuderte er mir entgegen und ich stolperte Corey in die Arme.

»Was ist denn jetzt ...« Ich begriff gar nichts mehr. Eben noch hatte er mir das Leben gerettet ...

Rico rutschte hinters Steuer.

»Los, geht nach Hause, geht zur Polizei! Erzählt denen, ihr seid zufällig in diese Scheiße verwickelt worden, ihr könnt nichts dafür.«

»Rico ...«, sagte ich leise und machte einen Schritt auf die Fahrerseite zu.

»Verschwindet!«

Ich war so perplex, dass ich wie erstarrt dastand, als er mit quietschenden Reifen davonfuhr, und sprachlos den roten Rücklichtern nachsah, bis sie von der Nacht verschluckt wurden.

18

Das ist deine Schuld!«, schrie ich Corey an. »Rico hat mich gerettet! Ich hab echt gedacht, der Typ bringt mich um!« Ich trat dicht an ihn heran. »Der wollte mir die Kehle durchschneiden, Corey. Kannst du dir vorstellen, wie sich so was anfühlt?« In meiner Aufregung hatte ich Corey an den Schultern gepackt und schüttelte ihn. »Kannst du dir das vorstellen?«, brüllte ich ihn an. »Wie konntest du ihn einfach so ganz allein wegfahren lassen?«

Ich brach zusammen, die Tränen schossen mir in die Augen, ich konnte das alles nicht mehr ertragen.

»Das soll meine Schuld sein?«, schrie Corey zurück. »Das ist doch alles nur passiert, weil er das Geld wollte. Scheiß auf die Million!«

Wütend trat er gegen einen Stein, der mit einem leisen Klack auf dem Asphalt aufkam. Dann war es still bis auf das Geräusch von Sandkörnern, die der Wind über die Fahrbahn wehte. Und obwohl Corey da war, fühlte ich mich auf einmal vollkommen allein.

Kraftlos, mutlos und verzweifelt hockte ich mich auf die Erde an den Straßenrand. Ich wollte nie wieder aufstehen.

Ricos »Verschwindet!« hallte in meinen Ohren und

ich war sicher, ich würde es bis zum Ende meines Lebens hören. Und ich hatte geglaubt, er wäre in mich verliebt. Wie konnte ich nur so naiv sein! *Aber er hat dir das Leben gerettet*, sagte eine leise Stimme in mir drin. Nein, er hat sein Geld gerettet! Corey hatte recht.

Und dann kamen mir wieder die Tränen, ich konnte gar nichts dagegen tun.

»Annanina, du ... du musst nicht weinen ...« Coreys Wut schien von einem Moment auf den anderen zu verpuffen.

Ich hatte gar nicht bemerkt, wie er sich neben mich gesetzt hatte.

»Ich weine nicht!«, blaffte ich ihn an.

Energisch zog ich die Nase hoch und dachte einen Moment lang nach.

»Jetzt, wo Rico ohne uns weggefahren ist«, sagte ich schließlich, »ist es wahrscheinlich wirklich das Beste, wenn wir zur Polizei gehen.«

Ich sah einen Anflug von Erleichterung in Coreys Gesicht. »Ist wohl das Vernünftigste.«

Ich klopfte mir den Staub und die Steinchen vom Kleid. Und als ich mit der Hand über den Stoff fuhr, musste ich fast schon wieder heulen. Mist, warum hatte ich noch immer dieses bescheuerte Kleid an?

Corey erhob sich auch.

»Und wie kommen wir jetzt zurück in die Stadt?«, überlegte ich. Von wegen vernünftig! Ich war, ehrlich gesagt, auch ziemlich verletzt. Und wütend und ... Rico hat mich im Stich gelassen, dabei habe ich doch zu ihm gehalten.

Schemenhaft konnte ich neben der Straße Kakteen aufragen sehen. Nirgendwo brannte ein Licht in der

Dunkelheit. Nirgendwo war ein Haus. In dem Moment wünschte ich Rico einfach nur zum Teufel.

»Warum hat er das gemacht?«, murmelte ich leise.

Corey hatte es trotzdem gehört. »Weil er skrupellos und berechnend ist. Ich wette, er ist auch einer von denen.«

»Von wem?«

»Von diesen Typen, diesen Mafia-Typen.«

»So ein Quatsch!«, fuhr ich ihn an.

Corey winkte ab. »Denk, was du willst. Aber wer weiß, was an der ganzen Geschichte überhaupt wahr ist. Wahrscheinlich hat er das mit seinen Eltern auch erfunden.«

»Aber wieso?«

»Genau das wüsste ich zu gern«, Corey zuckte die Schultern.

Eins wusste ich jedenfalls über Rico: Er war nicht so wie wir. Und er hätte sonst was anstellen können, ich wusste, dass er nicht so war wie wir und niemals so werden würde.

Ein Auto näherte sich. Die runden weißen Lichter wurden größer. Ich warf Corey einen fragenden Blick zu. Was sollten wir tun? Auf uns aufmerksam machen? Winken? Auf die Straße springen? Oder sollten wir uns verstecken?

Corey reckte den Daumen, doch der Wagen schoss an uns vorbei.

»Idiot!«, schimpfte Corey ihm nach und trat wieder gegen einen Stein.

»Dann gehen wir eben einfach in die Richtung zurück, aus der wir gekommen sind.« Ich schnappte mir die Schuhe und lief barfuß los.

»Warte! Vielleicht ist Ashton schon hinter uns her?«, rief Corey.

»Sollen wir hier noch auf den warten, oder was?«, erwiderte ich, ohne stehen zu bleiben. Die spitzen Steinchen piksten mir in die Fußsohlen. Ich musste wohl oder übel die Schuhe wieder anziehen.

»Ich glaube trotzdem nicht, dass es eine gute Idee ist, nachts zu trampen«, sagte Corey, der jetzt neben mir herging.

Abrupt blieb ich stehen, dass er beinahe auf mich prallte.

»Weißt du eigentlich, was du willst?«, fuhr ich ihn wütend an. »Du hast doch angehalten. Du wolltest doch zur Polizei. Wegen dir stehen wir jetzt hier!«

Ich war auch so wütend auf ihn! So wütend!

Er hob resigniert die Schultern und ließ sie wieder fallen. »Warum warten wir nicht einfach, bis es hell wird? Kann ja nicht mehr lange dauern.«

»Und was ist dann besser, wenn es hell ist?«

»Na ja, dann sehen wir wenigstens, wer in den Autos sitzt, die da auf uns zukommen.« Er versuchte zu lächeln.

»Und wo sollten wir deiner Meinung nach auf den Sonnenaufgang warten?«, fragte ich sarkastisch. »Hier ist doch nichts.«

Ohne etwas zu erwidern, ließ Corey den Blick umherschweifen und jetzt erst merkte ich, wie kalt es war. Natürlich, wir waren ja auch in der Wüste und da war es nun mal tagsüber heiß und nachts kalt. Die ganze Zeit hatte in mir noch die Aufregung geglüht, mein Kopf war ganz heiß gewesen. Aber jetzt realisierte ich, dass ich fror. Und in dem Moment, in dem mir das klar wurde, fror ich gleich noch mehr. Ich trug ja nur das schwarze Minikleid ...

Meine Zähne fingen an aufeinanderzuschlagen.

Ich kauerte mich im Graben zusammen. Auf einmal war mir alles gleichgültig. Ich war zu erschöpft, um noch irgendeinen Gedanken fassen zu können.

Meine Augenlider wurden so schwer, dass sie sich über meine Augen senkten und ich das Gefühl hatte, sie nie wieder öffnen zu können.

Corey setzte sich dicht neben mich. Der ganze Tag lief noch einmal vor mir ab. Adam und die gruselige Sache mit dem Ohr, die Gärtner, die Polizei, der Campingplatz ... Rico, die Verfolgungsjagd, das Hospital, die Shoppingtour, Tanzen im Club – und dann der Schock: die Katastrophe an der Tankstelle.

Aber daran wollte ich nicht denken. Ich wollte mich an etwas anderes erinnern. Wie es war, mit Rico zu tanzen. Ich erinnerte mich an seinen Geruch und an seinen Körper, der meinen berührte. Es kam mir vor, als wäre das schon tagelang, wochenlang her – oder nein, es kam mir vor, als wäre ich ihm nie begegnet und ich hatte alles nur geträumt.

Warum war er nur so grob zu mir gewesen? Ich spürte immer noch seinen Griff um mein Handgelenk.

»Annanina?«, flüsterte Corey. Seine Hand legte sich sachte über meine. Obwohl es dunkel war, sah ich das Glänzen in seinen Augen.

»Es tut mir leid«, sagte er leise. »Rico wird es bestimmt über die Grenze schaffen. Ganz sicher.«

Ich wollte ihm so gern glauben.

Er legte den Arm um meine Schulter und zog mich an sich. Sein Körper war warm, viel wärmer als meiner.

»Verdammt kalt in der Wüste«, sagte er.

»Ja ...«, antwortete ich bibbernd und legte meine Wange an seine Schultern.

»Es wird alles wieder okay«, sagte er tröstend und streichelte sanft meine Wange. »Sobald es ein bisschen heller ist, machen wir uns auf den Weg in die Stadt. Dann kommen auch mehr Autos vorbei.«

Seine ruhige Stimme und die Art, wie er sprach, so überzeugt und sicher, all das fiel mir auf einmal auf. Plötzlich begriff ich, dass ich ihn eigentlich nie richtig wahrgenommen hatte. Oder immer nur einen Teil von ihm.

»Weißt du, wenn man Angst hat, darf man das ruhig sagen. Es ist sogar gut, wenn man es sagt, dann wird sie ein bisschen weniger – die Angst«, sagte er.

»Meinst du?«

»Ich weiß es.«

Ich überlegte. »Ich hab immer gedacht, wenn man es ausspricht, wird es erst richtig schlimm. Man muss gegen die Angst ankämpfen.«

»Nein. Muss man nicht.« Corey schüttelte den Kopf. Seine Hand auf meiner Wange war warm. Sanft drückte er meinen Kopf an seine Brust.

»Ich hör dein Herz«, sagte ich. »Es klopft laut ...«

»Ja. Weil ich Angst habe«, sagte er.

Ich schluckte einen dicken Kloß in meinem Hals herunter. Aber er war gleich schon wieder da.

»Ich habe schreckliche Angst. Dass uns Ashton findet und dass er uns erschießt«, sagte er.

Der Kloß in meinem Hals wurde größer. Ich konnte das Klopfen meines Herzens in meinem ganzen Körper spüren. *Tock tock tock*, machte es in meiner Kehle, in meinem Kopf. Wenn Ashton zurückkommt, erschießt er uns. *Tock tock tock.*

»Ich will keine Angst mehr haben«, brachte ich mit schwacher Stimme hervor.

»Ja«, sagte Corey leise und streichelte mich weiter. In diesem Moment schnürte sich mir die Kehle zusammen und die Tränen schossen mir in die Augen. Ich konnte gar nichts dagegen tun. Ich vergrub mein Gesicht in seinem Hemd, dem neuen, das Rico gekauft hatte.

»Ich bin bei dir«, sagte Corey in dem Augenblick.

»Aber du kannst auch nichts gegen ihn ausrichten«, schluchzte ich.

»Wenn man zusammen ist, ist alles weniger schlimm«, sagte Corey.

»Warum?« Ich wischte mir über die Augen.

»Ich weiß auch nicht«, sagte er, »vielleicht weil man am meisten Angst davor hat, allein zu sein.«

Rico ist jetzt ganz allein, dachte ich. Hoffentlich schafft er es über die Grenze. Ich werde es wahrscheinlich nie erfahren. Und ich werde ihn nie mehr wiedersehen.

Corey küsste mich sanft auf meine Haare und da musste ich noch mehr weinen.

So heftig, dass ich selbst erschrak.

Ich hatte diese Angst so lange hinuntergeschluckt. Aber sie war nie weggegangen. Sie war immer da gewesen. Hatte sich nur versteckt. Hatte nur auf den Moment gewartet, endlich herauszubrechen. Die Angst, alleingelassen zu werden ... Von Rico. Von meinen Eltern.

Corey hielt mich fest. Ich spürte seine Lippen auf meinen Haaren, spürte seinen warmen Atem, ich roch sein Hemd und darunter seine Haut, meine Finger suchten seine und dann verschränkten sie sich ineinander wie die Äste zweier Bäume ...

»Weißt du, ich wollte auch immer stark und vernünftig sein – weil Adam schwach ist, und ich muss ja auf ihn aufpassen. Aber man lügt sich damit selbst an. Und Adam merkt das immer sofort, wenn ich Angst habe.«

Ich wischte mir mit dem Handrücken die Tränen aus dem Gesicht. »Ach, Corey ...«, sagte ich halb lachend, halb schluchzend. »Versprichst du mir was?«

»Was denn?«

»Wenn wir sterben müssen – hältst du dann meine Hand, so wie jetzt, so lang ... so lang, wie es geht?«

»Ich verspreche es dir«, sagte er ernst.

19

Weiße Lichter tauchten aus der Dunkelheit auf, helle Kreise, die schnell größer wurden. Unwillkürlich zog ich den Kopf ein.

War das ... Ashton?

Wie weit weg war er noch? Dreißig? Vierzig ... oder nur zwanzig Meter? Die Scheinwerfer tasteten sich über den Asphalt, krochen immer näher. Gleich würden sie uns erfasst haben.

»Schnell! Wir müssen hier weg!« Corey riss mich aus dem Graben.

Ich rannte und rannte, so schnell wie noch nie zuvor. Ich spürte nicht die Steine und Dornen an meinen nackten Füßen, ich rannte einfach immer weiter in die Dunkelheit und Weite der Wüste. Ich hörte Coreys Schnaufen neben mir und ich hörte den Motor und dann hörte ich, wie eine Tür aufgemacht wurde. Nein, ich würde mich nicht umdrehen. Ich hatte nur einen Gedanken – und ich ließ keinen anderen zu: Ich würde mich nicht ergeben. Ich würde nicht stehen bleiben.

Irgendwo tauchte plötzlich der Mond auf. Ein angebissener blasser Mond, der sich hinter einem Hügel versteckt haben musste. Vielleicht war es dieser Gedanke, dieser Moment der Unaufmerksamkeit, dass ich über was stolperte und der Länge nach im Staub landete.

Und dann konnte ich nicht mehr aufstehen. Der Mond, die Kakteen, die wie Pfähle aus der Erde ragten, die Felsen verschwammen ... und Coreys Stimme ... wurde leiser und leiser.

Das Schweben fühlte sich wunderbar an, so unendlich wunderbar ... ich hatte keine Schmerzen mehr – und auch keine Angst. Alles war gut. Ricos Gesicht war plötzlich ganz nah. Er streckte die Arme nach mir aus. *Willst du mit mir tanzen?* Jaja, sagte ich und ich sah, wie sich meine Hand in seine legte. *Willst du mit mir tanzen?*

»Annanina? Verdammt!«

Wir tanzten eng umschlungen. Rico schwebte mit mir über einen schwarzen Abgrund. Aber das machte mir keine Angst. Er lächelte mich liebevoll an.

»Annanina! Hörst du mich?«

Plötzlich war das Schweben vorbei, stattdessen zog mich etwas in diesen dunklen Abgrund. »Halt mich fest!« Doch ich rutschte ab, alle Kraft war aus meinen Händen verschwunden. »Rico!«, schrie ich, aber da stürzte ich schon in die Tiefe, in diesen schwarzen bodenlosen Schlund.

»Verdammt, Annanina, wach auf!« Ein brennender Schmerz durchfuhr mich. »Au!« Ich griff an meine Wange.

»Sorry! Aber du warst total weggetreten!«

Nicht Ricos Gesicht schwebte über mir – sondern Coreys.

Über ihm leuchtete der Mond, eine angefressene bleiche Scheibe ...

»Was ...?«

Corey ließ sich neben mich fallen. »Du bist wie eine Irre losgelaufen.«

Die Scheinwerfer, das Auto!

»Ist er weg?«

»Wenn du den Wagen meinst, ja. Und wenn du Rico meinst, ja, der auch. Er hat uns rausgeschmissen, wenn ich dich daran erinnern dürfte.«

Corey legte den Kopf in den Nacken und sah in den Himmel.

»Besten Dank, daran brauchst du mich nicht zu erinnern«, sagte ich zähneknirschend. Ich betastete meine brennende Wange und folgte seinem Blick hinauf in den Himmel, zum Mond und den Tausenden von glitzernden Sternen. Das Verrückte war – je länger ich dort hinaufsah, umso mehr Sterne blitzten auf.

Hatte ich jemals zuvor so einen schönen Sternenhimmel gesehen?

Berlin, Celina, Nele, Tanja, Jan ... Niklas, meine Eltern – und sogar Tim – waren inzwischen so weit weg. Vielleicht gehörten sie wirklich zu einem anderen Leben? Einem, das längst vorbei war? Vielleicht war hier mein zweites oder mein drittes Leben, ich hatte es nur vorher nie bemerkt?

»Und was machen wir jetzt?« Coreys Stimme holte mich von da oben wieder zurück zur Erde.

Ich sah mich um. Kakteen. Sand. Geröll. Und hinter uns der dünne dunkle Strich – die Straße.

»Es ist idiotisch, völlig planlos durch die Wüste zu spazieren, oder?«

Corey nickte. »Lass uns wieder zur Straße gehen.«

Eigentlich hätte ich jetzt aufstehen müssen, aber ich

blieb sitzen. Ein Vogel rief und verstummte. Irgendwo heulte etwas, ein Hund vielleicht, dann war es wieder still.

»Weißt du, was mich überrascht hat?«, sagte Corey auf einmal. »Dass du wieder ins Studio zurückgekommen bist.« Wieder fing der Vogel an. Es hörte sich an wie ein Rufen. »Du hättest doch einfach mit ihm weiterfahren können.«

Sollte ich ihm sagen, dass ich es mir auch schon ausgemalt hatte, wie es gewesen wäre, mit Rico über die Grenze zu fahren? Eine Million Dollar. Mexiko. Belize ... ein kleines Paradies – hatte er gesagt. Und für wenige Augenblicke hatte ich mir dieses Leben vorgestellt. Es würde nie Wirklichkeit werden, aber in meinem Herzen hatte es sich eingegraben, als wäre es real.

Abrupt stand ich auf. »Ich wollte dich nicht alleinlassen.«

Corey fragte nicht weiter nach und so gingen wir schweigend nebeneinanderher. Unter unseren Sohlen knirschten die Steine. Je näher wir der Straße kamen, umso langsamer wurden wir, bis Corey stehen blieb und mich ansah.

»Es tut mir leid.«

»Was tut dir leid?«

»Dass ...« Er stockte und sah auf den Boden und kickte dann einen Stein weg. »Du hättest die Songs auf der CD hören sollen. Die sind echt gut geworden. Ich hab sie für dich ... für dich aufgenommen ...«

Was sollte ich darauf erwidern? Es lag wohl an dem, was alles passiert war, dass ich auf einmal die Geduld verlor.

»Warum erzählst du mir das jetzt?«

Als er nicht antwortete, ging ich einfach weiter.

»Und?«, schrie Corey mir nach. »Willst du ihn immer noch? Auch jetzt noch, nachdem er dich aus dem Auto geschmissen hat und allein weitergefahren ist, mit seiner Million?«

Augenblicklich drehte ich mich zu ihm um.

»Was redest du da?«

»Kapierst du es immer noch nicht? Er hat uns bloß benutzt! Er brauchte jemanden, der ihn ins Krankenhaus begleitet und ihn unauffälliger wirken lässt«, schrie Corey mich an.

»Ach, und deshalb hat er dir für dreitausend Dollar das Studio finanziert und mir Klamotten gekauft?«, brüllte ich zurück.

»Ihm gefällt es doch, den obercoolen Macker raushängen zu lassen! Ist doch ganz klar!«

»Du redest totalen Schwachsinn!«

Wir hätten noch länger so rumgestritten, wären nicht Scheinwerfer in der Dunkelheit aufgetaucht. Ich war so wütend über die ganze verfahrene Situation, dass ich einfach auf die Straße sprang und winkte. Tatsächlich bremste der Wagen ab, das grelle Licht der Scheinwerfer leuchtete mir direkt ins Gesicht und blendete mich. Ich hob den Arm vor die Augen. Der Wagen blieb mit röhrendem Motor stehen. Die Scheibe wurde heruntergekurbelt. Noch könnte ich weglaufen.

Aber etwas in mir blockierte jede Bewegung. Und so stand ich da, vor dem Auto, im Scheinwerferlicht, und wartete. Auf irgendetwas. Etwas, das mich aus meiner Lähmung riss.

»Los, steigt schon ein. Oder wollt ihr hier auf der Straße übernachten?«, kam eine Stimme aus dem Auto.

War das …

»Rico?«, fragte ich ungläubig.

Er streckte den Arm aus dem heruntergekurbelten Fenster und machte mit der Hand das Victory-Zeichen. Ja, klar war das Rico.

»Ich hab gedacht, du bist schon in Mexiko«, sagte Corey, der mir gefolgt und neben mich auf die Straße getreten war.

»Sie haben die Straße gesperrt«, sagte Rico. Dann schlug er mit der flachen Hand auf die Tür. »Also, was ist jetzt?«

Corey wollte schon etwas erwidern, doch ich schnitt ihm das Wort ab. Plötzlich war sie wieder da, die Wut auf Rico.

»Wir wollten zur Polizei«, sagte ich scharf. »Und du hast uns gerade rausgeworfen, schon vergessen? Wieso sollten wir also einsteigen?«

Sein Blick ruhte ein paar Sekunden lang auf mir, bis er sagte: »Du bist nachtragend, Annanina, was?«

»Und du bist vergesslich«, konterte ich. So leicht würde ich es ihm nicht machen.

»Es war nicht okay von mir. Ich hab die Nerven verloren«, räumte er zögernd ein. »Also, steigt ein, ich fahr euch … zur Polizei.«

Ich traute ihm nicht und blieb stehen. Corey zog die Tür auf und stieg ein.

Der Motor lief, vor den Scheinwerfern schwirrten Fliegen und Falter, alle angezogen vom Licht – das sie töten würde.

»Annanina, komm«, sagte Corey, der den Kopf aus dem offenen Fenster gestreckt hatte.

Zu oft hatte Rico schon seine Meinung geändert. Was

dachte er sich eigentlich? Dass wir immer nach seiner Pfeife tanzten? Steigt ein! Steigt aus? Haut ab! Nach Mexiko? Nach Hause? Zur Polizei? Ins Krankenhaus?

»Annanina«, sagte nun auch Rico, »komm, steig ein.« Bittend sah er mich mit seinen dunklen Augen an. Turmalin. Das Licht in der Finsternis.

»Ich stell mich«, fügte er noch hinzu.

Völlig perplex hob ich den Kopf. Ich glaubte, ich hatte mich verhört.

»Na ja, ich hab eben nachgedacht«, sagte Rico knapp. »Es ist das Beste ... für ... uns. Sie werden mir schon glauben.«

»Ja, und wir sind deine Zeugen«, sagte Corey und klang dabei ziemlich zuversichtlich.

»Ja«, wiederholte ich automatisch, »wir sind deine Zeugen.« Meine Stimme hörte sich fremd an. Wieso sollte uns die Polizei diesmal glauben?

»Annanina, bitte ...«, sagte Rico noch mal. Ich realisierte, dass ich noch immer auf der Straße stand, und schob mich neben Corey auf den Rücksitz.

Rico fuhr los. Die Nacht umhüllte uns, machte uns unsichtbar.

»Mein Ohr pocht«, sagte Rico auf einmal. »Ist das ein gutes oder schlechtes Zeichen?«

»Eher ein schlechtes. Dann hat sich was entzündet«, antwortete Corey ohne Umschweife.

Rico betastete den Verband.

»Hast du denn keine Medikamente gekriegt?«, fragte ich.

»Scheiße, ja ... ich hab vergessen, die mitzunehmen.«

Corey stöhnte. »Super!«

»Im Gefängnis wird man auch behandelt«, sagte Rico trocken.

Und als ich mir vorstellte, wie sie Rico abführten, konnte ich nicht anders: »Wartet!«, platzte ich heraus. »Wartet! Ihr glaubt doch nicht im Ernst, dass wir mit unserer Geschichte durchkommen. Rico hat einen Cop erschossen. Er kriegt bestimmt lebenslänglich. Ich hab mal eine Sendung über das Thema gesehen. Da werden die Sträflinge zum Arbeiten in die Wüste geschickt ... Dort müssen sie mit Ketten an den Füßen Straßen bauen in brüllender Hitze oder ...« Ich konnte nicht mehr weitersprechen. Auf einmal war ich mir ganz sicher, dass es so kommen würde.

Rico fuhr langsamer und hielt schließlich am Straßenrand.

Der Motor lief weiter. Vor unseren Scheinwerfern flirrten Falter und kleine Mücken wie Glitter.

Rico drehte sich zu mir nach hinten um. Er sah mich eine Weile an. Ich dachte an den Club und spürte wieder, wie es war, mit ihm zu tanzen ... sein Herz klopfen zu hören und seine Wärme zu spüren. Ich dachte daran, wie alles in mir vibriert hatte ... wie ich ... eine andere geworden war.

Ein trauriges Lächeln zog über sein Gesicht.

»Es ist die einzige Möglichkeit«, sagte er entschieden.

»Nein ... wir könnten nach Mexiko ... das hast du selbst gesagt ...!«

Er schüttelte den Kopf. »Sie werden uns kriegen.«

»Du kennst einen Weg über die Grenze ...«

»Du hast es doch gerade selbst gesagt. *Ich hab einen Cop erschossen.* Bestimmt suchen die Bullen schon nach mir ...«

»Aber …«

»Wenn Ashton mich findet … bringt er mich um. Denn ich würde ihn belasten. Deshalb ist es das Sicherste, zur Polizei zu gehen. Die bringen mich wenigstens nicht gleich um.«

»Du hast deine Meinung also komplett geändert?«

»Wie gesagt, ich hab nachgedacht, Annanina. Es ist das Beste. Und ihr seid aus der Sache raus.« Abrupt drehte er sich wieder nach vorn und gab Gas.

»Rico hat recht«, stimmte ihm Corey zu.

Am liebsten hätte ich erneut widersprochen, aber plötzlich wusste ich auch nicht mehr weiter. Warum mussten Rico und Corey ausgerechnet jetzt einer Meinung sein?

Langsam rollte der Wagen durch die immer heller beleuchteten Straßen.

»Besucht ihr mich mal an den Wochenenden?«, fragte Rico auf einmal. »Wenn ja, dann müsst ihr mir unbedingt Zigaretten mitbringen, okay? Zigaretten sind nämlich *die* Währung im Knast. Dafür kriegt man fast alles.« Grinsend setzte er hinzu: »Welche Sorte, sag ich euch noch.«

»Warum musst du immer so cool tun?«, fragte ich ihn wütend.

Ich sah ihn im Rückspiegel lachen.

»Warum kannst du nicht zugeben, dass du Angst hast?«

Rico fuhr einfach weiter.

»Du hast doch auch Angst, oder?«, bohrte ich weiter.

»Ja, ich hab 'ne Scheißangst!«, entgegnete Rico endlich heftig. »Wolltest du das hören? 'ne Scheißangst!

Bist du jetzt zufrieden?« Wütend riss er das Steuer herum, um nach links abzubiegen.

»Es tut mir leid, Rico«, sagte ich leise.

Im Rückspiegel suchten seine Augen meine. »Schon okay«, sagte er genauso leise.

Vor uns tauchte ein Schild mit dem Hinweis *Police* auf. Ein Pfeil zeigte nach rechts. Meine Hände wurden feucht und mein Herz hämmerte. Ja, ich hatte Angst. Vor dem, was man mit Rico tun würde, und davor, etwas Falsches zu sagen, was ihm schaden könnte. Ich fasste nach Coreys Hand und legte meine andere Hand auf Ricos Schulter. »Wir schaffen das zusammen«, sagte ich. »Wir schaffen das.« Und in dem Moment glaubte ich ganz fest daran.

Hinter der nächsten Kurve erhob sich ein flaches Gebäude. *Police Department* stand dort.

Ich hörte Ricos Herz klopfen. Und Coreys. Und meins.

Rico fuhr langsamer und nahm dann die angezeigte Einfahrt. Vor dem Gebäude parkten zwei Streifenwagen.

»Also, Leute, ich geh da jetzt rein und erzähl denen alles. Und wenn sie mir glauben, kommt später jemand raus und holt euch rein«, sagte Rico.

»Nein, wir gehen zusammen rein«, sagte Corey.

»Ja, wir gehen zusammen«, sagte ich.

Rico steuerte auf eine Parkbucht zu und stellte den Motor ab.

»Lasst bloß die Köpfe nicht hängen, wenn die mich dabehalten«, sagte er zu uns. »Versprecht mir das, okay?«

Das war so was wie ein heiliger Moment. Corey spürte es auch, ich sah es an seinen Lippen, daran, wie sie bebten.

»Ja«, sagte ich und meine Stimme klang ganz rau. Corey brachte nur ein kurzes Nicken zustande.

»Was ist, gehen wir?« Rico drehte sich zu uns um.

Ich spürte, wie wir zögerten. Nur einen Augenblick noch sollte alles so bleiben, wie es gerade war. Und diesen Augenblick wollte ich für immer in meinem Herzen behalten.

»Kommt, bringen wir es hinter uns«, sagte Rico. Ich nahm rechts Ricos und links Coreys Hand und dann gingen wir auf den Eingang der Polizeistation zu.

20

Der Polizeibeamte am Empfang sah von seinen Schreibarbeiten auf und musterte uns argwöhnisch. Wir waren die einzigen Besucher. Ricos Verband war ziemlich auffällig und ich trug dieses schwarze Minikleid. Wir sahen wahrscheinlich aus, als hätten wir eine turbulente Nacht in einem Club hinter uns, die mit einer Schlägerei geendet hatte.

Zielstrebig ging Rico auf den Beamten zu.

»Ich will eine Aussage machen.«

»In welcher Angelegenheit?«, fragte der Mann mit schnarrender Stimme. Er hatte eine Glatze und ein rundes glänzendes Gesicht mit einer zu kleinen Nase. Eigentlich wirkte er nicht unsympathisch. Eher wie ein netter, verständnisvoller Lehrer, zu dem man Vertrauen haben konnte. Aber sobald er sprach, zuckte man zurück.

»Worum geht es?«, fragte der Beamte noch mal.

»Entführung«, sagte Corey. Der Blick des Beamten glitt über uns. »Entführung von wem? Name?«

»Federico Peralta«, erwiderte Rico.

Ich brauchte ein paar Sekunden, bis mir klar wurde, dass er das selbst war.

Der Beamte musterte uns misstrauisch.

»Ich brauche eure Namen und Adressen.«

»Corey Fetzer«, fing Corey an und nannte seine Adresse.

Der Blick des Polizeibeamten heftete sich auf mich.

»Annanina Lose. Ich komme aus Deutschland und mache hier ein Auslandsjahr ...« Ich wusste nicht, ob er noch mehr wissen wollte, und wartete.

»Ausweis?«, fragte er.

Ich schüttelte den Kopf. »Hab ich nicht dabei.«

Sein strenger Blick sprach Bände: *Man muss seinen Ausweis immer mit sich führen, besonders als Ausländer.*

Dann wandte er sich Rico zu.

»Federico Peralta«, sagte der, ohne eine Miene zu verziehen.

Der Beamte sah auf und zog die Augen zusammen. Seine Nase kräuselte sich dabei ein wenig und mit schnarrender Stimme fragte er: »Wie der Entführte?«

»Ich bin der Entführte.«

Jetzt wanderte der Blick des Beamten zu Ricos Verband.

»Sie haben ihm ein Ohr abgeschnitten«, kam ich seiner Frage zuvor.

»Und sie sind tot«, schaltete sich Corey ein. »Ich meine, die Entführer sind tot.«

Der Beamte sah jeden von uns an. Ich glaube, er fragte sich gerade, ob wir ihm einen Bären aufbinden wollten.

»Erschossen von zwei ...«, Corey zögerte und ich platzte heraus: »Von Cops, korrupten Cops. Chuck ... Ashton und ... Salvador ... Duarte. Sie kassieren im

Club Heaven's Gate und auch in den Restaurants von Ricos Elt...«

»Corey und Annanina sind Augenzeugen ...«, fiel mir Rico ins Wort.

Prüfend sah der Beamte erst mich und dann Corey an.

»So, so. Ihr sprecht von Polizisten ...«, sagte er langsam und jede Silbe betonend, »woher wollt ihr wissen, dass es Polizisten waren? Waren sie uniformiert?«

»Nein«, sagte Corey.

»Haben sie euch ihre Ausweise gezeigt?«

Corey und ich schüttelten den Kopf.

»Fuhren sie in einem Streifenwagen?«

»Nein«, sagte ich leise.

Der Beamte holte Luft. »Chuck Ashton und Salvador Duarte, also. So, so. Wärt ihr dann so freundlich und erklärt mir, wie ihr zu solch einer Anschuldigung kommt?«

Corey und ich sahen uns an. Ich wartete auf eine Erklärung von Rico, aber der schwieg.

»Rico, warum erzählst du nicht die Sache mit den Restaurants deiner Eltern?«, sagte ich. Ich verstand gar nicht, warum er so zurückhaltend war. Dass die Cops Schutzgeld verlangten, musste doch ein schlagender Beweis für ihr Doppelspiel sein. »Rico?«, sagte ich leise und stieß ihn vorsichtig mit meinem Ellbogen an.

Der Beamte lehnte sich abwartend in seinem Stuhl zurück. »Also?«

Rico spitzte die Lippen und sah erst den Beamten, dann mich und Corey an, holte Luft und sagte schließlich:

»Ich will erst mit einem ... einem Anwalt sprechen.«

Was?! »Rico?« Ich starrte ihn an. Warum konnte er diesem offenbar ganz vernünftigen Beamten da nicht einfach erzählen, was er auch uns erzählt hatte? Ich verstand gar nichts mehr. Auch Corey war ziemlich irritiert. Nur Rico wirkte plötzlich kühl und distanziert. Nahm er uns überhaupt noch wahr?

Der Beamte wurde ungehalten. »Was jetzt? Wollt ihr denn nun eine Aussage machen? Eine Entführung anzeigen? Oder einen Anwalt herbeizitieren und vorher noch Polizisten beleidigen? Übrigens ist das eine ziemlich heftige Anschuldigung, die Konsequenzen für euch haben wird«, fügte er streng hinzu. »So was kann man nicht einfach behaupten. Dazu braucht man Beweise. Die ihr hoffentlich habt. Wenn eure Behauptung falsch ist, dann habt ihr mit Geldstrafen und Gemeindearbeit zu rechnen.« Er lächelte süffisant. »Das kommt ganz auf den Richter an.«

»Ja, das wissen wir«, antwortete Rico ruhig und überlegen.

Der Beamte beugte sich ein wenig vor und sah jedem von uns der Reihe nach eindringlich in die Augen.

»Falls das hier ein Gag sein soll – wird das ebenfalls verfolgt. Irreführung der Behörden ist strafbar. Und Beleidigung auch.«

Schlagartig wurde mir klar, auf welch schmalem Grat wir uns bewegten. Wenn wir keine Beweise lieferten, konnte man uns mit Recht diese Vorwürfe anhängen.

Er ließ uns noch ein paar Sekunden zum Nachdenken und schob dann seinen Stuhl zurück.

»Ich hole einen Detective. Wartet dort.« Er deutete auf

die Reihe mit grauen Plastikstühlen unter dem Fenster.

Seine schweren Schritte verklangen im dunklen Flur.

»Warum hast du das nicht mit deinen Eltern gesagt?«, platzte ich heraus. »Was sollte das mit dem Anwalt! Das hatten wir überhaupt nicht besprochen!« Ich war außer mir.

»Ja, warum?«, fragte auch Corey aufgebracht.

»Relaxt mal«, sagte Rico betont cool und setzte noch ein Lächeln auf, was ich ihm nicht so recht abnahm. »Ich hatte meine Gründe, okay? Der Typ wäre doch gleich ausgerastet, wenn ich seine Beamten noch weiter *beleidigt* hätte. Die halten zusammen. So ist das nun mal.«

Trotzdem fand ich sein Lächeln unecht.

Wir hatten uns auf die Stühle gesetzt. Corey wippte nervös mit den Beinen. Rico starrte abwechselnd auf den Fußboden und an die Wand.

Ich konzentrierte mich auf die große Wanduhr über dem Schreibtisch. Zitternd rückte der lange, dünne Sekundenzeiger vorwärts, als hätte er selbst ein bisschen Angst vor der Zeit.

Neben der Eingangstür war ein Getränkeautomat an der Wand angebracht. Als ich automatisch Geld aus meiner Hosentasche holen wollte, realisierte ich, dass ich ja immer noch das Kleid trug. Für ein paar Stunden war ich wirklich eine andere gewesen und für ein paar Momente hatte ich geglaubt, bloß Ja sagen zu müssen. *Hallo, Annanina, willkommen in der Realität!*, höhnte meine blöde, ach so nüchterne innere Stimme.

»Leute, ich sterbe vor Durst«, brummte ich und sah

die anderen fragend an. »Hat jemand Kleingeld für 'ne Cola?«

Rico stand auf und kramte in seiner Hosentasche. Dabei glitt sein Blick zufällig zum Fenster. Er erstarrte.

»Da kommt jemand ...«, sagte er mit hohler Stimme.

Corey sprang auf. Wir sahen eine silberne Limousine von der Straße auf den Parkplatz einbiegen. Kaum stand der Wagen, flog die Fahrertür auf.

Ich erkannte ihn sofort an seiner Größe und den breiten, eckigen Schultern. Ashton.

Mit langen, schweren Schritten kam er über den Parkplatz auf das Polizeigebäude zugelaufen und mir war, als würde er mir direkt in die Augen sehen, dabei stand ich immer noch hinter der Fensterscheibe. Ein kalter Blick aus einem reglosen Gesicht. Schlagartig fröstelte ich.

Aus diesem Raum gab es nur einen Weg nach draußen: durch die Tür oder über den schlecht beleuchteten Flur, in dem der Beamte verschwunden war, zu einem der Notausgänge.

Rico machte eine Bewegung zum Flur hin.

»Aber sie haben doch sowieso unsere Namen und Adressen ...«, sagte Corey und starrte nun wie hypnotisiert zur Tür, durch die Ashton gleich treten würde.

Ich ergriff seine Hand, zog ihn vom Fenster weg und dann rannten wir den Flur hinunter, ohne zu wissen, wohin der eigentlich führte und ob dort auch wirklich ein Notausgang wäre. Aber was blieb uns schon übrig?

Plötzlich stand der glatzköpfige Polizeibeamte vor uns. Er war zusammen mit einer schmalen Frau in Uniform aus einem der Gänge getreten, die vom Flur abzweigten.

»He, wo wollt ihr denn hin?«, fragte er überrascht und runzelte die Stirn.

Verdammt! Wir konnten die beiden doch nicht einfach so umrennen!

»Da ist ein Irrer mit ’ner Knarre!«, stieß Rico hervor und deutete über die Schulter in die Richtung, aus der wir gerade gekommen waren.

»Was?« Der Polizist griff an sein Pistolenhalfter, die Frau war noch schneller. Mit gezogener Waffe stürzten sie an uns vorbei.

Und wir – wir liefen weiter. Dann sah ich es und atmete auf: Am Ende des Flurs befand sich eine Tür, auf der groß und breit EXIT stand.

Und sie war nicht abgeschlossen.

Wir rannten ins Freie. Vor Erleichterung hätte ich schreien und lachen können. Aber noch waren wir nicht bei unserem Auto – die beiden Polizisten waren inzwischen sicher am Gebäudeeingang angekommen und würden dort auch auf Ashton treffen ... spätestens dann würden sie begreifen, dass wir sie in die Irre geführt hatten.

»Schnell, schnell, schnell!«, trieb uns Rico an. Geduckt liefen wir zwischen den parkenden Autos entlang, bis wir vor unserem – unserem gestohlenen – Ford standen.

Mein Gott, wir flohen vor der Polizei! Das war doch aussichtslos!

Rico riss die Türen auf. Kaum saßen wir drin, trat er das Gaspedal durch. Ich wurde gegen die Lehne geschleudert, als der Wagen nach vorn schoss – am Eingang der Polizeistation und direkt an Ashton vorbei. Sein kalter stechender Blick folgte uns. Er hatte das

Kinn vorgeschoben und die Hand am Gürtel, doch da waren wir schon an ihm vorbeigeschossen.

»Verdammt, der zielt nach unten. Genau auf unsere Reifen«, zischte Rico und riss das Steuer nach links, bog in die erste Querstraße ein, nahm gleich darauf die nächste rechts und raste noch ein Stück geradeaus, bevor er endlich den Fuß vom Gaspedal nahm.

Ich drehte mich um. Nein, da war kein Streifenwagen, der uns verfolgte. Auch kein anderes Auto. Nichts. Nur der schwache rote Schimmer unserer Rücklichter auf dem grauen Asphalt.

Corey fluchte laut.

Frustriert schlug Rico mit der flachen Hand aufs Lenkrad. »Ich bin geliefert. Ashton fühlt sich so sicher ... kein Mensch wird uns glauben, dass der nicht sauber ist. Keiner!«

Ashtons stechende Augen brannten noch immer in meiner Netzhaut. Spätestens jetzt war ich mir sicher. Dieser Mann würde uns kaltblütig umbringen. Nicht sofort. Nicht hier. Und nicht auf der Polizeistation. Aber sobald er uns irgendwo allein aufspüren konnte.

»Lasst uns zu einer anderen Polizeistation fahren«, schlug Corey hektisch vor.

»Und was für einen Unterschied soll das bitte schön machen? Die sind doch längst informiert. Und wenn wir denen von einem kriminellen Polizisten erzählen, wissen sie sofort, dass wir Ashton meinen«, fuhr Rico ihn an. »Sobald ich einen Fuß in eine Polizeistation setze, haben die ihn verständigt. Ich hab seinen Partner erschossen, kapiert?« Rico schüttelte wieder den Kopf. »Und Ashton wird mich töten, bevor ich seine lieben Kollegen von der wahren Geschichte überzeugen kann.

Denen erzählt er dann was von Notwehr und ich hätte versucht, ihn zu attackieren, was weiß ich.«

Corey erwiderte nichts mehr. Er hatte verstanden. Ich auch. Wir konnten jetzt nicht mehr zur Polizei.

Orangerot waberte das Halbrund der Sonne am Horizont und legte lange Schatten über die Gräser und Kakteen. Wir fuhren in unserem eigenen Schatten dahin.

Auf einmal tauchten vor uns rote und blaue Lichter auf. Weit, weit vorn glommen sie im diesigen frühen Morgen. Auch Rico und Corey hatten sie bemerkt.

Sofort peitschte die Panik mein Herz.

Ich bekam gerade noch den Griff über der Tür zu fassen, als Rico das Steuer herumriss. Der Wagen schoss von der Straße über den Graben hinweg und dann ging es querfeldein über Geröll, zwischen Kakteen hindurch, immer weiter von der Straße weg. Rico schaltete das Licht aus und jetzt sah man kaum noch etwas. Schemenhaft ragten Kakteen ins Grau des Morgens, Steine leuchteten blass zwischen den Büschen auf.

»Mann ... hier sind überall Steine!«, schrie Corey.

»Halt die Klappe!«, schrie Rico zurück und fuhr noch schneller. »Wenn die uns jetzt kriegen, ist es endgültig aus!«

Corey griff ins Steuer, Rico stieß ihn weg. Der Wagen schlingerte, krachte in ein Loch, riss einen Kaktus um ...

»Corey, hör auf!« Entsetzt starrte ich nach vorn. Ich hatte den Haltegriff verloren und wurde nach rechts und links geschleudert.

»Halt an!«, brüllte Corey. Er hörte gar nicht mehr auf zu schreien. »Du bringst uns alle um!«

»*Du* bringst uns alle um, wenn du nicht aufhörst!«, kreischte ich.

In meiner Panik holte ich aus und knallte ihm eine, damit er wieder zu sich kam. Ich traf ihn mitten ins Gesicht. Und war genauso geschockt wie er. Fassungslos sah er mich an.

»Es tut mir leid«, murmelte ich. Er hielt sich die Wange und starrte mich immer noch an.

»Schon gut«, brachte er hervor und sah dann schnell weg. Verdammt, was passierte nur mit uns?

Der Wagen raste durch die Wüste. Wir flogen, wir krachten wieder auf die Erde, rasten weiter und flogen wieder.

Und plötzlich war er da: ein Kaktus. Ein Pfahl. Ich wusste es nicht. Etwas, das sich dunkel vom Himmel abhob. Der Wagen krachte dagegen – neigte sich zur Seite, wir schrien, ich suchte irgendwo Halt, fand keinen. Es passierte in Bruchteilen von Sekunden. Wir kippten. Der Wagen stürzte um! Mit voller Wucht wurde ich an die Seitenscheibe geschleudert, ich knallte auf irgendwas und dann war alles schwarz und still.

Schrilles Quietschen war das erste Geräusch, das aus dieser finsteren Stille kam. Ich schlug die Augen auf. Und sah ein diffuses Schimmern. Ich versuchte, meinen Körper zu spüren. Zu begreifen, was eigentlich geschehen war. Wo war mein Kopf, wo waren meine Arme, meine Beine und – wo war ich?

Okay, ich lag auf der Seite. Auf etwas Kaltem, Hartem. Glas. Ja, ich lag auf Glas ...

Rico. Corey. Das Ohr. Die Polizei. Die Sirenen. Unsere Flucht. Und dann die Wüste: Sand. Kakteen. Geröll. Felsen. Stückweise setzte sich die Wirklichkeit wieder zusammen. Ein stechender Schmerz fuhr mir in die Schulter und dann hörte sie nicht mehr auf wehzutun. Ich begann zu zittern. Vor Schmerzen und vor Kälte. Noch immer trug ich das schwarze Kleid, das Rico mir gekauft hatte –

Mein Gott. Rico. Corey. Waren sie tot? Ich drehte den Kopf – und starrte direkt in Ricos Gesicht. Er hing über mir in seinem Sicherheitsgurt. Die Augen geschlossen. Das Auto war auf die Beifahrerseite gekippt.

»Rico?«

Die Angst drückte mir die Kehle zu. Und ich war sicher, wenn ich nicht auf der Stelle aus diesem Auto herauskam, würde ich ersticken.

Was war mit Corey? Ich versuchte, mich in Richtung Rücksitz umzudrehen, aber ich schaffte es nicht.

»Corey?«, sagte ich in diese stille, unheimliche Dunkelheit hinein. »Hörst du mich?« Keine Antwort. »Corey?«, sagte ich lauter. »Corey!« Keine Antwort.

»Keine Sorge, ich hole euch hier raus. Wartet!«, krächzte ich mit rauer Stimme, auch wenn ich dabei mehr mit mir selbst sprach. Sobald ich mich bewegte, wurde der Schmerz in meiner Schulter schlimmer. So schlimm, dass mir die Tränen in die Augen schossen. Dabei hatte ich mich kaum bewegt. Vielleicht war meine Schulter gebrochen? Oder mein Arm? Wie sollte ich es mit einem gebrochenen Arm hier aus dem Auto rausschaffen und den beiden helfen? Oder ... war es zu spät? Waren die beiden tot?

Von draußen drang ein Heulen heran. Oh nein! Gab

es hier Schakale? Oder ... wilde Hunde? »Reiß dich zusammen«, murmelte ich. »Schakale sind harmlos.« Meine eigene Stimme zu hören, beruhigte mich ein bisschen.

In mir zitterte alles. Und wenn wir es nicht schaffen würden, hier rauszukommen, dann würde ich hier drin verdursten ... verhungern ... und der Schakal? Fraßen Schakale Aas?

Draußen nahm ich einen Schatten wahr. »Bitte, bitte nicht.« Ich will nicht von einem Tier gefressen werden ... Mein Magen hob sich, ich spürte etwas Saures, Heißes in der Speiseröhre hinaufschießen. Ich schluckte dagegen an. Ich würde nicht durchdrehen. Ich würde das hier schaffen.

Schritt für Schritt.

Ganz langsam. Wir hatten inzwischen schon so viel gemeinsam geschafft.

Aber wie sollte ich aus dem Auto herauskommen? Ich lag auf der Seitentür und die wiederum lag auf der Erde.

Rico gab ein leises Stöhnen von sich.

Gott sei Dank! Er lebte.

»Rico? Rico?« Ich war so erleichtert, dass ich unkontrolliert zu plappern begann. »Es wird alles gut, warte kurz. Ich helfe dir gleich, okay? Ich muss nur erst mal hier raus.«

Es gab nur einen Ausweg: Ich musste die Frontscheibe einschlagen. Bei der kleinsten Bewegung nahm mir der Schmerz in meiner Schulter buchstäblich den Atem. Aber ich würde jetzt nicht aufgeben. Ich brauchte etwas, womit ich die Scheibe einschlagen konnte. Das verdammte Handschuhfach ging nicht auf. Und jetzt?

Es konnte doch nicht sein, dass wir hier in diesem Auto eingesperrt waren!

Da fiel mir etwas ein. Ricos Pistole!

»Rico ... die Pistole? Wo hast du sie hingetan?«

Doch von Rico kam nur wieder ein leises Stöhnen.

21

Ich tastete zwischen die Sitze. Vielleicht war Ricos Pistole ja sowieso nicht mehr im Handschuhfach, sondern irgendwo dort unten? Oder war sie gar nicht mehr hier im Wagen? Moment – er hatte die Waffe doch nicht etwa mit zur Polizei genommen? Nein, er musste sie im Auto gelassen haben ... Nur wo? Mir wurde abwechselnd heiß und kalt vor Angst. Und der Schatten draußen schlich immer näher ...

In meiner Panik trat ich gegen das Handschuhfach – und es sprang auf. Mit einem Schwung wischte ich alle Unterlagen heraus. Da, ich atmete auf – da lag sie. Silbrig. Glänzend. Todbringend. Ich starrte sie an und brauchte einen Moment, bis ich mich endlich überwunden hatte und die Hand nach ihr ausstrecken konnte. Noch nie hatte ich eine echte Pistole in der Hand gehabt. Sie war schwerer, als ich dachte. Ich nahm sie am Lauf, holte Luft und zählte. Bei drei schlug ich mit dem Griff, so fest ich konnte, gegen die Scheibe. Wie ein Spinnennetz sahen die Risse aus, die nun von innen nach außen liefen. Ich schlug noch mal und noch mal und noch mal und dann endlich, beim vierten Mal, fing die Scheibe an zu zerbröseln.

Vorsichtig lugte ich nach draußen. Der Schatten war

verschwunden. Und das Heulen war verstummt. Egal. Jetzt hatte ich sowieso eine Waffe. Natürlich hatte ich keinen blassen Schimmer, wie man so ein Ding handhabte. Ich wusste ja nicht einmal, ob sie noch geladen war. Aber sie war groß und sie war schwer ...

Ich hackte weiter drauflos, bis die Scheibe draußen war, dann kroch ich aus dem Auto heraus und versuchte, Rico zu mir zu ziehen. Unmöglich. Er war viel zu schwer.

»Rico? Verflucht! Sag was! Bitte!«

Der Schmerz in meiner Schulter überwältigte mich, mir wurde für den Bruchteil einer Sekunde schwarz vor Augen.

»Du musst durchhalten«, murmelte ich immer wieder und wusste selbst nicht so genau, wen ich da gerade meinte. »Halt durch. Halt verdammt noch mal durch!«

Ich bekam Rico an den Schultern zu fassen und schaffte es, ihn Zentimeter um Zentimeter weiter zu mir zu ziehen. Er war schwer, so schwer. Die scharfen Glasreste wischte ich, so gut es ging, mit einem Lappen aus dem Handschuhfach weg. Dennoch schnitten mir einige die Haut an den Unterarmen auf, bohrten sich in meine Handflächen und Knie. Und meine Schulter schmerzte furchtbar. Aber deshalb würde ich nicht aufgeben.

Und dann hatte ich es endlich geschafft. Rico lag draußen im Sand, neben mir.

»Rico?« Ich tätschelte seine Wangen. Erst sanft, dann immer fester, bis er unwirsch etwas vor sich hin murmelte.

»Rico?«

Er ächzte. »Verdammt ...«

Das klang schon mal gut.

»Shit«, brummte er und blinzelte.

Das klang noch besser.

Ich half ihm, sich aufzusetzen, und er fasste sich vorsichtig an den Kopf.

»Wo sind wir hier gelandet? Auf dem Mond?«

Mir fiel ein Stein vom Herzen. Er machte immer noch dieselben schlechten Witze.

»Leider wieder mitten in der Wüste. Wir sind von der Straße abgekommen ...«

»Shit, ja ...« Er fuhr sich übers Gesicht und kniff die Augen zusammen. »Bist du verletzt?«

»Ach ... nur ein bisschen die Schulter ...«

»Schlimm?«

»Nein«, log ich. »Bleib ganz ruhig liegen. Ich muss Corey suchen.«

Ich versuchte aufzustehen, stützte mich auf den unverletzten Arm, da ergriff er mein Handgelenk. Er sah mich an.

»Wir leben ...«

Ich nickte. Ja, das begriff ich allmählich auch. Wir waren nicht tot. Rico und ich waren nicht tot ...

»Corey, ich muss nach Corey ...«, setzte ich an und erst jetzt ließ er mich los. Ich weiß nicht, was er mir gerade eben noch hatte sagen wollen, aber irgendwo tief in mir drin war es wieder ganz warm geworden.

»Ich beeil mich«, versprach ich.

Die Stille war unheimlich. Als würde uns hier irgendwas auflauern und auf den richtigen Moment warten, um zuzuschlagen, genau dann, wenn wir uns in Sicherheit glaubten. Ich merkte, wie ich wieder zu zittern anfing.

Weit und breit nichts als Wüste, Kakteen und Steine und dieses wabernde Feuer da am Horizont. Meine Angst um Corey wuchs.

Ich tastete mich an der Kühlerhaube entlang zum Kofferraum, um von dort ins Innere zu sehen. Aber der Rücksitz war leer, der Sicherheitsgurt hing lose herunter.

»Corey?«, rief ich und klopfte gegen die Karosserie. »Verflucht noch mal, wo bist du? Du kannst dich doch nicht in Luft aufgelöst haben!«

Ich sah mich verzweifelt um. Wo konnte er denn bloß sein? Und wie war er aus dem Auto herausgekommen?

Ich hörte ein Geräusch und fuhr herum.

»Rico!«

Mühsam humpelte er auf mich zu. Sein Verband war schmutzig und seine Hose zerrissen.

»Er ist weg!«, sagte ich. Und wieder schrie ich seinen Namen, so laut ich konnte.

Corey, wo bist du?

Rico ließ seinen Blick wie ich über die Wüste wandern. »Lass ihn«, sagte er, »es ist seine Entscheidung.«

»Du meinst, er hat uns zurückgelassen?«

»Sieht ganz so aus.«

»Nein, das glaube ich nicht.« Wie hätte er das überhaupt anstellen sollen?

»Er wollte die ganze Zeit zurück, Annanina.«

Corey hatte zuletzt nicht mehr von seinen Eltern oder von Adam gesprochen, dabei musste er ständig an sie gedacht haben. Er, der sich immer für seinen Bruder verantwortlich fühlte, er, der seinen Eltern keine Sorgen machen wollte ... und jetzt hatte er ein Auto kurzgeschlossen und war vor der Polizei auf der Flucht.

Maureen und Andrew würden das alles doch nie verstehen ...

Ich lauschte. Da war es wieder.

»Hast du das gehört?«

»Was?«, fragte Rico

»Dieses Heulen.«

Rico drehte sich langsam um. »Ich höre nichts.«

»Es war da, ganz bestimmt«, beharrte ich. Die Schmerzen in meiner Schulter wurden unerträglich und mir wurde wieder schwindlig. Corey hatte noch nicht mal versucht, mich oder Rico zu retten. Auf einmal hatte ich keine Kraft mehr. Ich ließ mich in den Staub sinken.

In dem Moment schien Rico zu bemerken, dass mit mir etwas nicht stimmte. »Was ist mit deiner Schulter?«, fragte er erschrocken.

Ich schrie auf, als er sie vorsichtig bewegte.

»Du brauchst einen Arzt.« Rico reichte mir die Hand. »Und wir müssen hier schleunigst weg. Wenn jemand das Auto entdeckt, wird er nach uns suchen.«

Ich ließ mich von ihm hochziehen und er nahm mich in die Arme und hielt mich fest.

»Ich hab gedacht, du bist tot«, sagte ich leise.

»So schnell sterbe ich nicht.«

Ich spürte seine Wärme, sein Herz und wie er atmete. Er strich über meine Haare. Eine Weile standen wir so da. Vor uns erhoben sich Kakteen und ganz weit weg glaubte ich, die Schatten einer Bergkette zu erkennen.

Für Momente vergaß ich, was uns hierher geführt hatte.

Wir hörten es gleichzeitig. Ein Schaben und Kratzen.

»Gibt's hier Schakale?«, flüsterte ich.

»Es gibt Kojoten.«

Ich erschauerte. »Hör mal, ich hab kein gutes Gefühl. Wir sollten noch einmal weiter weg nach Corey suchen. Vielleicht finden wir ihn ja doch ...«

Rico hielt mich zurück. »Psst.«

Ich lauschte.

»Kam von da drüben ...« Rico wandte sich zur Seite. Aufeinandergestützt humpelten wir in die Richtung, aus der das Geräusch kam.

Mein Gott, wenn Corey hilflos irgendwo lag, schwer verletzt ...

Ich sah ihn zuerst. Er lag reglos auf der Erde, vor einem Felsen.

»Corey!« Ich ließ Rico los und stürzte auf ihn zu.

Stöhnend drehte er den Kopf. Er bewegte sich! Aber er sah schrecklich aus: Totenbleich, und ein dunkles Rinnsal lief ihm an der Schläfe herunter.

Ich kniete mich vor ihn.

»Annanina ...«

»Corey!« Ich tätschelte ihm die Wangen. »Nicht wieder ohnmächtig werden! Bitte, Corey!«

Ich musste ihn irgendwie wach halten. Viel mehr konnte ich nicht tun. Wir hatten ja noch nicht mal Wasser.

»Corey! Wie bist du aus dem Auto herausgekommen?«, fragte ich ihn.

Zitternd schlug er die Augen auf.

Rico war ein paar Meter vor uns stehen geblieben und suchte etwas.

Ich legte meine Hand auf Coreys Stirn. Sie war klebrig von Schweiß und ganz kalt. Wir mussten doch Decken im Auto haben ...

»Annanina, ich hab gedacht ... du bist tot ...« Sein Grinsen verzerrte sich zu einer Grimasse.

»Wie du siehst, bin ich quicklebendig. Und Rico auch.«

»Rico! Dieser Idiot! Au!« Er griff sich an den Kopf und verzog erneut das Gesicht.

»Wie ich höre, hat *dieser* Idiot überlebt!«, tönte es prompt von Rico zu uns herüber.

Corey stöhnte auf. »Mann, du bist der miserabelste Fahrer auf Erden! Du bist *direkt* auf etwas zugerast, du Trottel! Ich hab gedacht, du bringst uns um. Deswegen hab ich mich ja auch rausfallen lassen.«

Ich nahm seine Hand. Sie war wie seine Stirn kalt und feucht und blutete.

»Rico, wir brauchen Verbandsmaterial! Vielleicht gibt's so was im Auto?«

»Würde mich wundern«, sagte Rico, setzte sich aber dennoch humpelnd in Bewegung.

»Annanina?« Coreys Händedruck wurde fester. »Ich muss dir noch was sagen.«

»Ja ...«

»Da im Studio ... die Songs ...«, er flüsterte, »die hab ich wirklich alle für dich aufgenommen.«

»Weiß ich doch.« Ich streichelte seine Stirn. Inzwischen tat es mir leid, dass ich so unfreundlich reagiert hatte, als er mir davon erzählte. Aber ich war so wütend und durcheinander gewesen, nachdem Rico uns mitten in der Nacht in der Wüste zurückgelassen hatte. »So etwas hat noch nie jemand für mich getan«, sagte ich leise.

»Ich ... ich hab's gemacht.«

»Das ist ...« Ich schluckte. »Das ist wirklich ... süß von dir ...«

»Annanina ...« Seine Stimme zitterte.

»Ja?«

»Wir bleiben zusammen, ja?«

»Ja«, sagte ich, »wir bleiben zusammen.«

Aber ich wusste nicht, ob er uns beide meinte – oder uns drei.

Schritte näherten sich, Rico kam zurück. Er hatte tatsächlich einen Verbandskasten unter dem Arm.

Ich sah ihm dabei zu, wie er gar nicht mal so ungeschickt Coreys Wunde am Kopf versorgte. Er sprühte etwas darauf, Jod oder ein flüssiges Pflaster. Jedenfalls musste es höllisch brennen, denn Corey verzog das Gesicht, ballte die Fäuste und presste die Lippen zusammen.

Am Schluss klebte Rico eine Wundauflage auf die Stelle an der Schläfe. »So, fertig. Die Binde sparen wir uns. Sonst verwechselt man uns beide noch.« Er lachte.

Obwohl der Spruch eigentlich total daneben war, musste ich auch lachen. Und dann prustete sogar Corey los.

Ein Heulen ließ uns alle verstummen.

»Schon wieder die Kojoten«, flüsterte ich erschrocken. Ich dachte an die Pistole, die ich beim Auto hatte liegen lassen.

»Keine Panik«, sagte Rico. »Für die sind wir noch viel zu lebendig.«

Mit einem knappen Nicken hielt er Corey die Hand hin.

»Komm, du sollst auch nicht gefressen werden ...«

Corey zögerte kurz, packte dann aber Ricos ausgestreckte Hand und ließ sich von ihm auf die Beine ziehen.

22

Der Himmel war jetzt blau und die Sonne überzog alles mit einem bronzefarbenen Licht. Alles leuchtete und war dadurch gleich weniger schlimm. Vielleicht. Vielleicht war es auch schlimmer. Weil das Licht aus den Schemen wirkliche Gegenstände gemacht hatte und aus Fantasien harte Realitäten.

»Was machen wir jetzt?« Ich sah hinüber zum Auto, das da wie ein gestrandetes Monstrum auf der Seite lag, zwischen den Kakteen und Steinen.

»Die Kiste können wir vergessen«, sagte Rico. »Shit!« Ich drehte mich in die Richtung, aus der wir gekommen waren. Nichts als Geröll, Kakteen und dazwischen ein paar Felsen. Irgendwo dahinten musste die Straße sein.

»Warum gehen wir nicht zur Straße und ...« Dann fiel mir auch nichts mehr ein. Schließlich hatte uns die Polizei verfolgt und schließlich hatten wir Polizisten beschuldigt – und Rico hatte einen Menschen erschossen. Ja, das waren die Fakten. Die Lage war aussichtslos.

»Ich frage mich, ob sie Helikopter einsetzen«, sagte ich und sah unwillkürlich in den Himmel, wo zwei schwarze Vögel schwebten.

Rico sah auch hinauf, er hatte die Hände in die Hosentaschen gesteckt und wirkte zum ersten Mal ratlos. Eine Weile standen wir einfach so da und ich hoffte, es würde etwas geschehen. Etwas ganz Unerwartetes, etwas, an das wir im Traum nicht gedacht hätten. Mit anderen Worten: ein Wunder.

Aber es geschah nichts. Bloß das Heulen der Kojoten war in der Ferne zu hören und über uns kreischte plötzlich ein Vogelschwarm. Als er verschwand, breitete sich eine noch tiefere Stille aus.

»Wir könnten es wieder auf die Räder stellen.« Corey meinte das Auto. Seine Stimme war jetzt fester und sie riss mich aus meinen düsteren Gedanken.

Rico lachte auf. »Bist du etwa Superman, Klampfenspieler?«

Corey stand vor ihm und sah ihn an. Hatte er sich nicht auch verändert, so wie ich? Er erschien mir größer und sein Gesicht kam mir schmaler vor. Das war nicht mehr der schüchterne Junge, der mir nicht mal in die Augen hatte sehen können, der ständig errötet war, dem nichts wichtiger war, als seinen Eltern keine Sorgen zu machen.

Corey antwortete nicht, sondern drehte sich um und machte sich am Kofferraum zu schaffen.

Rico lachte spöttisch. »Unser Klampfenspieler spielt jetzt Superman!«

Das ist gemein, so auf Corey rumzuhacken! Doch bevor ich ihm das sagen konnte, tauchte Corey auch schon wieder aus dem Kofferraum auf.

»Wegen dir sitzen wir hier fest. Findest du nicht, dass es mal an der Zeit wäre, deine große Klappe zu halten? Und sag nie wieder Klampfenspieler zu mir, kapiert?!«

Diesmal erwiderte Rico nichts.

Nicht schlecht. Corey zwinkerte mir zu, als er meinen Blick auffing.

»Los, hilf mir!«, sagte er zu Rico und warf ihm etwas zu. Er hatte im Kofferraum ein Abschleppseil gefunden.

Schweigend arbeiteten Rico und Corey zusammen. Sie befestigten ein Ende des Seils am Seitenfenstersteg.

»Wir müssen alle zusammen ziehen«, sagte Corey, nachdem er noch einmal den Sitz des Seils überprüft hatte. »Dann könnten wir es schaffen.

»Annanina nicht. Ihre Schulter ist verletzt«, sagte Rico.

»Doch, ich kann es versuchen«, sagte ich. Ich wollte nicht so untätig rumstehen.

»Nein!«, sagte Corey entschieden. »Dann wird es vielleicht noch schlimmer mit deinem Arm.«

Er hatte recht. Außerdem waren meine Schmerzen so stark, dass ich ohnehin keine Hilfe gewesen wäre. Also sah ich zu, wie Corey und Rico nach dem Seil griffen und sich so weit vom Auto entfernten, bis sich das Seil gestrafft hatte. Auf Coreys Kommando hin stemmten sie die Füße in die Erde und zogen mit aller Kraft. Sie stöhnten und ächzten und ich konzentrierte mich auf das Auto, als könnten allein meine Gedanken dabei helfen, es auf die vier Räder zu stellen.

Der erste Versuch scheiterte. Sie zogen, aber das Auto bewegte sich nur wenig. Beim zweiten bewegte es sich schon mehr und es sah aus, als würden nur noch wenige Zentimeter fehlen, bis es dann doch wieder kippte.

Beim vierten Versuch glaubte ich nicht mehr, dass sie es jemals schaffen könnten. Aber dann endlich klappte es. Das Auto schwankte eine Weile, hielt sich in der Schwebe, als würde es noch darüber nachdenken, ob es nicht doch lieber auf der Seite liegen bleiben wollte, aber schließlich neigte es sich weiter und krachte dann auf die Räder zurück. Wir brachen in Jubel aus, als hätten wir einen Pokal gewonnen.

»Und, bin ich Superman?« Corey lachte.

»Du bist ein verdammter klampfenspielender Superman!« Rico schlug ihm auf die Schulter.

»Seht mal!« Ich deutete in den Himmel. Gelb und feurig strahlte die Sonne. »Und wieder hat sie die Nacht besiegt.« Wir standen da, eng nebeneinander, und betrachteten sie andächtig. Ich spürte Corey auf der einen und Rico auf der anderen Seite. Und ihre Körper fühlten sich warm und lebendig an.

In diesem Augenblick war alles möglich. Selbst ein Wunder. Wenn wir zusammenhielten, würden wir es schaffen. Und ich glaube, Corey und Rico spürten das auch.

»Dahinten ist die mexikanische Grenze.« Rico zeigte weit hinaus in die Wüste.

Damit hatte Rico mich wieder auf den Boden der Tatsachen zurückgeholt. Und es fühlte sich an wie ein Sturz von ein paar Metern Höhe auf die trockene, steinharte Erde.

Die Grenze. Die Tatsache. Die Wirklichkeit.

Corey ging wohl dasselbe durch den Kopf, denn er starrte Rico genauso an wie ich.

»Wir können nicht mehr in unser altes Leben zurück«, erinnerte uns Rico.

»Du vielleicht nicht«, entgegnete Corey, »aber Annanina und ich schon.«

Rico sah mich lange an. »Meinst du das auch, Annanina?« In seinem Blick lag etwas Schweres, Trauriges.

Hilflos sah ich vom einen zum anderen. Mein Bauchgefühl sagte das eine, das, was ich tun wollte – aber mein Kopf sagte etwas ganz anderes, nämlich: »Rico, wir sollten versuchen, Coreys Eltern anzurufen. Sie kennen bestimmt einen Anwalt …«

Rico sagte kein Wort, sondern starrte nur finster vor sich hin.

»Wenn wir Pech haben, haben die überall schon Fotos von uns verbreiten lassen«, redete ich weiter. »Und außerdem …«

»Fotos? Wieso sollten die Fotos haben?« Rico sah immer noch wie gebannt in Richtung Grenze.

»Wir haben denen unsere Namen und Adressen gegeben und außerdem … Auf der Polizeistation gibt's Überwachungskameras«, sagte Corey. »Benutz einmal dein Macho-Hirn, Rico.«

In dem Moment machte Corey einen Satz nach vorn und rammte Rico die Faust in den Magen.

»Hört auf!«, schrie ich. »Hört sofort auf!«

Doch sie hörten mich nicht. Oder sie wollten mich nicht hören.

Rico trat Corey das Bein weg, Corey taumelte rückwärts, stolperte und landete auf der Erde. Aber er war zäher, als ich dachte, blitzschnell rappelte er sich hoch und stürzte sich auf Rico. Der konnte nicht schnell genug ausweichen. Corey traf ihn an der Schulter, so hart, dass er zurückprallte, und Rico fiel rückwärts auf die Erde.

»Schluss, damit, ihr Idioten!«, brüllte ich, vergaß meine Schulter, warf mich auf Corey und riss ihn rücklings zu Boden. Ich krallte mich in seinen Arm, schrie »Hört auf!«, dabei konnte ich vor Schmerzen kaum noch atmen.

Corey versuchte mich abzuschütteln, doch ich krallte mich noch fester an ihn und schwor mir, ihn nicht eher loszulassen, bis er sich beruhigt hätte – und wenn ich dabei vor Schmerzen ohnmächtig würde. »Dieses Arschloch ...!« Der Rest ging in einem Knurren unter, aber endlich gab er seinen Widerstand auf. Rico hatte sich inzwischen aufgerappelt und stolperte auf uns zu.

Ich ließ Corey los. Er erhob sich und half mir aufzustehen. Meine Schulter tat so verdammt weh, aber ich unterdrückte einen Aufschrei und befahl stattdessen: »Los! Lasst uns zur Grenze fahren.« Keiner rührte sich. Hasserfüllt, die Hälse vorgereckt wie zwei Hunde, die gleich aufeinander losgehen würden, starrten sie sich an.

»Wir müssen doch zusammen zusehen, wie wir hier wieder rauskommen«, sagte ich. »So, und jetzt gebt euch die Hand, sonst rede ich nie mehr mit euch. Und das meine ich ganz ernst.«

Das wirkte. Rico machte das Victory-Zeichen und sagte »Peace«. Dann reichte er Corey, wenn auch ein bisschen zögerlich, die Hand.

Ich nickte zufrieden. »Und jetzt lasst uns die Sache angehen. Hauptsache, der Motor springt an, sonst war alles umsonst.«

»Du machst das«, sagte Corey zu Rico. »Du hast ihn schließlich auch da reingefahren.«

Rico schnaufte.

»Meinetwegen. Na ja, ich bin eh der bessere Fahrer.«

Wir hatten echtes Glück. Der Motor des alten, zerbeulten und zerkratzten Fords sprang schon beim vierten Startversuch an.

Ich war so erleichtert, dass ich Rico und Corey einen

Kuss auf die Wange gab. Sie sahen mich erstaunt an, aber dann knuffte Corey, der auf dem Beifahrersitz saß, Rico in die Seite, und Rico schlug ihm auf die Schulter.

»Mann! Die Kiste läuft!«, rief er. Und dann grölten wir: »We are the champions!«, und brachen in lautes Lachen aus.

Alles könnte so schön sein ... dachte ich – und Rico und Corey dachten das in dem Augenblick vielleicht auch. Das Schicksal meinte es möglicherweise doch noch gut mit uns.

Rico legte den ersten Gang ein und langsam rollte der Wagen los, über dorniges Gestrüpp, zwischen Felsen und Kakteen hindurch, auf die Bergkette zu, die noch im Schatten der aufgehenden Sonne lag. Und weil die Windschutzscheibe fehlte, spürten wir die ganze Zeit den Wind in unseren Augen.

Rico schaltete vorsichtig in den zweiten und dann in den dritten Gang.

»Wir fahren immer noch!«, rief ich. »Leute, wir fahren immer noch! Und das dahinten ist Mexiko!«

»Mexiko, wir kommen!«, rief Corey übermütig. *»Hasta la vista! Olé!«*

Wir lachten.

Ein Sonnenstrahl traf Rico von der Seite und ich konnte ihn lächeln sehen. Seinen Verband bemerkte ich schon gar nicht mehr.

Ich schloss die Augen. Das Rumpeln und Schütteln und auch die Schmerzen nahm ich bald nur noch wie ganz von fern wahr. Längst waren wir alle drei am Strand, vor uns rollten die Wellen des Meeres auf den Sand. Ich fasste Corey und Rico an der Hand und wir rannten zusammen ins Wasser. Der weiße Schaum kitzelte auf der Haut und über uns kreischten die Möwen, weil sie sich über uns lustig machten, während wir unbeholfen in den Wellen planschten. Weiter hinten am Strand stand unser Haus. Ein einfaches Häuschen mit Palmwedeln als Sonnenschutz. Später, nach dem Schwimmen, würden wir die Fische grillen –

»Morgen kommen meine Eltern zurück«, schreckte mich Coreys Stimme aus meinem Traum.

Ich sah schweigend aus dem Fenster. Mir kam es vor, als hätten wir uns überhaupt nicht von der Stelle bewegt. Da waren noch immer die gleichen Kakteen, die gleichen Steine, das gleiche Geröll, der gleiche gelbe Staub.

Nein, wir waren nicht am Strand von Mexiko. Wir waren in der Wüste, auf der Flucht vor einem Cop, der uns töten wollte. Meine Schulter tat höllisch weh. Und meine Knie und Unterarme brannten von den Verletzungen durch die Glasscherben.

»Sobald wir in Mexiko sind, kannst du sie anrufen«, antwortete Rico, der konzentriert nach vorn sah. Mit beiden Händen hielt er das Lenkrad umklammert und versuchte, den größten Büschen und Steinen auszuweichen.

Mexiko. Wir fuhren tatsächlich nach Mexiko.

»Hört mal: Ich kann das nicht. Ich kann nicht mit euch kommen«, sagte Corey plötzlich mit hohler Stimme. »Ich kann nicht einfach abhauen und alles zurücklassen. Sie würden es nicht verstehen, meine Eltern ... und Adam.«

Mir stockte der Atem.

»Corey...«, fing ich an, doch Rico unterbrach mich.

»Meinst du, sie werden es eher verstehen, wenn sie dann den Anruf bekommen und ein Polizist ihnen am Telefon erzählt, dass du in einem gestohlenen Ford gesehen wurdest? Und bei einer Schießerei mit einem Cop dabei gewesen bist?«

Corey biss sich auf die Lippen.

»Und vergiss nicht, Ashton hat inzwischen bestimmt dein Handy gefunden, weiß, wo du wohnst, und wenn du jetzt zu Hause auftauchst, dann seid ihr alle fällig.«

Ich wusste nicht, ob Rico recht hatte, aber ich wusste, dass allein diese Möglichkeit Corey Angst machte. Er sagte nichts mehr und ich war zu erschöpft, um weiter darüber nachzugrübeln. So viel war in den letzten Stunden passiert, dass ich einfach nicht mehr geradeaus denken konnte.

23

Plötzlich hörte das Holpern und Schütteln auf. Ich rieb mir die Augen. Wir standen. Vor uns eine Tankstelle – das heißt, eher ein Schuppen mit einem Wellblechdach über zwei Tanksäulen.

»Wo sind wir hier?«, murmelte ich verschlafen. Neben dem Schuppen standen zwei staubige alte Autos und ein Stück weiter entfernt lagen rostige Metallteile herum. Der Wind jagte kugelige Dornenbüsche über den Sand. Wieder fühlte ich mich, als wäre ich mittendrin in einem Western gelandet. Gleich würde ein Typ mit einem Gewehr aus dem Schuppen schlurfen, begleitet von einem bellenden Hund ...

»Wir brauchen ein anderes Auto«, sagte Rico, die Hand am Türgriff. »Das hier wird bestimmt schon gesucht. Ihr bleibt hier. Ich erledige das.« Er sah mir im Rückspiegel kurz in die Augen und stieg aus.

»Das klappt nie«, murmelte Corey vom Vordersitz. »Wir sind doch total auffällig. Wer kommt schon mit so einem Auto wie wir hierher und will eine von diesen Schrottkisten kaufen?« Nervös trommelte er auf den Türgriff.

Ich beugte mich nach vorn, um besser sehen zu können, was da draußen ablief.

Rico war im Innern der Baracke verschwunden.

»Hm ...« Corey runzelte die Stirn. »Ob es in diesem Schuppen ein Telefon gibt?« Er seufzte laut. »Ihr beiden versteht das vielleicht nicht, aber ich kann meine Eltern nicht einfach so hängen lassen. Sie haben sich immer auf mich verlassen ...«

Und keine Abenteuer, klar?, hörte ich im Geiste wieder Andrew Fetzers Abschiedsspruch.

»Aber was willst du deinen Eltern sagen? Vielleicht wird ja euer Telefon abgehört.« Ich lehnte mich noch ein Stück weiter zu ihm vor, um ihm in die Augen sehen zu können. »Denk doch mal nach, Corey«, sagte ich eindringlich. Ich konnte ja verstehen, dass er glaubte, ihnen Bescheid geben zu müssen. Aber im Moment machte es alles nur noch komplizierter.

Er saß reglos da.

»Ich hab das Gefühl, ich bin in einem Albtraum gefangen und komm da nicht mehr raus.«

»Ich auch«, sagte ich und legte ihm die Hand auf die Schulter.

In dem Moment trat Rico aus dem Schuppen, gefolgt von einem Mann im blauen Overall. Er war groß und schlaksig und vielleicht so alt wie Rico. Seine blonden Haare hingen ihm ins hagere Gesicht. Er hatte kein Gewehr dabei. Und auch keinen Hund. Sie kamen auf uns zu. Ich sah, dass seine Hände und der Overall ölverschmiert waren, und auch auf seiner Stirn und am Kinn hatte er schwarze Streifen.

»Das ist die Kiste? He, was habt ihr denn damit gemacht?«, fragte er Rico und musterte das Auto mit schief gelegtem Kopf, ging dann drumherum und spuckte einen Kaugummi aus. Corey und mich schien er gar nicht wahrzunehmen. Er war mir nicht geheuer, wie er so dastand, die Hüfte vorgeschoben, und Rico angrinste.

»Wir sind ein bisschen durch die Gegend gefahren«, sagte Rico, »und weil es uns zu heiß war, haben wir einfach die Scheibe rausgeschlagen.«

»Jaja, Idioten gibt's ...«, sagte der Typ immer noch grinsend. Er zog ein schmutziges Tuch aus der Tasche seines Overalls und wischte sich die ölverschmierten Hände ab. Er wusste wahrscheinlich, dass mit dem Wagen was nicht stimmte, aber Rico hatte ihm sicher ein verlockendes Angebot gemacht. Nachdenklich kratzte er sich am Kopf. »Also, ich geb euch den blauen Nissan, da«, mit dem Daumen zeigte er über die Schulter zu den beiden Autos.

Das eine war blau, das andere silberfarben, eines sah fertiger aus als das andere. Ich konnte mir beim besten Willen nicht vorstellen, dass sie überhaupt noch ansprangen. Echte Schrottkisten eben.

»... für dreitausend Mäuse.«

»Hast du sie noch alle, Mann? Diese Kiste fährt wahrscheinlich noch nicht mal bis zu dem Kaktus dahinten!« Rico deutete in die Landschaft.

Der Typ steckte die Hände in die Taschen seines Overalls. »Die Kiste fährt bis nach Patagonien runter. Darauf kannst du dich verlassen, Mann.«

Rico griff in die Hosentasche und zog ein Bündel Geldscheine heraus.

»Ich geb dir zweitausend. Das ist mehr, als die elende Kiste wert ist. Und unser Auto gibt's gratis dazu.«

Der Typ lächelte, aber es war kein besonders freundliches Lächeln. »Was will ich damit? Die Kiste ist doch eh geklaut!«

Sein Gesichtsausdruck veränderte sich, wurde fies. »Dreitausend, keinen Cent weniger – und der Nissan gehört euch. Mit Papieren.«

Mach schon, Rico, dachte ich und spürte, wie meine Hände feucht wurden. Wir können froh sein, wenn der Typ nicht die Polizei anruft.

»Du kannst Jesus und allen Heiligen danken, dass wir hier vorbeigefahren sind, dir zweitausend und den Ford noch dazu geben und du die beschissene Kiste endlich los bist«, sagte Rico und schaffte es, dabei lässig zu grinsen.

Er zählte ein paar Geldscheine ab und hielt sie dem Typen hin.

»Deal?«

Der Typ überlegte einen Moment, dann zog er blitzschnell eine Pistole aus seiner hinteren Hosentasche. Mir blieb das Herz stehen. Instinktiv krallte ich meine Hand ins Sitzpolster.

»Ich glaub, du hast noch mehr davon.« Er hatte die Pistole direkt auf Ricos Kopf gerichtet.

Der war sichtlich total überrumpelt.

»Schon gut, Mann«, sagte er besänftigend, »du kriegst deine dreitausend.«

»Raus mit der ganzen Kohle, Buddy!«

»Immer schön cool bleiben, Mann, und hör erst mal auf, mit der Knarre herumzufuchteln.«

Der Typ machte eine blitzartige Bewegung. Ein Schuss krachte und vor Ricos Füßen spritzte der Sand auf. Reflexartig duckte ich mich hinter Coreys Lehne. Die Luft blieb mir weg. Himmel, der würde uns alle noch erschießen! Warum hatte Rico ihm nicht einfach das Geld gegeben?

»Kohle her! Beim nächsten Mal schieße ich nicht daneben, Junge«, blaffte der Typ.

Rico stand reglos da.

»Wir müssen ihm helfen«, flüsterte ich Corey zu, der sich ebenfalls geduckt hatte. Und bevor Corey etwas erwidern konnte, hatte ich die schwarze Tasche unterm Sitz vorgezogen und ein dickes Bündel Geldscheine herausgenommen. Ich versuchte abzuschätzen, wie viel das wohl war. Zehntausend Dollar? Zwanzigtausend?

Vorsichtig machte ich die Tür auf. »Hier, da hast du unser Geld!«

Rico warf mir einen wütenden Blick zu. »Annanina …!«

»Sieh mal an, da soll mal einer sagen, Frauen haben keinen Grips!«, fiel ihm der Typ ins Wort und kam auf mich zu. Aus der Nähe waren seine Haare noch fettiger und sein Grinsen entblößte braune Zähne.

Er riss mir das Geld aus der Hand. »Brav, Honeybun!«

»Okay, jetzt hast du, was du willst«, Rico streckte die Hand aus, »her mit den Schlüsseln!«

Doch der Mann lachte nur hämisch. Sein Blick wanderte zu Corey im Auto. »Ich glaube allmählich, ihr habt noch mehr von dem Zeug!« Er stopfte sich das Geld vorn in die breite Tasche seiner Latzhose. »He, Hosenscheißer!« Die Pistole richtete sich auf Corey. »Gib mir den Rest!«

Ich hatte gehofft, dass Rico in dem Augenblick losspringen und den Mann überwältigen würde – nein, ich hatte es nicht nur gehofft, ich war sogar fest davon überzeugt, aber er stand unbeweglich da und auch Corey auf dem Beifahrersitz rührte sich nicht.

»Wird's bald, Hosenscheißer!«

Drohend hielt er den Lauf auf Corey gerichtet. Keine Scheibe trennte die beiden. Ich schluckte. Ich war auf einmal ganz sicher: Der Mann würde abdrücken.

»Bitte, Corey«, sagte ich leise und sah ihn flehend an.

»Okay ...«, sagte Corey und beugte sich langsam vor. »Nicht schießen ...«

Der Mann machte eine ungeduldige Handbewegung. »Nun mach schon ... oder ich baller dir dein Hirn weg!«

Ich glaubte, ein Zucken bei Rico wahrzunehmen, da hatte der andere auch schon die Pistole herumgerissen. »Keine Bewegung, sonst war's das für dich ...«

Ein Schuss explodierte, ich wollte schreien, vielleicht schrie ich auch, ich hörte es nicht, ich sah nur, wie vor mir der Typ zusammensackte. Blut sickerte aus seinem Hals und aus seinem Bauch.

Und Corey – Corey saß da, die Pistole immer noch in der erhobenen Hand.

Unfähig, mich zu rühren, starrte ich erst ihn, dann Corey an.

»Mann, so ein dummes Arschloch!« Rico bückte sich, nahm ihm das Geld aus der Tasche und die Autoschlüssel. Ich sah, dass seine Hand dabei zitterte.

Erst jetzt ließ Corey die Pistole sinken.

»Los, wir hauen ab. Wer weiß, wer die Schüsse gehört hat«, sagte Rico. Er bückte sich und holte die schwarze Tasche aus dem Ford heraus.

Corey schien wie hypnotisiert. Vor meinen Füßen lag der Tote mit offenem Mund. Sein ungläubiger Blick ging in den Himmel. Eben noch hatte er gelebt und uns verhöhnt. Und jetzt sickerte sein Blut in den Sand und der Wind wehte Sandkörnchen über seine tote Hand.

Ich weiß nicht, woher ich die Kraft nahm, aber ich

ging mit zittrigen Beinen in einem großen Bogen um den Toten herum und nahm Corey, der zurück auf den Sitz gerutscht war, die Pistole aus der Hand.

»Hilf mir, ihn in den Kofferraum zu legen«, sagte Rico zu Corey. Er hatte die Tasche abgestellt und den Kofferraum des Fords aufgemacht.

»Warum in den Kofferraum?«, hörte ich mich sagen. Meine Zähne schlugen aufeinander und ich konnte kaum sprechen. »Warum, verflucht noch mal, in den Kofferraum?« Als wäre diese Frage jetzt überhaupt noch wichtig! »Rico!«

»Weil wir ihn nicht hier so liegen lassen, okay? Nicht hier, nicht einfach so. Nicht in der Sonne!«

Ich nickte benommen.

»Jetzt fasst schon an!«, sagte Rico.

Corey reagierte immer noch nicht. Ich nahm seine Hand.

Sie fühlte sich an wie aus Stein. Kalt und leblos.

Und sein Blick sah kaum lebendiger aus als der des Toten.

»Corey?«, sagte ich und rüttelte leicht seine Schulter. »Corey, wir müssen das jetzt zu Ende bringen. Bitte.« Das sagten sie auch im Film, aber zum ersten Mal begriff ich wirklich, was das hieß. Noch mal hinsehen. Und nicht einfach weglaufen. Ich konnte kaum sprechen, meine Stimme und meine Lippen zitterten, und als ich meine Stimme hörte, erschrak ich, weil sie so hohl klang.

»Bitte«, sagte ich leise und sah Corey fest in die Augen. Er blinzelte und nickte schließlich.

Rico packte den Toten an den Schultern, Corey nahm ihn an den Füßen. Sie schleiften ihn zum Kofferraum und hievten ihn hinein. Als Rico den Kofferraumdeckel zuklappte, bemerkte ich, dass ich noch immer die Pistole in der Hand hielt.

Rico streckte die Hand danach aus. »Vielleicht brauchen wir die noch.«

Wie ferngesteuert reichte ich sie ihm. Corey und ich sahen zu, wie Rico unser Auto hinter die Tankstelle fuhr, damit es nicht gleich von der Straße aus zu sehen war.

»Das muss reichen«, sagte Rico, »wer weiß, wann hier überhaupt jemand vorbeikommt.«

Dann stiegen wir in das neue Auto um.

Rico setzte sich hinters Steuer. Corey stieg hinten ein und ich ließ mich auf den Beifahrersitz fallen. Die Türen quietschten und die Polster waren aufgerissen und durchgesessen. Es roch nach Benzin und Zigarettenqualm, im Fußraum lagen gebrauchte Pappbecher, zerknüllte Zigarettenschachteln und leere Bierdosen. Das Armaturenbrett war von einer dicken Staubschicht bedeckt. Ich hoffte so sehr, dass dieser rostige Nissan überhaupt noch fuhr, denn ich wollte hier weg, so schnell wie möglich.

Rico steckte die Schlüssel ins Schloss. Beim zweiten Versuch sprang der Motor stotternd an. Ich atmete auf. Als wir auf die Piste einbogen, warf ich einen Blick zurück auf die Tankstelle.

Mir wurde übel, kotzübel, und wenn ich die Augen zumachte, sah ich diesen leeren Blick und den offenen Mund ... Ich riss die Augen wieder auf und konzentrierte mich auf das Stück Straße vor uns, das Meter für Meter von der Motorhaube geschluckt wurde.

Irgendwann sagte Rico: »Der Typ hätte uns erschossen. Danke, Corey. Du hast uns das Leben gerettet.« Sein Lächeln sollte – glaube ich – aufmunternd sein, aber es kam gezwungen. In Wahrheit war er gar nicht so cool, begriff ich in dem Moment.

Corey saß zusammengesunken auf dem Rücksitz und antwortete nicht.

Der Motor rasselte und röhrte und ich war um jeden Kilometer dankbar, den wir zwischen uns und der Tankstelle brachten. Als würde damit alles weniger wirklich.

»Wegen dem bisschen Geld!«, sagte Corey auf einmal tonlos. »Ich hab einen Menschen erschossen, wegen dem bisschen Geld.«

»Dem bisschen Geld?« Rico sah ihn im Rückspiegel an. »Der Kerl hätte die ganze Million genommen!«

»Zweitausend, zehntausend, eine Million ... es ist nur Geld!«, rief Corey. »Nichts als beschissenes Geld!«

»Genau, nichts als beschissenes Geld!«, erwiderte Rico heftig. »Hast du mal drüber nachgedacht, dass uns dieser Typ auch umgebracht hätte, und zwar nur wegen dem beschissenen Geld, wenn du nicht schneller gewesen wärst? Hast du da schon mal drüber nachgedacht?«

Und wenn es nicht so gewesen wäre?, fragte da eine Stimme in mir.

Corey sah aus dem Fenster. »Ich hab einen Menschen getötet.«

Die Straße führte schnurgerade durch eine gelbe endlose Staubwüste, wo Kakteen wie Marterpfähle aufragten. Hier überlebten nur Schlangen, Insekten und kleine Tiere, die sich in Höhlen vor der Hitze und ihren Feinden versteckten.

Ich dachte an den Ausflug in die Wüste mit Maureen

und Corey. Wie lange war das her? Wirklich nur fünf Tage? Es kam mir so unendlich viel länger vor. Die Wüste war mir wie eine Filmkulisse erschienen, durch die wir eine Führung gebucht hatten. Sobald wir wieder in den klimatisierten Voyager mit den getönten Scheiben eingestiegen waren, wurde das Erlebte in meinem Kopf zum Posting. Cooler Wüstenausflug. Die Kakteen sind echt stachlig und ...

Und jetzt ... war ich mittendrin in einer Welt, wo man am Ende wirklich starb ...

»Wenn wir an der Grenze sind, könnt ihr aussteigen«, sagte Rico in dem Moment, »in der Nähe gibt's einen Pub. Von dort könnt ihr telefonieren und den Bullen erzählen, dass ich diesen Mann erschossen und euch als Geiseln genommen hab. Das ist eure letzte ...«

»Pass auf!«, konnte ich gerade noch rufen und mich am Griff über der Tür festhalten, als ich das große Schlagloch auf uns zurasen sah.

Reflexartig riss Rico das Steuer nach rechts. Doch zu spät. Es gab einen Schlag, ich prallte an die Decke und wurde gegen das Armaturenbrett geschleudert. Mir blieb vor Schmerz die Luft weg.

»Verdammte Scheiße!«, fluchte Rico. »Ist dir was passiert?«

»Nein, geht schon«, sagte ich und rieb mir die Schulter. Wen interessierte in dem Moment schon eine schmerzende Schulter? »Überhaupt, was ist das für eine Idee? Wir steigen nicht aus. Wir gehen zusammen über die Grenze!«

Ich sah Rico von der Seite an. Er war total erschöpft. Immer wieder fielen ihm die Augen zu, dann zuckte er zusammen und riss sie wieder auf.

Nach einer ganzen Weile redete er auf einmal weiter: »Passt auf«, erklärte er, »bis zur Grenze sind's sicher noch siebzig Kilometer. Die letzten fünfzehn oder zwanzig müssen wir zu Fuß gehen.«

»Du meinst durch die Wüste?«, fragte ich ungläubig.

»Ja, an der Grenze werden die Pässe kontrolliert. Und keiner von uns hat einen dabei.«

Ich sah hinaus. Der Ausritt in die Wüste mit Corey und Maureen war auf zwanzig Kilometer angesetzt gewesen. Am Ende hatte ich kaum noch laufen können und mich gefühlt, als hätte ich eine endlos lange Reise hinter mir.

Fünfzehn Kilometer zu Fuß. Durch die Wüste.

»Ich weiß, dass es dort in der Gegend ein Motel gibt«, sagte Rico.

»Warum schlafen wir nicht im Auto?« Corey sah uns fragend an. »Das ist das kleinste Risiko.«

»Corey hat recht. Wir können abwechselnd ein bisschen schlafen«, sagte ich. Ich wollte nicht in einem Motel jede Sekunde Angst haben müssen, dass die Polizei uns überraschte.

Rico sah uns einen Moment lang schweigend an.

»Ich glaube, ihr habt keine Ahnung, was euch in der Wüste erwartet.«

24

Das Motel war ein einfaches, einstöckiges Gebäude mit Flachdach, ein wenig abseits der Straße gelegen. Ein Pritschenwagen parkte davor und ein Geländemotorrad. Ich fragte mich, wer hier in dieser gottverlassenen Gegend übernachtete. Leute, die Dreck am Stecken hatten und die wie wir auf der Flucht waren?

»Hoffentlich machen wir keinen Fehler«, murmelte ich. Auch wenn Rico uns überredet hatte, ins Motel zu gehen – mir war einfach nicht wohl dabei.

»Ich brauch 'ne Dusche und muss mich mal langlegen, okay?«, sagte Rico gereizt und fuhr vor den Eingang.

Mit einem mulmigen Gefühl stieg ich aus. Ich dachte an den letzten Stopp ... und betete, dass hier alles gut ging, dass uns keine böse Überraschung erwartete.

Dennoch: Nach der langen Fahrt über die schlechte Straße tat es gut, auszusteigen und ein paar Schritte zu gehen. Und die Aussicht auf eine Dusche war verlockend, auch wenn ich keine Klamotten zum Wechseln hatte. Davon abgesehen sehnte ich mich nach ein paar Stunden Schlaf in einem richtigen Bett.

Das Mädchen hinter der Theke schien Mexikanerin zu sein. Sie hatte ein sehr rundes Gesicht, bronzefarbene

Haut und kohlschwarze Augen. Die dunklen Haare hatte sie zu zwei kurzen Zöpfen geflochten, die vom Kopf abstanden. Rico, der die schwarze Tasche trug, schob ihr zweihundert Dollar über die Theke, worauf sie das Anmeldebuch wieder zuklappte. Sie wirkte überhaupt nicht überrascht.

Sicher hat sie schon öfter solche Gäste wie uns gehabt, dachte ich und lächelte sie an. Aber sie erwiderte mein Lächeln nicht. Ihr Gesicht blieb ausdruckslos wie das einer Statue. Dann halt nicht, dachte ich. Sie nahm zwar unser Geld, wollte aber nichts weiter mit uns zu tun haben. Auch verständlich. Außerdem sahen wir drei ja nicht gerade vertrauenswürdig aus. Rico mit den Schürfwunden im Gesicht, dem schmutzigen Verband und den zerrissenen Hosen, Corey mit einem Pflaster auf der Stirn und Resten von getrocknetem Blut an der Schläfe, ja, und ich im kleinen Schwarzen, das auch schon Risse und Löcher hatte. Wir waren verschwitzt, blutverkrustet und verströmten nicht gerade einen angenehmen Geruch.

Rico legte noch einen Schein dazu. »Kannst du für meine Freundin hier und mich was zum Anziehen organisieren?«

Das Mädchen musterte uns beide kurz und nickte dann.

»Und Hunger haben wir auch.« Noch ein Schein.

»Ich will nichts essen«, sagte Corey. Er sah furchtbar elend aus. Kreidebleich und übermüdet. Sicher dachte er die ganze Zeit an den Toten.

»Du musst aber etwas essen«, sagte ich. Und dann sah ich wieder die Wüste vor mir und den Marsch, der noch vor uns lag, und mir wurde ganz elend vor Angst.

Ich griff nach Coreys Hand. Sie war genauso kalt wie meine.

Das Zimmer hatte zwei große Queensize-Betten und ein Bad. Sobald man die Tür aufmachte, strömte einem der Geruch eines scharfen Desinfektionsmittels entgegen.

Ich glaube, ich habe noch nie in meinem Leben so ein hässliches Zimmer gesehen. Die geschmacklosen rosablau gemusterten Tagesdecken hatten Brandlöcher, auf den gelben Wänden prangten Blutreste von erschlagenen Moskitos und der grobe moosgrüne Teppich war total fleckig.

»Echt stylish!«, bemerkte Corey trocken.

»Was hast du erwartet, Mann, das Hilton?«, gab Rico zurück und verstaute als Erstes die Tasche unter einem der beiden Betten.

»Mal sehn, ob der funktioniert.« Ich drückte vorsichtig auf den Power-Knopf am Fernseher, der von einem wackligen Metallarm an der Wand gehalten wurde und mindestens aus dem letzten Jahrtausend stammte.

»Solange er nicht explodiert«, brummte Corey und spähte zwischen den gelben Vorhängen aus dem Fenster.

Ein hohes Pfeifen ertönte, dann flimmerte tatsächlich ein Bild über die Mattscheibe.

»Na, wer sagt's denn!«, rief ich. »Können wir hier nicht Ferien machen?«

Corey hatte nur ein müdes Grunzen für meinen Versuch übrig, die Stimmung ein bisschen aufzuheitern. Ich wollte gar nicht daran denken, was vor uns lag, und noch weniger daran, was hinter uns lag. Rico hingegen grinste breit. »Klar, wenn die hier auch einen Pool haben …«

Ich fing an zu kichern. »Super! Einen Pool! Und Eiscreme!« Ich kicherte noch mehr. Und dann musste ich hysterisch lachen, ich konnte gar nichts dagegen tun. Es brach aus mir hervor und überrollte mich wie eine Woge. Ich lachte und lachte und die Tränen schossen mir in die Augen.

»Annanina … hör auf«, sagte eine Stimme. Corey oder Rico.

»Warum denn? Findet ihr das nicht irre komisch?«

»Komisch?«

»Aber ja«, prustete ich wieder los und ließ mich aufs Bett fallen. »Wir sind auf der Flucht vor der Polizei.« Ich schnappte nach Luft. »Wir haben zwei Autos geklaut, eine Million Lösegeld unter dem Bett und wir haben *zwei Menschen* erschossen.«

Inzwischen wusste ich selbst nicht mehr, ob ich lachte oder weinte.

»Und was machen wir?« Ich bekam einen Schluckauf und krallte meine Finger in die Tagesdecke. »Wir haben uns hier mitten in der Wüste versteckt und *gucken Fernsehen!«* Ein neuer Lachanfall schüttelte mich. Ich krümmte mich zusammen und japste wieder nach Luft.

Ich lachte und lachte, bis sie mich festhielten. Corey und Rico. Sie knieten neben meinem Kopf auf dem Bett und hielten meine Arme fest, um mich zu beruhigen.

Ich zitterte und schlotterte und sie hielten mich einfach fest und langsam hatte ich keine Kraft mehr und mein Lachen verwandelte sich in Weinen. Ich weinte und weinte und weinte in ihren Armen. Sie ließen mich nicht los. Sie streichelten mir übers Gesicht und über meine Haare und ich klammerte mich an sie, fest, ganz fest. Ich schluchzte und rang nach Luft und schluchzte weiter.

»Wir müssen immer zusammenbleiben!«, stieß ich hervor. »Ihr müsst immer bei mir bleiben, versprecht ihr mir das?« Ich sah erst Corey und dann Rico in die Augen. »Versprecht es mir. Bitte versprecht es mir!«

Rico lächelte. So schön ... so schön, dass es gar nicht wahr sein konnte ...

»Corey, und du!« Ich zog seinen Arm enger zu mir.

Coreys Lippen bebten.

Er lächelte mit seinen hellblauen Bergkristallaugen und eine rotblonde Strähne fiel ihm ins Gesicht. »Ruh dich aus, Annanina«, sagte er leise, deckte mich behutsam zu und verschwand im Bad.

Irgendwann rappelte ich mich auf und ging auch ins Badezimmer. Dort vermischte sich der scharfe Geruch des Desinfektionsmittels mit dem billig süßlichen irgendeines Parfüms. Vielleicht war auch noch der Geruch eines WC-Reinigers dabei. Für einen kurzen Moment hob sich mein Magen und ich kämpfte gegen einen Brechreiz an.

Das Licht kam aus einer staubigen doppelten Neonröhre über dem Spiegel mit blinden Flecken. Mein Blick blieb dort im Spiegel hängen. Was sah mich da an? Ein Zombie? Die Haare waren strähnig und stumpf, meine Haut hatte rote Stellen von Mückenstichen und von der Sonne und meine Augen waren blutunterlaufen. Und überhaupt hatte ich einen total irren Blick.

»Wow!« Rico erschien hinter mir im Spiegel. Ich hatte die Tür nicht ganz zugemacht. Er sah mindestens

genauso fertig aus wie ich. Sein schmutziger Verband hatte sich ein bisschen gelöst und man sah gerötete Haut. »Sind wir nicht ein schönes Paar?« Er legte den Arm um mich und sah mir im Spiegel in die Augen. Vielleicht wollte er grinsen, aber es gelang ihm nicht.
»Tut's noch sehr weh?«, fragte ich.

»Scheißweh«, knurrte er.

Da kam Corey rein.

»Was macht ihr denn hier drin?«, fragte er verdutzt und gesellte sich zu uns vor den Spiegel.

»Guck, die drei Musketiere«, sagte ich und lächelte ein bisschen.

»Alle für einen und einer für alle?«, murmelte Corey mit hochgezogener Augenbraue.

»Ganz genau.«

Einen Moment standen wir einfach so da und betrachteten erst uns selbst und dann den anderen.

»Seid ihr sicher, dass wir keine Zeitreise gemacht haben?«, fragte Corey.

Keiner von uns lachte. Denn auch wenn es witzig gemeint war – genauso fühlte es sich an. Wir sahen total mitgenommen aus und wirkten alle drei viel älter als noch wenige Tage zuvor.

»Geht mal raus, ich muss duschen«, befahl ich den ramponierten Gesichtern im Spiegel.

In dem Moment klopfte es und das Mädchen vom Empfang sagte etwas durch die Tür. Corey und Rico verließen das Bad und öffneten ihr.

Als ich allein war, zog ich mich aus und erschrak über meine rechte Schulter. Sie war rot und geschwollen. Und es tat verdammt weh, wenn ich versehentlich an die verletzte Stelle drankam.

Eine Prellung wahrscheinlich, aber zum Glück auch nichts Schlimmeres. Das war doch wenigstens mal was. Doch als das Wasser so über mich rann, fing ich wieder an zu weinen. Zuerst kämpfte ich noch ein bisschen dagegen an, aber dann ließ ich meinen Tränen freien Lauf. Mit dem Wasser rannen mir die Tränen übers Gesicht und ich versuchte mir vorzustellen, es wäre meine Schuld, die da weggewaschen wurde. Ich trug doch eine Mitschuld an alldem. Rico hatte mich gerettet – und deshalb jemanden erschossen. Und Corey hatte mich auch gerettet ...

War nicht ich es, die an allem schuld war? Ohne mich ... würden Duarte und der Tankwart womöglich noch leben.

Als ich mich abtrocknete, fühlte ich mich kein bisschen besser.

Die Jeans und die karierte Bluse, die uns das Mädchen gebracht hatte, waren mir ein bisschen zu weit. Aber ich fühlte mich besser darin als in dem schwarzen Kleid. Es tat mir leid, es einfach in den Mülleimer werfen zu müssen, aber es war an so vielen Stellen zerrissen, dass ich es nie wieder anziehen könnte. Die Schuhe stopfte ich schweren Herzens dazu. Die Sneakers von dem Mädchen waren mir allerdings ein bisschen zu klein und ich stieß vorne an. Egal. Ich konnte sie ja immer noch vorne aufschneiden. Und in Mexiko würde ich mir gleich neue kaufen.

Mexiko. Mexiko. Mexiko.

Dort würde ich dann meine Eltern anrufen und ihnen alles erklären, nahm ich mir vor, na ja, fast alles, und ich würde ihnen sagen, dass ich eine Weile in Mexiko bleiben müsste, und sie würden sicher einen Anwalt einschalten. Vielleicht gab es doch noch einen Ausweg ... Und warum sollte ich nicht in Mexiko bleiben – und Spanisch lernen?

Eins war jedenfalls ganz sicher: Ricos Vorschlag, an der Grenze mit Corey umzukehren und der Polizei ein Märchen zu erzählen, das nur Rico belastete, würde ich nicht annehmen. Und ich hoffte, Corey sah das genauso.

Ich machte die Tür auf und fiel Rico fast in die Arme.

»Hey!«, rief er aus, ging einen Schritt zurück und musterte mich ein bisschen belustigt. »Du siehst aus wie ein Country-Girl!« Er lachte und küsste mich auf die Wange, als er an mir vorbei ins Bad ging.

»Ist alles ein bisschen weit.« Ich zupfte an der Bluse herum.

»Steht dir trotzdem«, murmelte Corey. Er hatte sich auf das linke Bett gelegt und starrte, die Arme unter dem Kopf verschränkt, an die Decke.

»Findest du?«, fragte ich.

»Mhm.«

Ich setzte mich zu ihm, schob mir das Kissen in den Rücken und sah mir gemeinsam mit ihm auf der alten Flimmerkiste eine Comedy-Show an.

25

Bald kamen Wassergeräusche aus dem Bad und ich drehte die Lautstärke höher. Ich versuchte, an nichts mehr zu denken, wollte mich nur noch berieseln lassen.

Für den Bruchteil einer Sekunde gelang es mir, doch dann schreckte mich lautes Klopfen hoch. Corey sah erschrocken zur Tür. Ich wusste, was er dachte: *Wären wir doch nur im Auto geblieben!*

Im Bad waren die Wassergeräusche verstummt. Hatte Rico das Klopfen auch gehört? Was wollten wir machen, wenn es ... ich mochte gar nicht daran denken ... Ashton war? Und was, wenn es ganz ... ganz normale Polizisten waren?

Die Badtür flog auf. Rico hatte sich nur ein Handtuch um die Hüften gewickelt und sah uns an. Seine Haut hatte einen gleichmäßigen leichten Karamellton und sein Oberkörper war überraschend muskulös. Ohne den Verband, ohne die Wunde am Kopf wäre er ... makellos ...

»Mann, wollt ihr nicht mal aufmachen!«

»Aber ...«, fing ich an, doch da war er schon an der Tür und nahm drei Kartons und eine Flasche in Empfang.

»Ich hab gedacht, das wäre vielleicht ...«, sagte ich.

»Die klopfen anders«, meinte er und legte die Kartons vor mir aufs Bett. Ich klappte den ersten auf. Pizza mit Pilzen, Salami, Schinken und Käse. In Ecken geschnitten. Die Cola stellte er auf den Tisch unter dem Fernseher.

»So wird es dann unser ganzes Leben gehen«, sagte Corey vom anderen Bett. »Bei jedem Klopfen machen wir uns vor Angst in die Hose. Wollt ihr so leben?«

Rico, immer noch mit nacktem Oberkörper, griff nach einem Stück. »Hey, hast du dir eben in die Hose gemacht? Ich nicht.« Er setzte so was wie ein Grinsen auf, das aber nicht lang hielt.

»Hör mal, Corey, das, was du getan hast, war Notwehr«, sagte er eindringlich. »Und das wird man dir auch glauben. Was hättest du denn tun sollen? Die Bullen machen das ganz offiziell so. Wenn einer 'ne Knarre auf sie hält, drücken die ab. Denn sonst wären sie vielleicht zuerst tot. Und auf das *vielleicht* ist in dem Fall geschissen.«

Ich legte das Stück Pizza weg, in das ich gerade beißen wollte. Mir war der Appetit vergangen. »Eigentlich bin ich an allem schuld.«

Corey und Rico sahen mich völlig perplex an.

»Ja, Rico hat mich vor dem Cop gerettet und du ... Corey! Wer weiß, was der Mann von der Tankstelle noch getan hätte! Vielleicht hätte er uns alle erschossen!«

Ein paar Sekunden lange sagte keiner der beiden etwas, dann klatschte Rico in die Hände.

»Leute, es ist sowieso egal, was wir darüber denken. Es ist passiert und genau deshalb gehen wir ja nach

Mexiko. Mein Onkel kann uns dort weiterhelfen, also esst jetzt, die Pizza wird kalt!« Er berührte vorsichtig den Verband und zuckte vor Schmerz zusammen.

»Was hast du?«, fragte ich erschrocken.

»Nichts ...«, brummte er und drehte sich weg.

»Warte, lass mich das mal ansehen.«

Ich hob ein wenig den Verband über der Wunde und zuckte geschockt zurück.

Die Haut war feuerrot und geschwollen.

Corey warf nur einen kurzen Blick darauf und sagte sofort: »Sieht nach Infektion aus.«

Rico verzog das Gesicht und ließ sich aufs Bett sinken. »Fuck! Es tut auch scheißweh. Macht mal den Verband auf.«

Ich zögerte.

»Los, macht schon!«

Unbehaglich sah ich zu Corey hinüber. Ich hatte es nicht so mit Blut und Wunden ... erst recht nicht mit solch einer Wunde. »Du musst mir helfen.«

Er legte die Pizza weg und rutschte wortlos vom Bett. Zuerst wuschen wir uns im Bad gründlich die Hände.

»Glaubst du, dass wir noch irgendwie aus der Sache rauskommen?«, fragte er mich. Dabei sah er mir im Spiegel in die Augen. Ich hätte so gern Ja gesagt, aber das wäre gelogen. Und so sagte ich: »Ich hoffe es. Ich will nichts anderes denken.«

»Wenn ich die Augen zumache, sehe ich immer wieder diesen Mann und dann höre ich den Schuss. Die ganze Zeit. Immer und immer wieder. Aber ...« Er drehte sich zu mir. »Ich empfinde nichts dabei. Gar nichts. Ich bin wie ... wie tot.«

»Es geht vorbei, Corey, bestimmt«, sagte ich und

bemühte mich um ein zuversichtliches Lächeln. »Hör mal«, wechselte ich dann etwas verlegen das Thema. »Könntest du dir Ricos Wunde ansehen? Mir wird schlecht, wenn ich Blut sehe.«

»Schon okay, ich mache es.«

Er lächelte ein bisschen. Aber es war nicht mehr das Lächeln von früher. Jetzt hatte es etwas Trauriges, als hätte er etwas für immer verloren.

Rico lag auf dem Bett und fluchte leise vor sich hin.

»Halt still«, sagte Corey, als er sich an den Bettrand setzte.

»Wieso, das Ohr ist doch schon ab ...«, brummte Rico.

Coreys Mund verzog sich zu einem widerstrebenden Grinsen.

Ich blieb am Fußende stehen und zwang mich zuzusehen, wie Corey zuerst vorsichtig das Pflaster löste, mit dem der Verband zusammengehalten wurde, dann die Binde und die Kompresse darunter anhob.

»Uhhhh!«

Selbst Corey zuckte beim Anblick der Wunde zusammen. Rasch ließ er die Binde wieder los.

»Sieht entzündet aus, ein bisschen ... äh ... eitrig.«

Rico sprang auf und stürzte ins Bad. Wir hörten ihn würgen.

»Unser Macho kann also noch nicht mal das Wort Eiter hören?«, rief Corey ihm spöttisch nach.

Stöhnend kam Rico zurück und legte sich wieder aufs Bett. »Ich brauch einen Arzt, Leute! Einen, der mir was spritzt. Antibiotika und so ein Zeug. Mann, mir ist scheißschlecht.«

»Wo, bitte schön, soll's denn hier einen Arzt geben? Wir sind doch mitten in der Pampa.« Corey sah mich an.

»Vielleicht kennt das Mädchen einen Arzt«, meinte ich.

Rico musste es wirklich verdammt schlecht gehen, denn er protestierte nicht.

»Bleib du bei ihm«, sagte Corey zu mir. »Ich frag sie mal.«

Er zog die schwarze Tasche unter dem Bett hervor, nahm ein paar Scheine heraus und schob die Tasche wieder unters Bett zurück. Dann stopfte er sich das Geld in die Hosentasche und verschwand nach draußen.

Jetzt war ich mit Rico allein.

Das gelbliche Licht, die grässlichen Farben, überhaupt das ganze schäbige Zimmer mit seinem penetranten Geruch ließen auf einmal alles so hoffnungslos erscheinen.

Ich rutschte neben Rico, lehnte mich ans Kopfteil und berührte seine Wange.

Er sah mich nachdenklich mit seinen dunklen Augen an. Er wollte mir etwas sagen, das spürte ich, aber dann wandte er den Blick ab und schloss die Augen.

Die bunten Bilder aus dem Fernseher vermischten sich mit den aufgeregten Stimmen der Sprecher und der Musik zu einem Brei aus Geräuschen. Ich merkte auf einmal, wie erschöpft ich war – immer wieder fielen mir die Augen zu.

Hin und wieder schreckte ich kurz auf, aber dann stellte ich fest, dass sich nichts verändert hatte. Rico lag noch immer so neben mir wie vorhin, Corey war nicht da und der Fernseher lief.

Doch plötzlich sagte jemand *Federico* – oder es hörte sich so an. Ich riss die Augen auf. Da war sein Bild. Im Fernsehen.

Sofort war ich hellwach, griff nach der Fernbedienung auf dem Nachttisch und drückte die Lautstärke höher. Ricos Bild war schon verschwunden, jetzt wurde ein Haus mit Palmen und Kakteen gezeigt, viel größer als das von den Fetzers, mit einem Säuleneingang und einer messingbeschlagenen Eingangstür. Mehrere Streifenwagen parkten in der Einfahrt.

»Erst heute fand die Haushälterin Margarita Ramirez die beiden, die wohl schon vor einigen Tagen einem Verbrechen zum Opfer fielen«, kommentierte eine Reporterin die Bilder. »Bei den Opfern handelt sich um ein Ehepaar, das im Drogengeschäft tätig war. Eine Restaurantkette diente zur Geldwäsche.«

Zwei Zinksärge kamen ins Bild.

»Einige Hinweise sprechen dafür, dass es sich um eine Vergeltungstat handeln könnte.« Dann wurde die Kamera auf die Reporterin geschwenkt, eine zierliche Afroamerikanerin im pinkfarbenen Kostüm, mit glatten hellbraunen Haaren, die ihr bis auf die Schultern fielen. Ihr Blick war besorgt.

»Wir haben es hier mit einer grausamen Bluttat zu tun, die sich mitten in Santa Fe ereignet hat. Noch ist ungeklärt, was mit dem Sohn des Ehepaars passiert ist. Wurde er ebenfalls ermordet, konnte er fliehen oder wurde er entführt? Einige Hinweise lassen diese Vermutung zu.«

Wieder wurde Ricos Foto eingeblendet.

»Bisher fehlt von ihm jede Spur.« Man sah Leute in weißen Overalls den Garten absuchen.

Die Moderatorin im Studio bedankte sich bei der Reporterin und leitete zum nächsten Thema über.

Ich wartete, ob sie noch eine Meldung zu Duarte

machten, aber es folgte ein Bericht über eine Massenkarambolage.

Langsam stand ich auf und schaltete den Fernseher aus. Ein Abgrund tat sich vor mir auf.

Ricos Eltern waren ermordet worden.

Schon vor einigen Tagen.

Und sie waren keine harmlosen Restaurantbesitzer, wie Rico immer behauptet hatte, sondern selbst im Drogengeschäft dabei ... und Rico ... war er deshalb in dem Club so bekannt und in diesem Musik-Studio? Rico ... war er etwa selbst ein Dealer ... ein Krimineller?

Für ein paar Minuten starrte ich einfach nur vor mich hin.

Da schlug er die Augen auf.

In dem Moment wusste ich, dass er alles mit angehört hatte.

Unter Ricos Augen lagen tiefe dunkle Schatten der Erschöpfung, in seinen Augen standen Tränen.

»Seit wann weißt du schon davon?«, fragte ich ihn.

»Seit ein paar Tagen«, flüsterte er. »Shit, Shit, Shit.« Er schluckte, aber er konnte die Tränen nicht zurückhalten. »Diese gottverdammten Hurensöhne.«

»Es tut mir so leid, Rico.« Mehr brachte ich nicht hervor und mehr wollte ich im Moment auch nicht sagen. Schweigend nahm ich seine Hand und so blieben wir lange nebeneinander liegen.

Ich wusste, Corey würde bald zurück sein. Und sosehr ich Rico trösten und ihm etwas von seinem Schmerz nehmen wollte, einem Schmerz, den ich mir nicht einmal ansatzweise ausmalen konnte – da war trotz allem immer noch das andere: Er hatte uns angelogen.

»Rico«, setzte ich vorsichtig an. »Machst du auch in diesem ... Geschäft mit?«

Er holte tief Luft und das genügte. Ja. *Er war selbst ein Dealer.*

»Warum hast du uns das nicht gesagt? Wie hast du uns so anlügen können, die ganze Zeit? Wir haben dir vertraut ...«

Mitgefühl für ihn und Trauer um seine Eltern mischten sich mit Wut und tiefer Enttäuschung.

»Warum, Rico?« Am liebsten hätte ich ihn bei den Schultern gepackt und geschüttelt.

»Wenn du die Wahrheit gewusst hättest, wärst du nicht mitgekommen, oder?« Er griff nach meiner Hand. »Oder, Annanina?« Ich musste diesen Kloß in meinem Hals hinunterschlucken, sonst würde ich gleich losheulen. »Ich weiß nicht ...«, sagte ich mit kratziger Stimme.

»Nein, du wärst bestimmt nicht mitgekommen ...« Er lächelte traurig. Seine Hand hielt meine ganz fest.

Ich brachte nichts heraus. Ich wusste einfach nicht mehr weiter ... was ich von ihm, von uns halten sollte ... was ich denken oder was ich fühlen sollte.

Er räusperte sich. »Okay, ich sag dir alles.«

Ich drehte mich zu ihm und sah ihm in die Augen.

»Ich will nur die Wahrheit, Rico. Endlich die Wahrheit.«

Er nickte und holte Luft. »Meine Eltern sind ... waren ... im Drogengeschäft. Kokain, Heroin, Crack, Meth. Alles, was du dir denken kannst. Die Restaurants sind ... Fassade und Geldwaschanlage.«

»Und du …« Einen kurzen Moment lang hoffte ich … dass er protestieren würde, aber er nickte.

»Und … der Club, gehörte der auch zu ihren Restaurants? Sind wir nur deshalb dorthin gegangen, weil du nach dem Geschäft sehen wolltest?«

»Nein!«, sagte er empört. »Der Club gehört nicht meinen Eltern! Ich wollte dort einfach nur mit dir tanzen, Annanina. Nur deshalb. Ich wollte einfach mit dir ausgehen. So wie das auch andere, ganz normale Typen mit ihren Freundinnen machen, die nicht in diesem Scheiß-Business sind!«

In seinen Augen war etwas … etwas Trauriges und es wollte nicht verschwinden.

»Und … wer hat deine Eltern ermordet?«

»Wahrscheinlich Duarte und Asthon«, stieß Rico zwischen zusammengebissenen Zähnen hervor. »Sie wollten die Million einkassieren und deshalb mussten alle sterben, die davon wussten.«

Ich merkte auf einmal, dass ich die ganze Zeit seine Schulter streichelte.

»Aber dein Onkel …« Ich wusste nicht weiter. Was sollte ich auch fragen – ob ausgerechnet Ricos Familie uns helfen würde? Denn ganz bestimmt war doch auch Ricos Onkel im Geschäft. Wollte ich, dass uns ein Mitglied der mexikanischen Drogenmafia rettete und wir ihm deshalb unser Leben lang dankbar sein mussten?

Aber es kam noch schlimmer.

»Die Drogenbehörde«, sagte Rico und stockte kurz, bevor er widerstrebend weitersprach. »Sie hat ihn erwischt und verhaftet. Ein paar Stunden, bevor diese Schweine meine Eltern …« Er brach ab.

Vor mir gähnte wieder dieser Abgrund, noch tiefer, noch dunkler und noch erschreckender.

»Aber wir schaffen das auch ohne ihn«, in Rico erwachte plötzlich wieder etwas. »Wir sind frei, Annanina! Und wir haben eine Million ... du und ich ... und ...«, er gab sich sichtlich einen Ruck, »und Corey.«

Ich wischte seinen Satz mit einer Handbewegung weg. Und dann wischte ich mir die Tränen aus dem Gesicht. Seine Eltern waren tot. Es gab keinen Onkel, der uns helfen könnte. Wir waren allein. Wir wurden gejagt. Von der Polizei. Und von Ashton, einem korrupten Cop. Wir hatten nur uns – und eine Million Dollar.

»Bitte wein nicht«, sagte er und sein Gesicht war jetzt ganz nah.

»Nein, ich weine nicht ...«, flüsterte ich, aber mir lief schon wieder eine Träne über die Wange.

Ich schloss die Augen und dann spürte ich seine warmen Lippen auf meiner Wange. Ein Schauer überlief mich. »Rico ... ich weiß nicht ...«, begann ich noch, aber da umarmte er mich und küsste mich auf den Mund. Sanft und lang und allmählich verschwand alles andere um mich herum. Verblasste, löste sich auf. Mir wurde warm und immer wärmer.

Ich spürte, wie eine Mauer einstürzte, eine Mauer, die ich selbst um mich herum errichtet hatte, und hinter dieser Mauer, mein Gott, war alles so, so wunderschön, da war das Meer ... und da waren der Strand ... und der Himmel ... und Rico ... sogar Corey war da ... das ganze Leben ... alle Träume ... ich schwebte ... ich flog ... wir flogen ...

»Ich liebe dich«, flüsterte ich zwischen den Küssen.

»Ich liebe dich so sehr, Rico. Ich will mein ganzes Leben mit dir teilen.«

Sagte ich das wirklich zu ihm? Unsere Küsse ließen uns miteinander verschmelzen, wir schwebten, wir flogen ... »Ich liebe dich auch«, flüsterte er.

»Belize ...«, sagte er zwischen den Küssen. »Ist ein Paradies. Mit Dschungeln und Vulkanen ... warst du schon mal auf einem Vulkan? Wenn wir da sind, steigen wir zusammen auf einen Vulkan.«

Ich legte meinen Kopf auf seine Schulter und streichelte seine nackte Brust.

Sein Herz schlug laut und hart.

»Ich kenn noch jemanden«, sagte er. »Er wird uns bestimmt helfen. Ich muss ihn nur anrufen ... er wird uns helfen, nach Belize zu kommen.«

»Ja.«

»Ich rufe ihn nachher an.«

»Ja.«

»Gleich nachher. Ich muss nur noch ein bisschen ausruhen.«

Seine dunklen Turmalin-Augen sahen mir auf den Grund meiner Seele, so fühlte es sich an, sein Blick berührte mich und wieder vibrierte alles in mir.

»Du bleibst bei mir, ja? Du gehst jetzt nicht weg?«

»Aber nein!« Ich schüttelte den Kopf. »Ich bleibe bei dir.«

Er lächelte, als er die Augen zumachte.

Ich liebe dich so sehr ... hatte er gesagt. Auf einmal verstand ich, was damit gemeint war: Das Herz machte einen Sprung. Genauso fühlte es sich an. Als würde mein Herz vor lauter Überschwang aus mir herausspringen und schon mal vorauslaufen ...

Aus dem Nebenzimmer drangen Sirenen, Schüsse, Motorenaufheulen, Schreie. Irgendjemand hatte den Fernseher lauter gedreht.

Und plötzlich stürzte ich ab. Wie Ikarus, dessen Flügel schmolzen und der ins Meer fiel, weil er der Sonne so nahe gekommen war.

Die knallharte Wirklichkeit war: Wir hockten in einem schäbigen Motelzimmer, die Polizei war hinter uns her und vor uns lagen die Wüste – und die Grenze.

Was konnte ich jetzt noch tun? Meine Eltern in Deutschland anrufen. Und was dann? Sollte ich meinen Eltern die ganze Geschichte erzählen? Abgesehen davon, dass sie wahrscheinlich nicht verstehen würden, warum wir uns so weit in die Sache hatten reinziehen lassen, was konnten sie denn unternehmen? Das mit dem Anwalt war ja wahrscheinlich doch nicht so einfach, wie ich mir das gern ausgemalt hätte. Dabei schien *mein* Ausweg so einfach: Ich müsste nur ins Auto steigen und zur Polizei fahren. Ich hatte niemanden erschossen wie Corey und Rico.

Also, warum tat ich es dann nicht?

Ja, warum?

Ich merkte, dass ich immer noch Ricos Hand hielt. Und da wusste ich, warum.

26

Ich schrak auf. Die Tür war zugefallen. Corey war zurückgekommen.

»Wie geht's ihm?«, wollte er wissen.

»Bestens«, murmelte Rico, ohne die Augen zu öffnen. »Mir geht's bestens.«

Corey warf mir einen besorgten Blick zu, worauf ich die Schultern zuckte. Was hätte ich auch sagen sollen? Außerdem war ich ganz durcheinander. Ich fühlte mich so ... ertappt. Als hätte ich Corey hintergangen – weil Rico und ich uns geküsst hatten, weil er mir seine Liebe gestanden hatte. Jetzt war Corey wieder da und ich spürte ... ja, was? Er war so ganz anders als Rico. Sanfter, zurückhaltender, sein ganzes Wesen war ... heller – so wie seine blauen Augen, seine rotblonden Haare ... Er sah mich fragend an, ich schüttelte schnell den Kopf. Ich konnte ihm das alles jetzt nicht erklären.

In dem Moment klopfte es leise und Corey ging schnell zur Tür.

»Ich hab einen Arzt aufgetrieben«, erklärte er. Von Rico kam ein lautes Aufstöhnen.

»Dr. Gomez«, stellte Corey den Mann mit der dunkel gebräunten Haut und den grauschwarzen Haaren vor, der nun ins Zimmer trat.

Ich hätte ihn eher für einen Farmer gehalten. Mit seinen erdverkrusteten Jeans und den staubigen, abgetragenen Stiefeln. Als er seine schwarze Tasche auf den Boden stellte, fielen mir die rissigen Hände und die schmutzigen Fingernägel auf. Ich sah Corey fragend an, aber der nickte mir nur beruhigend zu.

Immerhin wirkte sein grobknochiges, sonnenverbranntes Gesicht mit den braunen Augen vertrauenerweckend, ja fast ein wenig desinteressiert. Er sah aus wie jemand, der sich im Grunde gar nicht besonders für die konkreten Umstände interessierte, sondern einfach nur seine Arbeit machte. Ich hoffte, mein erster Eindruck würde sich bestätigen.

Ohne etwas zu sagen, ging er zu Rico und nahm den Verband ab.

»Wann wurde das behandelt?«

»Gestern«, sagte Rico. Gestern erst? Mir kam es so unendlich viel länger vor.

Dr. Gomez holte medizinische Einweghandschuhe aus seiner Arzttasche und untersuchte die Wunde.

Rico zuckte zusammen und ich gleich mit – ich musste mich wegdrehen. Er schnaufte die ganze Zeit so laut, als hätte er Schwierigkeiten, Luft zu kriegen.

»Sie brauchen unbedingt Ruhe«, sagte Dr. Gomez schließlich.

»Alles klar. Haben Sie sonst noch einen brauchbaren Tipp, Doc?«, erwiderte Rico, worauf Dr. Gomez ein wenig das Gesicht verzog. Zu so was wie einem Lächeln vielleicht.

»Ich gebe Ihnen eine Antbiotikaspritze«, sagte er, nachdem er die Wunde sorgfältig gereinigt hatte. »Und ich lasse Ihnen diese Tabletten da … Davon muss er zwei alle sechs Stunden nehmen.« Dabei sah er mich und Corey an. Corey nickte.

An der Tür steckte Corey dem Arzt zwei Scheine zu. »Sie haben uns nie gesehen.«

Corey ließ sich ächzend in den hässlichen grünen Sessel fallen und streckte die nackten Beine von sich.

»Wo hast du *den* denn aufgetrieben?«, knurrte Rico.

»Och, das ist der Tierarzt hier«, sagte Corey nüchtern.

»Ein Scheiß... Tierarzt? Du hast einen Scheiß... Tierarzt für mich geholt?«

»Das Mädchen unten, sie heißt übrigens Juana, hat gesagt, sie würde nur einem einzigen Arzt hier vertrauen«, gab Corey unbeeindruckt von Ricos Ausbruch zurück. »Wir können im Moment nicht gerade wählerisch sein.«

»Corey hat recht«, sagte ich.

»Okay, okay. Jetzt lasst mich ein bisschen schlafen«, sagte Rico müde, »aber einer muss wach bleiben.«

Corey wollte die erste Wache übernehmen. Zuerst glaubte ich, nie und nimmer einschlafen zu können – vor lauter Angst, dass womöglich jeden Moment die Polizei oder Ashton ins Zimmer platzten –, aber dann tauchte ich doch weg.

Als ich ein Rütteln an meiner Schulter spürte, war ich sofort hellwach. Mein Herz hämmerte mir bis zum Hals.

Aber es war nur Corey, den ich ablösen sollte.

Ich machte den Fernseher an, stellte hastig auf stumm und zappte vor und zurück. Werbung, Talkshows, Serien, Nachrichten. Und dann: Ein Bild von der Tankstelle, an der Rico den Polizisten erschossen hatte. Sofort spürte ich wieder das Messer an meiner Kehle und wurde von einem Gefühl der Panik überschwemmt. Ich hatte auf die Meldung gewartet und sie zugleich gefürchtet: Wie hypnotisiert starrte ich das Foto von Rico an, das nun zu sehen war.

Ich weckte Corey und erzählte ihm, dass inzwischen nach Rico gefahndet wurde. Ich hatte so gehofft, dass das nicht passieren würde.

»Lass uns jetzt sofort die Polizei anrufen und versuchen, ihnen alles zu erklären«, flüsterte ich.

»Und dann?«, wollte Corey wissen.

»Was dann?«, fragte ich verständnislos.

»Ja, was willst du tun? Sagen, wo wir sind?«

»Wir können den Dingen nicht mehr einfach so ihren Lauf lassen. Wenn wir Glück haben, steht Asthon ja vielleicht schon unter Verdacht ... ist doch immerhin möglich!«

Corey fuhr sich mit beiden Händen durchs Gesicht.

»Corey, lass es uns versuchen.«

»Und was ist mit dem ... dem Mann von der Tankstelle?«

»Das war Notwehr. Ich kann es doch bezeugen. Bitte, Corey, lass uns die Polizei anrufen.«

»Notwehr ...?«, sagte er langsam. »Das war keine Notwehr.«

Irritiert sah ich ihn an.

Er schüttelte den Kopf. Vor uns, auf dem Bildschirm, brachen irgendwelche Zuschauer in lautloses Gelächter aus.

»Nein?«, fragte ich.

»Nein. Ich hätte nicht gleich abdrücken dürfen ...«

»Corey, glaubst du, er hätte die Pistole fallen lassen, wenn du ihn vorher gewarnt hättest?«

»Ich hätte ... es versuchen müssen.«

»Du hattest keinen Versuch, Corey ... und jetzt lass uns die Polizei anrufen, damit nicht alles noch schlimmer wird.«

Ich rutschte vom Bett. Corey blieb sitzen.

»Ich wollte dich retten«, sagte er und sah mir in die Augen. »Und alles andere war mir in dem Moment egal.«

»Corey, ich ...« Ich wusste nicht, was ich sagen oder tun sollte. Hilflos stand ich einfach nur da, bis Corey flüsterte: »Okay, rufen wir die Polizei an.«

Leise schlichen wir hinaus.

An der Rezeption saß jetzt – um drei Uhr nachts – niemand.

Das Telefon stand auf der Theke. Ich merkte, dass Corey zögerte. Ich wusste, woran er dachte ... dass er seine Tat würde schildern müssen ...

»Corey, gegenüber der Polizei müssen wir sagen, es war Notwehr. Okay? Ich weiß, dass du es für mich getan hast.«

Er überlegte.

»Wir müssen es tun, Corey. Es war Notwehr in beiden Fällen.«

Corey sah mich lange nachdenklich an, schließlich griff er zum Hörer und wählte die Notrufnummer. Mir wurde schon wieder schlecht.

»Hallo ...« Er sprach leise und bedeutete mir, näher zu kommen, damit ich mithören konnte.

»Ich möchte eine Meldung machen.« Obwohl er sich Mühe gab, ruhig zu wirken, zitterte seine Stimme.

»Ihr Name?«, fragte eine monotone weibliche Stimme.

»Es geht um den Fall aus den Nachrichten. Den erschossenen Polizisten an der Tankstelle«, sagte er hastig.

»Bitte, nennen Sie zuerst Ihren ...«, wiederholte die Frau, aber Corey sprach atemlos weiter.

»Er hat einem Mädchen ein Messer an die Kehle gedrückt. Rico hat nur aus Notwehr gehandelt. Das müssen Sie uns glauben!«

»Wie ist Ihr Name?«

»Hören Sie!« Coreys Stimme hatte jetzt etwas Panisches. Und ich merkte, dass ich unwillkürlich die Hände zu Fäusten geballt hatte. »Rico hat nur aus Notwehr gehandelt!«, wiederholte er.

Kurze Pause. Ich schöpfte Hoffnung. Corey hatte zwar aufgeregt gesprochen, aber es hatte ehrlich und überzeugend geklungen.

»Der ermordete Polizist, Detective Salvador Duarte, sagen Sie, hat ein Mädchen mit einem Messer bedroht?«, kam es mit zweifelndem Unterton aus dem Hörer.

»Ja, und Duarte war mit Chuck Ashton auch an Ricos Entführung beteiligt!«

»Wer ist Rico?«

»Federico Peralta.« Corey verzog das Gesicht zu einer Grimasse. Ich biss mir vor Aufregung auf die Fingerknöchel und presste mein Ohr ganz dicht neben Coreys an den Hörer.

»Wir würden Detective Chuck Ashton wiedererkennen«, redete Corey weiter.

»Wir? Wer ist noch bei Ihnen?«, fragte die Stimme.

Corey sah mich Hilfe suchend an. Ich schüttelte den Kopf.

»Sir? Wer ist noch bei Ihnen?«

»Das ist doch egal!«

»Wo sind Sie im Moment?«, versuchte es die Polizistin weiter. Wieder schüttelte ich den Kopf.

»Das kann ich nicht sagen«, antwortete Corey.

»Sir, ich verstehe, Sie können nicht sprechen.«

Corey warf mir einen fragenden Blick zu. Ich zuckte die Schultern. Ich wusste nicht, worauf die Polizistin hinauswollte.

»Verhalten Sie sich unauffällig. Wir sind so schnell wie möglich da ... Motel ...«

Corey knallte den Hörer auf und sah mich an.

»Das war eine Scheiß-Idee, Annanina! Wenn wir Pech haben, wissen die jetzt, wo wir sind!«

Ich hastete hinter ihm her zurück in unser Zimmer. Corey machte leise die Tür auf. Licht strahlte uns entgegen und Rico stand hinter der Tür.

»Ihr habt mich verraten«, schleuderte er uns entgegen.

»Wir müssen sofort abhauen!«, sagte Corey, anstatt etwas zu erklären, und bückte sich nach der Geldtasche.

»Du hast mich verraten und jetzt willst du mit der Kohle abhauen!« Rico stürzte sich auf Corey.

In Sekundenbruchteilen hatte er Corey im Schwitzkasten.

»Hör auf, Rico! Lass ihn sofort los!« Ich warf mich auf ihn und riss ihn energisch von Corey weg.

»Sag mal, geht's noch?«, keuchte ich und sah Rico in die dunklen, wütend blitzenden Augen.

Corey lag auf dem Boden. »Idiot!«, murmelte er.

Ich ließ mich kraftlos aufs Bett sinken, während Corey sich aufrappelte. »Mann ... du bist ja echt total durchgeknallt!«

Rico schob den Unterkiefer vor.

»Und du ... du hast mich verraten!«

»Nein«, sagte ich. »Es war meine Idee ...«

»Du warst das? *Du* hast mich verraten?« Rico schaute mich fassungslos an.

»Es war ein Versuch, uns alle zu retten! Wir müssen jetzt weg. Sofort!« Ich wollte seine Hand nehmen, aber er stieß mich weg.

»Wir? Oh nein, ich ... ich muss weg. Und ich hab gedacht, wir gehen zusammen über die Grenze ... du hast mich verraten ...« Dabei sah er mich so traurig an, dass ich es nicht aushielt.

»Rico, ich komme doch mit dir!« Was war nur mit ihm los?

Abwehrend hob er die Hände. »Nein, du musst dich nicht für mich opfern, Annanina. Du kannst zurück. Am besten gleich nach Deutschland, da kriegt dich Ashton nicht.«

»Ich opfere mich nicht! Außerdem kann ich bezeugen, dass du Duarte aus Notwehr erschossen hast!«

Sein bitteres Lachen gefiel mir nicht.

Mit einer schnellen Bewegung riss Rico Corey die Geldtasche aus der Hand. »Gebt mir zwei Stunden Vorsprung. Das ist das Letzte, was ihr für mich tun könnt. Ach, und zu deiner Beruhigung, Mann: Die Sache an der Tankstelle, das war ich.« Er legte die Hand an die Schläfe wie bei einem militärischen Gruß und ging Richtung Tür.

Ich stand wie versteinert da. War es das jetzt? Ließ er

uns einfach so zurück? *Ich liebe dich* ... hatte er doch gerade erst zu mir gesagt! Und was würde mit ihm geschehen?

Ich wollte ihn nicht einfach so gehen lassen ... ich dachte an den Club und wie es sich angefühlt hatte, mit ihm zu tanzen ... Ich hatte doch gerade erst angefangen zu leben ... zu lieben ...

»Hör endlich auf, den Gekränkten zu spielen!«, schrie ich ihn an. »Wir gehen zusammen, kapiert!«

Er starrte mich an und dann lächelte er tatsächlich. »Sorry«, sagte er ein bisschen kleinlaut, »ich hab wirklich gedacht, ihr hättet mich verraten ... Sorry ...«

»Die Bullen!« Das war Corey.

Waren das wirklich Polizeisirenen? Konnten die so schnell hier sein?

Mein Verstand sagte mir, ich sollte jetzt sofort zum Eingang gehen und mich der Polizei stellen und versuchen, ihnen alles zu erklären. Alles – von Anfang an. Aber mein Gefühl wollte Rico nicht gehen lassen. Nicht einfach so ...

Ich war tot gewesen und jetzt lebte ich. Das hier war mein Leben. Nicht das, das meine Eltern für mich ausgesucht hatten und in dem sie über mich bestimmten. Das hier war mein ganz eigenes Leben. Es war wild und gefährlich. Aber es gehörte mir.

»Kommt schon, Annanina, Rico, schnell!«, rief Corey und da rannte ich los.

Corey war zuerst am Auto. Der Motor sprang gleich beim ersten Versuch an. Weit hinter uns sah ich die roten und blauen Lichter in der Dunkelheit leuchten.

»Los, gib schon Gas!«, befahl Rico.

Corey beschleunigte. Der alte Wagen röhrte, als würde er gleich auseinanderbrechen.

»Die Kiste fährt nicht schneller!«, gab Corey frustriert zurück. Er hatte sich weit übers Lenkrad gebeugt und sah konzentriert auf die Straße voller Schlaglöcher und Risse.

»Drück aufs Gas, Mann!«, rief Rico wieder.

»Fahr irgendwo rein!«, rief ich dazwischen.

»Scheiße, wo soll ich denn reinfahren?«, schrie Corey, während wir weiter durch die Dunkelheit rasten.

Wir wussten ja, wie unsere letzte Querfeldein-Fahrt geendet hatte. Und wer weiß, ob wir so etwas noch einmal überleben würden. Wer hat schon zweimal Glück hintereinander?

»So eine verdammte Scheiße!«, fluchte Corey. »Wir hätten da einfach nicht anrufen dürfen!«

»Unmöglich können die uns geortet haben! Das weißt du genauso gut wie ich«, gab ich zurück.

Das wirkte. Corey sagte nichts mehr.

Und wir rasten weiter durch die Nacht.

Plötzlich tauchte eine Kreuzung vor uns auf. »Wohin?«, schrie Corey. »Schnell!«

»Links!«, rief Rico und Corey riss das Steuer herum. »Fahr links!«

Die Straße hatte eine Menge Schlaglöcher, denen Corey viel zu oft nicht ausweichen konnte. Immer wieder krachten wir in eins und ich hoffte nur, dass die Reifen und die Achse durchhielten.

»Wo sind sie?«, wollte Rico wissen. Erschöpft hatte er den Kopf zurückgelehnt.

Ich drehte mich um. Konnte aber keine Scheinwerfer mehr erkennen.

»Gibt's vielleicht eine andere Straße, wo sie uns abfangen können?«

»Keine Ahnung«, sagte Rico.

»Ich verstehe nicht, warum die so schnell da waren«, sagte Corey. »Und wieso kommen die nicht hinter uns her? Wir sind ja nicht unsichtbar!«

»Wisst ihr, was? Ich glaube, die sind gar nicht wegen uns gekommen«, sagte ich. »He! Leute! Corey hat recht. Die fahren nicht hinter uns her!« Ich konnte es gar nicht fassen.

»Da haben wir verfluchtes Glück gehabt«, brummte Rico.

»Ein Scheißglück«, rief Corey erleichtert.

Wir fuhren weiter durch die Nacht, und obwohl wir nicht verfolgt wurden, hatte diese Fahrt durch die Dunkelheit etwas Beängstigendes. Man konnte nicht sehen, was einen weiter vorn erwartete oder was rechts und links neben der Straße vielleicht lauerte. Ich hatte das Gefühl, nur hier im Auto waren wir sicher vor dem *da draußen,* was immer es auch war.

Ich dachte an die letzten Stunden. Im Motelzimmer hatte ich mich für einen kurzen Augenblick sicher gefühlt. Als Rico zu mir sagte, dass er mich liebte. Aber jetzt war ich mir nicht mehr sicher.

»Rico?«, sagte ich leise, »wärst du wirklich ohne mich ... und Corey weggefahren?«

In der Dunkelheit sah ich nur das Glänzen in seinen Augen, als er mich anschaute. Er nahm meine Hand, führte sie zu seinen Lippen und küsste sie. Ein Schauder durchrieselte mich.

»Ich liebe dich«, flüsterte er.

»Aber ...«, fing ich an, doch da legte er sanft einen

Finger auf meine Lippen. Ich wollte ihn fragen *Warum konntest du dann glauben, dass ich dich verraten wollte?*, aber ich begriff, dass die Frage nur einen Zauber zerstört hätte.

Schatten zogen an uns vorbei, Hügel, Büsche wohl, kaum zu erkennen in der frühen Dämmerung. Irgendwann musste ich eingeschlafen sein, denn Coreys Stimme schreckte mich auf.

»Leute«, sagte er, »wir müssen tanken. Die verdammte Leuchte blinkt.«

»Shit!«, fluchte Rico.

»Super!«, sagte ich. »Hier steht ja auch eine Tankstelle neben der nächsten. Wir könnten gleich die hier nehmen oder die da drüben, da ist das Benzin einen Cent billiger ...« Meine Stimme wurde lauter.

Corey warf mir im Rückspiegel einen seltsamen Blick zu, den ich mit einem Schulterzucken beantwortete.

»Wir müssen sowieso den letzten Rest zu Fuß laufen, hab ich euch ja gesagt«, kam es müde von Rico.

»Wir haben kein Wasser«, sagte ich.

»Wenn wir nachts gehen, ist es kalt, da brauchen wir kein Wasser. Und sobald wir die Grenze hinter uns haben, können wir uns so viel Wasser kaufen, wie wir wollen.« Ricos Auflachen hatte etwas Irres. Ich legte ihm die Hand auf die Stirn. Sie war heiß. »Wie geht's dir?«

»Mir ist's noch nie so gut gegangen.«

»Verdammt, Rico«, kam es von Corey, »hast du irgend eine Ahnung, wo wir sind?«

»Keine Panik, Mann, die Richtung stimmt.«

»Wie weit ist es noch zur Grenze?«, fragte Corey und warf mir dabei einen besorgten Blick zu.

»Kann nicht mehr weit sein«, sagte Rico mit geschlossenen Augen. »Fahr, so weit es geht, den Rest laufen wir.«

Hoffentlich, betete ich, hoffentlich reicht das Benzin noch ein bisschen. Für jeden Kilometer, den wir nicht laufen mussten, war ich dankbar. Diese Dunkelheit da draußen machte mir Angst. Was, wenn wir uns darin verirrten?

27

Rico schnarchte leise.

»Glaubst du wirklich, wir schaffen es durch die Wüste?«, fragte Corey auf einmal.

»Corey ...«, fing ich an. Ich fand, dass er es wissen sollte. »Ricos Eltern wurden erschossen.«

Geschockt sah er mich im Rückspiegel an. Und ich erzählte ihm alles, was ich wusste.

Corey schwieg.

»Jetzt wir mir so einiges klar«, sagte er schließlich nach einer ganzen Weile.

Ich drehte mich zum Fenster. Ich wollte nicht darüber nachdenken. Ricos Kopf war an meine Schulter gesunken. Nein, ich wollte nicht weiter darüber nachdenken.

Ich dachte an zu Hause. Würden sich meine Eltern wirklich scheiden lassen, wie ich immer befürchtete? Würde Mom dann ausziehen? Oder Dad? Und Tim, was war mit ihm?

Auf einmal spürte ich eine zentnerschwere Last auf mir, die mich herunterdrückte. Wenn ich wirklich mit Rico zusammenbleiben wollte, würde ich sie nie mehr wiedersehen. Oder vielleicht irgendwann, nach Jahren, wenn das Verbrechen verjährt wäre – oder wenn ... wenn Rico sich stellen würde.

Er hatte es für mich getan. Es war Notwehr gewesen. Aber warum sollte mir die Polizei glauben? Meine Gedanken drehten sich immer schneller, während es draußen langsam heller wurde. Ich weiß nicht, was ich erwartet hatte, vielleicht wirklich ein Wunder: dass wir inzwischen schon längst am Strand und am Meer angekommen wären. Doch draußen war nur Wüste. Nichts als endlose Wüste.

Irgendwann war es dann so weit: Der Motor stotterte. Der Wagen machte noch ein paar Sätze, dann blieb er endgültig stehen.

»Fuck!« Erschöpft ließ Corey den Kopf aufs Lenkrad sinken. »So, und was jetzt?«

Rico rieb sich gähnend die Augen, sah sich um und zuckte gleichgültig die Schultern. »Jetzt gehen wir ein bisschen spazieren.« Sein Grinsen wirkte gequält. Ich sah ihm an, dass es ihm nicht gut ging.

»Deine Witze sind echt zum Kotzen«, sagte Corey gereizt und drückte die Tür auf.

Kühler Wind wehte herein. In ein paar Stunden würde er heiß und unerträglich sein und binnen weniger Sekunden jeden Schweißtropfen aufsaugen.

»Mach du doch bessere«, gab Rico genauso gereizt zurück.

Aber Corey hatte nur ein verächtliches Schnauben für ihn übrig.

Ich stieg aus und auch Rico machte die Tür auf.

Corey sah hinauf in den hellblauen Himmel. »Wenn die Helikopter schicken, sind wir endgültig geliefert.«

»Aber bis jetzt sind noch keine da, also kommen sie vielleicht gar nicht auf die Idee, hier zu suchen«, sagte ich. Ich wollte daran glauben, dass wir es schafften.

»Die schicken immer Helikopter ...«, brummte Corey.

Rico zog die Tasche aus dem Auto. »Kommt, retten wir unseren Arsch.« Sein Blick streifte Corey. »Oder willst du weiter hier rumheulen?«

Er machte einen Schritt, aber Corey stellte sich ihm in den Weg.

»Weißt du, was mir wirklich leidtut, Rico?«, sagte Corey auf einmal angriffslustig.

»Interessiert mich nicht«, knurrte der und wollte sich abwenden, aber Corey riss ihn grob an der Schulter zurück.

»Dass wir dein Scheiß-Ohr nicht einfach in den Müll geschmissen haben!«

Bevor Rico ausholen konnte, hatte ich mich zwischen die beiden gedrängt.

»Hört auf! Wir sind alle gestresst. Aber wir müssen jetzt zusammenhalten! Also, in welche Richtung, Rico?«

Die beiden warfen sich wütende Blicke zu.

Rico zeigte nach vorn, zu einer Felsformation.

»Woher weißt du das so genau?« Ungläubig blinzelte Corey in die Sonne.

»Da ist Süden. Und Mexiko liegt im Süden«, antwortete Rico herablassend und warf sich die Tasche über die Schulter. »Los, worauf warten wir noch?«

Corey stand da und sah erst mich, dann Rico an.

»Corey, komm jetzt«, ich wollte seine Hand nehmen, aber er zog sie weg.

»Für dich ist alles immer einfach«, sagte er zu Rico. »Mexiko liegt im Süden, Alaska im Norden. Du hast ’ne

Million in der Tasche, was kostet also die Welt? Machst du dir nie mal Gedanken über das, was du getan hast?«

Ganz langsam drehte sich Rico zu ihm um.

»So wie du?«

»Ja, genau. So wie ich. Ich hab den Mann von der Tankstelle erschossen, um Annanina zu retten – und uns alle, weil du mit ihm um beschissene tausend Dollar gefeilscht hast. Und überhaupt, weil du diese Scheißtasche nicht einfach in dem Scheißkofferraum auf dem Scheißcampingplatz gelassen hast!«

Rico musterte ihn mit seinem typischen Blick, den er hatte, wenn er kurz davor war, die Geduld zu verlieren. Die zusammengezogenen Brauen, die Augen schmal wie Schlitze.

»Corey«, sagte ich schnell, »was soll das jetzt?«

»Er will damit sagen«, kam Rico ihm zuvor, »dass ich an allem schuld bin. Dass er wegen mir den Typen erschossen hat. Richtig, Corey, das willst du doch damit sagen?«

Corey antwortete nicht.

»Hört auf damit! Schuld, nicht schuld. Darum geht's doch gar nicht.«

Beide sahen mich jetzt an.

»Ihr wolltet niemanden umbringen, aber ihr habt mir das Leben gerettet. Und dafür ... dafür danke ich euch.« Ich schluckte schnell den Kloß in meiner Kehle hinunter.

Coreys Blick glitt über mich und Rico und dann über die Wüste. Er öffnete den Mund.

Ich spürte die Luft um uns vibrieren und hielt den Atem an.

Aber dann nickte er nur und setzte sich in Bewegung.

Und Rico? Er macht nicht gern große Worte, das hatte ich inzwischen begriffen. Er hielt mir die Colaflasche aus dem Motel hin.

»Trink aus, dann müssen wir sie nicht mitschleppen.«

»Fünfzehn Kilometer ohne Wasser?«, sagte Corey. »Wir hätten daran denken müssen.«

»Mann, wenn du was wirklich willst, dann schaffst du es auch«, entgegnete Rico. »Auch beschissene fünfzehn Kilometer Wüste.«

Wir gingen los. Auf die Felsformation zu. Dahinter war Mexiko und dort fingen wir ein neues Leben an. Wir drei. Corey, Rico und ich.

Die Sonne war höher gestiegen und schnell wurde es wärmer.

Immerhin: Die Erde war steinhart, wir sanken nicht ein und kamen ganz gut voran. Corey ging ein paar Schritte vor Rico und mir. Rico hatte sich auf der Fahrt ein bisschen erholt, seine Schritte waren fest und sicher. Das gab mir Hoffnung. Warum sollten wir es eigentlich nicht schaffen? Wir waren doch schon ziemlich weit gekommen – und hatten nebenbei sogar ein umgekipptes Auto wieder auf die Räder gestellt.

Rico ging neben mir. Und ab und zu berührten sich beim Gehen unsere Hände, bis er irgendwann meine Hand festhielt und sie nicht mehr losließ.

Nach vier Stunden lag die Felsformation immer noch vor uns.

»Seid ihr sicher, dass sie nicht mitwandert?«, fragte ich entmutigt. Corey blieb stehen. Er wischte sich mit dem Unterarm den Schweiß von der Stirn. Rico ließ sich erschöpft auf einen Stein sinken. Die Hitze brannte gnadenlos auf uns herunter. Weit und breit war nichts – außer Wüste und diesen Felsen, die immer weiter wegzurücken schienen.

Ich ließ mich neben Rico auf einen anderen Stein nieder.

Sein Lächeln war gequält. Ich wusste, er würde jetzt bestimmt nicht zugeben, dass es ihm schlecht ging.

»Wie lang halten wir's wohl ohne Wasser aus?« Ich konnte kaum schlucken, so trocken war mein Mund.

Corey zog einen Schraubenzieher aus der Tasche.

»Aus dem Auto«, erklärte er auf unsere fragenden Blicke hin. Er machte sich an einem Kaktus zu schaffen. »Drinnen ist saftiges Fruchtfleisch, hab ich mal irgendwo gelesen«, sagte er und mühte sich mit dem Schraubenzieher ab.

»Nimm den anderen Kaktus da«, Rico deutete auf einen kleineren, der ein bisschen weniger stachelig aussah. »Ist einfacher.«

Ich wunderte mich, dass Corey widerspruchslos seinen Rat befolgte.

Die Mittagssonne brannte unbarmherzig auf uns herab.

Ich versuchte nicht mehr darüber nachzugrübeln, wie lang wir durchhalten würden, und schloss die Augen.

Berlin. Ich würde mit Tim in unserem Garten spielen. Es ist Herbst und die Luft ist kühl und feucht. Ich fröstele sogar ein bisschen, aber es fühlt sich gut an. Die Blätter an den Bäumen sind bunt und auf dem Boden liegt das Laub und raschelt, wenn Tim darin herumstöbert.

Zum Abendessen hat meine Mutter Lasagne vorbereitet. Ich freue mich schon darauf, denn ich habe ziemlichen Hunger. Meine Eltern verstehen sich wieder viel besser. Keiner spricht mehr von Scheidung. Sie lachen wieder miteinander und umarmen und küssen sich und manchmal kommen sie mir sogar ein bisschen albern vor.

Und dann ... Ich ... fühle mich allein. Ich vermisse Corey. Und Rico. Tim jault und plötzlich werde ich schrecklich traurig.

»Annanina?«

Ich zuckte zurück. Vor meiner Nase war etwas weißlich Grünes.

»Schmeckt gar nicht so schrecklich«, sagte Corey und lächelte mich aufmunternd an.

»Und hat bestimmt scheißviele Vitamine«, sagte Rico.

Misstrauisch betrachtete ich es. »Also, ich hab da mal so einen gruseligen Film gesehen. Da versucht einer, in Alaska in der Wildnis zu überleben. Er hat ein Buch dabei, darin sind alle Pflanzen abgebildet, die dort wachsen, und es wird erklärt, ob man sie essen kann oder nicht. Und dann findet er also Beeren und im Buch steht, man kann sie essen. Er isst sie und dann wird ihm kotzelend. Dann erst blättert er weiter. Auf der nächsten Seite ist ein Busch abgebildet, der fast die gleichen Beeren hat, die aber tödlich giftig sind.«

»Verdammt ... und hat der Typ überlebt?«, wollte Rico wissen.

Ich schüttelte den Kopf und wollte mir gerade das Fruchtfleisch in den Mund stecken.

Rico schlug mir das Stück aus der Hand. Ich erschrak.

»Was soll das, Rico!«, sagte Corey. »He, es ist nicht giftig, okay?«

»Woher weißt du das so genau?«

»Leute, entweder verdursten wir jetzt oder wir probieren dieses Stück hier. Ich sag euch, es ist nicht giftig, klar?«

Corey steckte sich ein Stück in den Mund und reichte mir ein neues. Ich zögerte, aber der Durst war so quälend, dass ich nicht mehr darüber nachdenken wollte – und so aß ich es auch.

»Yummy«, sagte Corey kauend.

»Großartig«, murmelte ich. Es schmeckte ein bisschen nach Plastik und Gras. Immerhin war das Zeug feucht, nass sogar.

»Schmeckt genau, wie es aussieht.«

Rico seufzte. »Shit. Was ist, wenn der doch giftig ist? Was mach ich dann mit zwei Toten hier in der Wüste? Ihr erwartet doch sicher, dass ich euch noch Gräber schaufele, oder? Los, gib mir auch so ein Stück Kaktusfleisch!«

»Ich schätze, damit kann man eine ganze Weile überleben«, sagte Corey und gab Rico den Schraubenzieher, mit dem dieser sich weiter am Kaktus zu schaffen machte.

Corey setzte sich neben mich. Und dann ... dann gab er mir einen Kuss auf den Mund. Ich sah ihn verwundert an.

»Das wollte ich schon lang mal tun«, sagte er leise, »bevor es zu spät ist ... weil wir vielleicht bald sterben müssen.« Er lächelte dabei und dann stand er auf und ging zu Rico, der noch mehr Fleisch aus dem Kaktus herausschnitt, das wir mitnehmen wollten.

Ich will noch nicht sterben, sagte eine Stimme in mir. »Es gibt überhaupt keinen Grund, ans Sterben zu denken!« Ich sprang auf. »Auf nach Mexiko!« Auf meinen Lippen schmeckte ich noch Coreys Kuss.

»Wie weit ist es noch?«, fragte ich irgendwann. Längst schon hatte ich wieder schrecklichen Durst.

Rico hob den Blick in den Himmel. »Es wird nicht mehr so weit sein.«

»Das heißt, du weißt es nicht«, stellte Corey fest.

»Das heißt, was es heißt, Mann. Los, gehen wir weiter.«

Ich rechnete schon damit, dass Corey wieder zu streiten anfing. Aber er sagte nichts.

»Für zehn Kilometer braucht man normalerweise ungefähr zwei Stunden«, fiel mir ein. »Für zwanzig also so ungefähr vier, in der Wüste vielleicht fünf oder sechs ...«

Corey drehte sich zu mir um.

»Du hast doch gehört«, sagte er ausdruckslos, »wir wissen nicht genau, wie weit es ist.«

Er hatte *wir* gesagt, nicht Rico. War das ein gutes Zeichen? Ich beschloss, es als ein gutes Zeichen zu werten.

Ich versuchte, mich nur aufs Gehen zu konzentrieren. Nach einer Weile fing ich an, meine Schritte zu zählen. Immer nur bis fünfzig, dann fing ich wieder von vorn an.

Ich war beim vierzehnten Fünfzig angelangt, als Corey fragte:

»War der Cop dein erster ... Toter, Rico?«

»Nein«, entgegnete Rico, ohne zu zögern.

»Und ... wie hast du dich beim ersten gefühlt?«, fragte Corey, nun gar nicht mehr angriffslustig.

Rico blickte in den Himmel, wo wieder diese schwarzen Vögel kreisten.

»Ich war ... ich war danach total fertig. Ich war ... wie soll ich sagen ... wieso interessiert dich das?«

»Weil ich wissen will, ob es normal ist, wie ich mich fühle.«

»Und, wie fühlst du dich?«

Corey schwieg einen Augenblick und sagte dann: »Ich ... würde alles darum geben, wenn es diese Minuten nie in meinem Leben gegeben hätte.«

Wir gingen weiter auf die Felsen zu, die endlich in greifbare Nähe gerückt waren. Ab und zu sah ich in den Himmel, weil mich die Angst vor Polizeihelikoptern nicht losließ. Aber da waren keine Helikopter und der Himmel war noch von demselben blassblauen Weiß wie vorhin. Waren wir überhaupt noch am Leben, waren wir noch auf dieser Welt?

Immer öfter wurde mir schwindlig, dann taumelte ich und musste mich an Rico oder Corey festhalten. Aber ich sagte nichts, ich wollte nicht, dass wir anhielten. Meine Gedanken verwirrten sich, mal war ich auf der Polizeistation, mal im Krankenhaus, und dann schreckte ich auf und stellte fest, dass ich in der Wüste war. Rico hatte meine Hand genommen, als ich das letzte Mal stolperte. Dabei ging es ihm auch nicht gut. In seinen Augen war etwas Fiebriges und seine Schritte waren schwer geworden. Auch Corey ging langsamer.

Plötzlich sagte diese hässliche innere Stimme zu mir: *Du glaubst doch nicht wirklich, dass Rico dich liebt. Er hat das schon zu so vielen Mädchen gesagt! Damit kriegt er euch alle rum. Du bist so naiv, Annanina! So fürchterlich naiv!*

Ich sah Rico von der Seite an.

Er hielt immer noch meine Hand, den Blick konzentriert auf die Felsformation gerichtet, als wartete dort unsere Rettung.

Und wenn ich ... ich schluckte bei dem Gedanken ... wenn er mir wirklich etwas vorgemacht hat?

Aber wenn er mich nicht wirklich liebt, warum ... warum bin ich dann hier? Warum schleppe ich mich durch die Wüste? Warum?

Weil er dir ein Kleid gekauft hat? Weil er dir die Autotür aufhält? Weil er dich mit seinen dunklen Augen anlächelt? Weil er mit dir getanzt hat? Weil er dich geküsst hat? Weil ... komm endlich runter, Annanina! Die Fakten sind: Er ist ein Drogendealer. Seine Familie dealt mit Drogen. Er hat Menschen erschossen. Und er hat sicher jede Menge Mädchen gehabt.

Nicht das Schicksal hat euch zusammengeführt, da auf dem Campingplatz. Der Zufall wollte es, dass er unter den Wohnwagen geflohen ist, unter dem ihr gelegen habt. Nur ein dummer Zufall! Nichts weiter. Und du, Annanina, wirfst dein Leben für einen dummen Zufall weg! Du bist doch total bescheuert!

Aber was ... was soll ich denn jetzt machen? Ich kann nicht mehr zurück ... es ist schon längst zu spät!

Ja ... das hättest du dir früher überlegen müssen! Es ist tatsächlich zu spät ...

»He, alles okay?« Rico hatte sich zu mir umgewandt.

Ich brachte nichts heraus. Vor mir drehte sich alles, ich konnte keinen Schritt mehr gehen, ich hatte keine Kraft mehr. In mir stürzte gerade alles zusammen.

Es war so aussichtslos. Und niemand konnte mich noch retten. Ich war verloren. Hatte alles versiebt. Ich konnte nicht mehr, ich stürzte auf die Knie und brach in Tränen aus.

Ich weinte um mich, um meine Liebe zu Rico und Corey, um meine Eltern, wenn sie überhaupt jemals erfahren würden, dass ich gestorben war, und um Tim, ihm hatte ich doch versprochen zurückzukommen ...

»Annanina ...« Coreys Stimme war ganz dicht an meinem Ohr. Ich sah auf und blickte in die Augen von Rico – und Corey. Beide knieten bei mir im Sand.

Schaffen wir es?, wollte ich sie fragen, aber ich brachte kein Wort heraus.

Rico und Corey hielten mich fest, streichelten mein Gesicht, strichen mir über die Haare. Und so kauerten wir im Sand. Über uns der blassblaue Himmel, wolkenlos und endlos. Ein toter, leerer Himmel. Genauso tot und leer wie die Wüste, die uns gefangen hielt.

28

Und dann hatten wir endlich, taumelnd und stolpernd, den Fuß der Felsen erreicht.

»Wir müssen hier drüber«, sagte Rico. »Oder wir klettern durch die Schlucht. Erst runter und dann rauf.«

Von hier konnte ich nur einen dunklen Schatten sehen, der sich neben den Felsen auf dem Boden auftat.

»Dann bleibt uns wohl nichts anderes übrig, als da raufzusteigen«, stöhnte ich.

»Was wir wohl von da oben sehen?«, fragte Corey und blinzelte in den Himmel.

»Wüste natürlich.« Erschöpft ließ ich mich auf die trockene Erde fallen.

»Rico, was sieht man von da oben?«, wollte Corey wissen.

»Die Grenze«, entgegnete der. »Wenn wir auf dem richtigen Weg sind, sieht man von da oben die Grenze.«

»Okay ... Was ist«, sagte Corey zu uns, »wollt ihr hier mumifizieren?«

Mir grauste bei der Vorstellung, tatsächlich als braune Mumie zu enden, und stand auf.

Der Aufstieg geriet anstrengender als erwartet.

Die Felsen vor uns glommen jetzt rötlich, als würden sie brennen. Mein ganzer Körper schmerzte und lechzte nach Wasser. Unser Kaktusfleisch war aufgebraucht. Hier oben waren nur noch Felsen, Steine, Geröll und Dornenbüsche.

»Kommt, Leute. Den Rest schaffen wir auch noch.« Corey blickte hinauf. Es waren kaum noch hundert Meter … gemessen an der riesigen Wüste mochte es nicht weit sein, aber für mich war in dem Moment jeder Meter einer zu viel.

»Corey«, stöhnte ich, »ich kann nicht mehr …«

»Warte …« Er kam zu mir und stützte mich. »Wir schaffen es, Annanina«, sagte er eindringlich, »wir geben nicht auf … okay? Versprich's mir!«

»Ja …«, brachte ich hervor, »ich … ich versprech's dir.« Er lächelte mich an und ich schöpfte wieder neuen Mut.

Schon am Anfang war der Hang viel steiler, als er von unten ausgesehen hatte. Immer wieder rutschten wir ab, die Steine unter uns rollten weg und wir mussten mühsam wieder hinaufklettern.

Rico machte als Erster schlapp.

»Geht weiter. Ich komm nach …«

Rico hielt sich stöhnend den Kopf.

»Nein, wir gehen alle zusammen«, sagte Corey und wir stützten uns gegenseitig und schleppten uns hinauf.

Auf den letzten Metern blieb uns nichts anderes übrig, als auf allen vieren zu kriechen.

Und dann hatten wir es endlich geschafft.

Was für eine Enttäuschung!

Wir knieten dort oben und blickten hinunter in ein Tal, das genauso aussah wie das, das hinter uns lag. Nur weit in der Ferne verlief ein Zaun, wie ein Netz. Dennoch. Da war die Grenze. *Die Grenze*, von der wir die ganze Zeit gesprochen hatten. *Die Grenze*, die unsere Rettung sein würde. *Die Grenze*, hinter der unser neues Leben beginnen würde.

»Ich hab gewonnen.« Rico ließ sich schwer atmend auf einen Stein sinken. »Grenze.«

»Ich auch«, sagte ich und setzte mich neben ihn. »Wüste.«

»Mexiko«, sagte Corey mit Ehrfurcht in der Stimme, »dahinten ist Mexiko.«

»Das hoff ich doch«, stöhnte Rico, »wenn's Alaska wär, hätten wir uns ganz schön in der Richtung geirrt.«

Ich zog die Schuhe aus. Meine Füße waren bis aufs Fleisch aufgeschürft. Ich hätte vor Schmerzen schreien können. Aber ich schrie nicht. Weil es nichts ändern würde. Und weil es angesichts unserer Lage einfach nur lächerlich gewesen wäre.

»Was ist das da unten?« Corey zeigte auf etwas und Rico und ich mussten uns aufrichten, um es sehen zu können. Es war nicht mehr als ein eckiger Schatten. Von hier oben hätte es ein Wrack von einem Lastwagen sein können oder ein Anhänger.

Corey schirmte die Augen gegen die tief stehende Sonne ab.

»Eine Hütte. Ein Haus ... vielleicht.«

»Ist das gut oder schlecht?«, fragte ich.

»Das sehen wir erst, wenn wir dort sind, schätze ich«, meinte Rico.

»Dann mal los!« Corey sah uns an.

»Jetzt?« Ich war am Ende meiner Kräfte. »Du willst jetzt noch dorthin?«

»Es wird ganz schön kalt, wenn die Sonne weg ist. Und wir haben nichts zum Zudecken.« Er schlang die Arme um sich.

Rico zog sich ächzend hoch. »Los, gehen wir.«

Ich schaffte es kaum, die Sneakers wieder anzuziehen. Aber ich biss die Zähne zusammen und stand auf.

Der Abstieg war fast genauso anstrengend wie der Aufstieg, immer wieder rutschten wir auf dem Geröll aus und mussten an den Felsen Halt suchen. Ein paarmal fielen wir hin, schlugen uns die Knie blutig und schürften uns die Handflächen auf.

Wir halfen uns gegenseitig wieder auf die Beine, stützten uns und fielen wieder hin. Auf einmal fragte Corey: »Und was sagen wir denen da unten?«

»Das ist doch jetzt egal. Hauptsache, wir kriegen was zu trinken«, sagte ich.

Meine Lippen waren von der Trockenheit aufgesprungen und brannten. Und noch nie in meinem Leben hatte ich solchen Durst gehabt. Mein Kopf drohte vor Schmerzen zu platzen, mir war schwindlig und ich sah alles nur noch wie durch einen Schleier.

Rico schnaufte. Er fasste sich an seinen Verband und verzog das Gesicht.

»Was wir denen sagen? Wir hatten eine Autopanne.«

Die Sonne sank immer schneller und unsere Schatten wurden lang. Wir stolperten weiter, über Steine, vertrocknete Kaktusarme und Dornengestrüpp. Bis ich irgendwann nicht mehr konnte und auf die Erde sackte.

»Es ist nicht mehr weit«, hörte ich Rico wie durch eine Nebelwand sagen.

»Ich kann nicht mehr ...«, brachte ich kaum hörbar heraus.

Er nahm mich in die Arme. Seine Augen, sein Mund waren ganz nah und in mir fing wieder dieses Vibrieren und Ziehen an, aber diesmal tat es weh ... so weh ...

»Wir haben es gleich geschafft. Da können wir erst mal ausruhen.«

Corey und Rico packten mich unter den Armen und zogen mich hoch, Corey auf der einen, Rico auf der anderen Seite, und so schleppten wir uns weiter. Ab und zu sackte ich weg, war einfach nicht mehr da. Nur weil ich meine Arme um die Schultern der beiden gelegt hatte und keiner der beiden seinen Griff um meine Taille lockerte, sank ich nicht erneut zu Boden. Jedes Mal, wenn ich dann wieder zu mir kam, konnte ich kaum fassen, das wir immer noch unterwegs waren. Und der Schatten schien noch immer so weit weg zu sein. Dabei hatte es von da oben, auf dem Fels, so ausgesehen, als wäre es gar nicht mehr so weit weg ... dieses Haus oder die Hütte oder was auch immer wir da ansteuerten. Ich fröstelte, meine Zähne schlugen aufeinander und ich spürte meine Füße nicht mehr.

Als wir endlich ankamen, war es fast schon ganz dunkel, der helle Sand reflektierte das letzte Licht des Tages.

Es war eine Baracke, eine ... eine verlassene Tankstelle. Wieder eine Tankstelle!

Eigentlich standen nur noch die Baracke und das Dach, unter dem sich die Tanksäulen befunden haben mussten. Jetzt klafften an ihrer Stelle zwei viereckige Schächte im Betonboden.

»Und wo ist die Straße zur Tankstelle?« Corey sah sich um.

»Wurde wahrscheinlich verlegt.« Rico keuchte. Wir

schleppten uns gemeinsam bis zu einem alten Holzstuhl vor der Baracke, auf den ich mich fallen ließ.

»Bleibt hier, ich geh rein«, entschied Rico und machte einen Schritt auf die Tür zu.

Corey protestierte. »Nein, ich gehe.«

»Du bleibst bei Annanina«, bestimmte Rico kurzerhand.

Er zog die Tür mit dem zerrissenen Fliegennetz auf und verschwand im Dunkel.

Es war still. Totenstill. Nur Sandkörner klirrten leise, als der Wind über sie strich. Oder vielleicht bildete ich mir das auch nur ein.

Erschöpft ließ sich Corey neben mich auf den Boden nieder.

»Sie sind jetzt gerade nach Hause gekommen«, sagte er gedankenverloren. Ich verstand nicht gleich, was er meinte, bis er sagte: »Adam wird das mit dem Ohr ausplaudern. Sie werden zur Polizei gehen und die wird ihnen vielleicht was von zwei verrückten Jugendlichen erzählen, die was von Entführung gefaselt und plötzlich überhastet die Polizeistation verlassen haben ... vielleicht hat man auch mein Auto gefunden ... Sie machen sich dann natürlich wahnsinnige Sorgen – und Vorwürfe ...« Er vergrub das Gesicht in seinen Händen.

Und irgendwann müssen sie es meinen Eltern sagen, dachte ich.

»Niemand da!« Rico taumelte aus der Tür, er musste sich am Türrahmen festhalten, um nicht zu stolpern. »Und Wasser gibt's auch.«

Jetzt sah ich, dass seine Haare nass waren und Wasser in seine Augen tropfte.

Allein bei dem Wort *Wasser* fühlte ich mich sofort etwas besser.

»Hier kommt niemand mehr vorbei, was?« Corey ließ den Blick umherschweifen.

»Nein«, Rico schüttelte den Kopf. »Die neue Straße verläuft weiter im Westen.«

Rico hatte sogar eine Kerze und Streichhölzer gefunden.

Der Flammenschein flackerte gespenstisch über die Wände des kleinen Raums.

Eine dicke Staubschicht bedeckte alles: den Fußboden, den Tisch mit den vergilbten Zetteln und Kugelschreibern und Bleistiften, den Schreibtischsessel mit dem von Mäusen zerfetzten Polster, den grauen Plastikstuhl und das Regal, in dem ein paar alte, zerfledderte Ordner lagen.

An der Wand hing ein alter Kalender, einer dieser Werbekalender, wie ihn Autowerkstätten oder Reifenfirmen gern mal verschenken. Aufgeblättert war August mit dem Foto eines Motorrads.

August.

Das Jahr stand nicht dabei. Über der Rückenlehne des Schreibtischsessels hing noch ein kariertes Hemd. Staubig und voller Löcher.

Etwas Kleines, Schwarzes huschte vor mir über den Boden. Ich zuckte zusammen und griff nach Ricos Arm.

Er leuchtete auf den Boden. Da saß er. Ein schwarzer Skorpion. Der Stachel schwebte zitternd über seinem glänzenden Körper.

»Ist der giftig?«, fragte ich.

»Ich glaub schon«, sagte Rico.

»Tödlich?«

»Ich würd's besser nicht ausprobieren.« Rico hob den Fuß und trat den Skorpion tot. Es krachte leise, als der Chitinpanzer brach.

Ich hörte Wasser laufen und folgte dem Geräusch. Es kam aus einer engen Teeküche, eher einer Nische, gleich hinter dem Büro.

Corey hielt das Gesicht über das kleine verdreckte Waschbecken und spritzte sich Wasser ins Gesicht. Noch nie war ich so durstig gewesen. Ich trank und trank, obwohl das Wasser abgestanden und erdig schmeckte. Wir scherten uns nicht darum, dass wir davon krank werden könnten. Wir wollten nur unseren Durst löschen.

Als wir alle fürs Erste genug hatten, drehte Rico den Wasserhahn sorgfältig zu, damit nur kein Tropfen verloren ging. Wir wussten ja nicht, woher das Wasser kam. Vielleicht aus einem Tank, der irgendwann leer war.

Über dem Waschbecken hing ein Spiegel, der unsere Gesichter einfing. Corey, Rico und ich. Zwei Sechzehnjährige und ein Zweiundzwanzigjähriger. Wir hätten Freunde aus der Nachbarschaft sein können oder aus demselben Sportclub. Wir hatten bei einer Ferienfreizeit einen Gewaltmarsch hinter uns gebracht ...

Rico legte die Arme um unsere Schultern. Corey sagte »Cheeeeeese« und wir lachten, schnitten Grimassen und sangen:

»Mexiko! Mexiko! *Caramba!* Wir kommen!«

Und dann tanzten wir. Alle zusammen. Wir sprangen und klatschten in die Hände und schüttelten uns vor Lachen, bis wir außer Atem waren und nicht mehr konnten.

In dem kleinen Raum hinter einer Tür so dünn wie aus Pappe stand ein Bett: ein Metallgestell mit einer fleckigen, von Mäusen zerfressenen grauen Matratze. Ein löchriges Kissen lag in der Ecke daneben und eine zusammengeknüllte Wolldecke. Nicht sehr einladend, aber ich war so erschöpft und alles tat mir so weh, dass es mir egal war. Notfalls hätte ich mich auch in einer Ecke auf den Boden gelegt.

Wir waren alle am Ende.

Ricos olivfarbene Haut war gelblich und wächsern und in seinen schwarzen, glasigen Augen war ein fiebriges Flackern. Immer wieder taumelte er und musste sich festhalten. Coreys Gesicht glühte krebsrot von der Sonne und unter seinen Augen waren dunkle Schatten. Seine Hände zitterten.

Ich ließ mich auf die Matratze sinken. Rico legte sich an den linken Rand.

Corey zögerte und ich rutschte ein bisschen mehr in die Mitte und machte ihm rechts von mir Platz. Ein fadenscheiniger Vorhang vor dem Fenster wehte im leichten Wind. Wahrscheinlich war die Scheibe kaputt. Graue Schatten schwebten über uns an der Decke und von fern drang ein Rauschen wie vom Ozean. Oder vielleicht bildete ich es mir nur ein, weil ich mir wünschte, wir wären schon am Meer?

Wir lagen da und ich glaubte, den Herzschlag von uns allen zu hören.

»Unsere Herzen schlagen fast im selben Rhythmus«, sagte ich, ohne die Augen zu öffnen. »Coreys ein bisschen schneller.«

»Nein, deins schlägt schneller, Annanina.«

»Wirklich?«

»Ja. Hier, fühl es.«

Corey legte mir meine Hand auf meine Brust. »Und?«

Ich fühlte mein eigenes Herz schlagen.

»Ich weiß nicht. Corey, Rico, lasst mich euer Herz spüren.«

Ich legte Corey die eine und Rico die andere Hand auf ihre Brust.

»Bummbumm, bummbumm, bummbum ...«, sagte ich leise. Es fühlte sich gut an, beide so nah bei mir zu haben.

»In Belize«, fing Rico nach einer Weile an, »gibt's große bunte Papageien. Und Palmen und richtigen Urwald und das Meer ist nicht weit.

Wenn wir dort sind, kaufen wir uns ein Motorboot und fahren damit raus zum Fischen. Es ist gar nicht so schwer. Man muss nur die richtigen Köder haben. Kleine Krabben. Da beißen Brassen und so an. Wir wohnen in einem Strandhaus mit einer großen Veranda. Sie führt ums ganze Haus herum. Von dort sieht man über die Baumwipfel zum Meer. Man kann den Sonnenaufgang und den Sonnenuntergang beobachten. Würde euch das gefallen?«

»Ja ...«, sagten Corey und ich fast gleichzeitig.

»Morgens frühstücken wir dort zusammen. Es gibt Schoko-Shakes und Muffins und ... Ananas«, sagte Corey.

»Und Mango«, sagte ich.

»Und Cornflakes«, sagte Rico.

»Wir haben einen Hund«, sagte ich. »Tim. Ich hab ihn aus Berlin geholt. Er war schon ganz traurig, weil ich so lange weg war. Er hat nicht gewusst, ob ich wiederkomme. Mann, hat er sich gefreut, als er mich gesehen hat! Er ist dann sogar freiwillig in die Transportkiste getrottet.«

»Wir haben auch eine Katze«, sagte Corey. »Nein, wir haben zwei Katzen. Einen roten Kater und eine schwarze Katze. Wenn ich Musik mache, sind sie immer bei mir. Ihnen gefällt meine Musik. Ach so, wir haben natürlich auch ein Musikstudio im Haus.«

»Klar«, sagte ich.

»Klar«, sagte Rico.

»Es ist schön dort in Belize ... wenn die Sterne über uns glitzern ...«, sagte ich.

Ich sah alles ganz deutlich vor mir. Das Strandhaus im Dschungel, die Papageien, das Meer, unser Boot – und die Nächte auf der Terrasse und ich sah mich, links von mir Corey, rechts von mir Rico in unserem großen Schlafzimmer, durch die offene Balkontür drang der Duft von tausend Blüten und der goldene Schein des Mondes. Es war wunderschön. Wie in einem Traum ...

... und Rico beugte sich über mich.

Ich spürte seinen Atem auf meinem Gesicht. Sein Körper war ganz nah und ich sehnte mich nach nichts mehr, als ihn auf mir zu spüren. Seine Haarsträhne fiel auf meine Nase, ich spitzte die Lippen, um sie wegzublasen. Da küsste er mich und alles in mir vibrierte, als wäre ich plötzlich angeschlossen an eine geheime, ungeheure Energie. Sein Mund war warm und ich fühlte mich wie auf einer großen Woge, die mich hob und weitertrug, in die ich eintauchte. »Ich liebe dich, Annanina«, flüsterte da Coreys Stimme und seine warmen Lippen küssten mein Ohr. Sanfte Hände streichelten mein Gesicht, meinen Hals, glitten abwärts, ich wusste nicht mehr, welche Hand Rico und welche Corey gehörte, und es war auch nicht wichtig ... die Woge trug mich höher und schlug über mich, schwer und warm und schäumend, da war noch irgendetwas am Ufer, das mich festhielt. Eine Leine, irgendetwas, das mich retten sollte. Aber ich wollte nicht gerettet werden. Ich wollte dorthinaus, in dieses wogende, schäumende, im Mond silbern leuchtende Meer. Ich ließ los und wurde weggerissen von einem gewaltigen Sog, hinausgezogen, ich flog ... ich tauchte ein, schoss wieder an die Oberfläche, aber nur, um Luft zu holen und mich gleich wieder diesem mächtigen, gewaltsamen Strom zu überlassen, der mich mitriss, bis zum Horizont – und weiter, immer weiter ...

Plötzlich war da ein anderer Traum.

Ricos Gesicht schwebte über mir.

»Ich hab mich geirrt. Wir sind in die falsche Richtung gegangen.«

»Was redest du da, wir gehen zusammen nach Mexiko!«, hörte ich mich sagen.

Er lächelte traurig.

»Manche Träume gehen nicht in Erfüllung.«

Draußen schlug eine Autotür zu.

»Hier spricht die Polizei. Wir wissen, dass ihr dadrin seid!«, rief eine Stimme durchs Megafon. »Kommt mit erhobenen Händen raus.«

Durchs Fenster schimmerten die Umrisse eines Autos und rot-blaue Polizeilichter flackerten. Ashton stand breitbeinig davor. Groß mit eckigen Schultern. Er hatte die Pistole auf unsere Tür gerichtet.

»Ich hätte so gern den Strand in Mexiko gesehen«, hörte ich mich sagen.

Rico lächelte mich zärtlich an. »Du musst ihn dir nur vorstellen.«

»Der Sand ist schneeweiß«, sagte ich.

»Ja.«

»Und ganz warm unter den Fußsohlen.«

»Ja.«

»Das Meer rauscht«, sagte Corey.

Ich griff nach seiner und Ricos Hand. »Wir bleiben zusammen.«

»Für immer«, sagte Rico.

»Für immer«, sagte Corey.

Doch plötzlich lief Rico hinaus.

Ich stürzte aus dem Bett. Rico zielte mit einer Pistole auf Ashton.

»Neiiiiin!«

Zu spät. Beide drückten gleichzeitig ab. Beide sanken getroffen auf die Erde.

»Rico!« Ich fiel neben ihm auf die Knie, in den Sand. Ich brach in Weinen aus, strich ihm übers Haar und über seine Stirn.

Zitternd hoben sich seine Augenlider. Ein schwaches Lächeln flog über sein Gesicht.

»Ich musste es tun, Annanina ...«

Ich legte den Kopf an seine Wange.

»Rico, bitte geh nicht. Bitte, bleib bei mir ...«

Seine Hand drückte noch einmal meine und für einen ganz kurzen Moment zog ein Lächeln über sein Gesicht und seine Augen blickten in meine.

»Ich liebe dich ...«, flüsterte er. »Wenn du mal nach Belize kommst, denke an mi...« Dann brach sein Blick. Seine Hand wurde schwer. Aber ich ließ sie nicht los. Ich würde sie nie, nie, nie loslassen.

Corey war plötzlich neben mir und legt den Arm um mich.

Ich sah zu Rico und trat den Skorpion tot, der auf seinen Hals zukroch.

Es war so still.

29

Schweißgebadet wachte ich auf.

Aus dem diffusen Licht der Dämmerung hoben sich dunkel die Gegenstände, als würden sie sich gerade eben erst materialisieren. Der Stuhl am Fenster, ein Aschenbecher auf dem wackligen Tisch, die Wand.

Erst jetzt fiel mir wieder ein, wo wir waren. In der Wüste. Direkt vor der mexikanischen Grenze. In dieser verlassenen Tankstelle. Ich schoss hoch. War das eben nur ein Traum gewesen? Corey lag neben mir. Er wachte im selben Moment auf. »Ich hab was Schreckliches geträumt«, sagte ich.

Und dann sah ich auf die andere Seite neben mir.

Rico war weg. Plötzlich erfasste mich fürchterliche Angst. War es doch kein Traum gewesen?

»Wo ... wo ist Rico?«

Schlaftrunken setzte sich Corey auf und rieb sich die Augen. »Keine Ahnung.«

Beunruhigt sprang ich aus dem Bett. Mir wurde schwindlig, ich konnte mich gerade noch an der Tür festhalten. Ich wankte hinaus ins Freie. Graues Dämmerlicht fiel über mich wie ein Netz. Ich blieb stehen. Das alte Dach, eine Tonne, der Stuhl – nichts weiter als dunkle Schatten.

»Rico?« Ich lief zu der Stelle, die ich im Traum gesehen hatte. Aber da waren nur Sand und Steinchen – und ... ein schwarzer Skorpion. Drohend hob er den Stachel über seinen glänzenden Körper. Eine Gänsehaut überlief mich.

»Hast du ihn gefunden?« Corey war hinter mir hergekommen.

»Vielleicht ist er mal zum Pinkeln verschwunden.« Corey blickte sich suchend um.

»Oder er ist weg«, sagte ich.

Ein heller Sonnenstrahl tastete sich vom Horizont über die Wüste und reflektierte in der Ferne die silbrige Linie des Grenzzauns.

Sobald ich wieder zurück in der Baracke war, spritzte ich mir etwas Wasser ins Gesicht. Ich wollte nicht glauben, dass Rico nun doch ohne uns weitergegangen war. Warum sollte er jetzt noch so etwas tun? Und wie sollte er das durchstehen? Ich dachte an seine fiebrig glänzenden Augen. Ohne etwas wahrzunehmen, starrte ich in den Spiegel mit den blinden Flecken.

In dem Moment stürzte Corey zu mir ins Bad und hielt mir einen Zettel unter die Nase:

Liebe Annanina, lieber Corey,
ich wollte euch nicht das Leben verpfuschen. Geht wieder nach Hause. Macht die Schule zu Ende. Studiert. Oder macht das, wozu ihr Lust habt. Ich nehme alles auf meine Kappe. Die alte Straße Richtung Norden trifft auf die neue Interstate. Bis dahin müsstet ihr es schaffen.
Ich werde euch nie vergessen. Ich liebe euch.
R.

Ich schluckte gegen den schweren Kloß in meinem Hals an. Dann las ich seine Nachricht an uns noch einmal von Anfang bis Ende komplett durch. Und noch mal und noch mal und dann zerknüllte ich den Zettel in meiner Faust.

»Er wollte uns nur retten ...« Ich war so traurig, dass ich weinen musste. Nie mehr würde ich Rico wiedersehen ...

Corey umarmte mich und ich legte schluchzend den Kopf an seine Schulter.

Wir tranken aus dem Wasserhahn, so viel wir konnten, füllten zwei Plastikflaschen, die wir im Gerümpel unter dem Schreibtisch gefunden hatten, und traten schließlich aus der alten Baracke hinaus. Die Sonne hatte den Dingen ihre Farbe zurückgegeben. Noch wärmte sie unsere von der Nacht und der Erschöpfung ausgekühlten Körper. Aber bald würde sie auf uns herabbrennen. Und wir hatten keine Ahnung, wie weit es bis zur Straße war.

»Meinst du, er wird es über die Grenze schaffen?«, fragte ich Corey irgendwann.

Wir waren kurz stehen geblieben, tranken ab und zu ein paar winzige Schlucke Wasser und sahen nachdenklich zurück. Hinter uns hatte der Wind unsere Fußspuren schon verweht und die Straße war nur noch zu erahnen. Ganz weit in der Ferne konnte man schemenhaft die alte Tankstelle erkennen.

»Ganz sicher«, sagte Corey und in seiner Stimme lag Zuversicht.

»Ich vermisse ihn«, sagte ich.

»Ich auch.«

Ich nahm Coreys Hand.

»Kann man zwei Menschen gleichzeitig lieben?«

Er legte die Stirn in Falten. »Ja, warum denn nicht?«, antwortete er schließlich.

»Ich weiß nicht, vielleicht weil man dann die Liebe aufteilen muss und jeder kriegt nur eine Hälfte.«

»So wie einen Apfel?«

»Ja ...«, sagte ich. Ein Lächeln flog über sein von der Sonne verbranntes Gesicht.

»Na ja«, er sah zum Horizont, dieser feinen, flirrenden Grenze, »vielleicht ist Liebe doch eher so wie ... wie das Meer ... weit und tief und ... viel größer, als wir ahnen?«

Ich lächelte. Das klang schön.

Wir gingen weiter diese Straße entlang, die es schon lange nicht mehr gab. Zentimeterdick lag der Sand über dem Asphalt, der dort zum Vorschein kam, wo der Wind den Staub weggewcht hatte. Weiß und endlos spannte sich der Himmel über der Wüste, die glühende Sonne verbrannte uns die Haut, riss uns die Lippen auf, sog jeden Tropfen Wasser aus unseren Körpern.

Ich stolperte, Corey fing mich auf und erschöpft schleppten wir uns weiter. Meine Füße brannten vor Schmerzen und meine Glieder waren bleischwer. In meinem Kopf stach es, als würde er von Pfeilen durchbohrt, und mein Mund war so trocken, dass ich kaum noch schlucken konnte.

»Wir haben sie verpasst, oder?«, sagte ich.

»Oder Rico hat sich geirrt«, murmelte Corey. »Und die neue Interstate ist viel weiter weg.«

Flimmernd vor Hitze breitete sich die Wüste vor uns aus.

Hin und wieder lagen von der Sonne gebleichte Knochen am Rand der Straße. Ich wollte nicht darüber nachdenken, was nun mit uns geschehen würde.

Als wir den letzten Schluck aus den Flaschen tranken, wurde mir klar: Die Sonne würde uns töten. Es war lediglich noch eine Frage von Stunden. Vielleicht würden wir noch den Sonnenuntergang erleben und uns in der Nacht ein wenig erholen. Aber dann würde die Sonne wie jeden Morgen wieder aufgehen und diesen Tag würden wir nicht überleben. Wir warfen die Flaschen weg und gingen weiter. Auch Corey fing an zu taumeln, mal stolperte er und fiel hin und ich nahm meine Kräfte zusammen und wollte ihm helfen aufzustehen. Aber dann stürzte ich neben ihm auf die Knie.

»Ich hab Angst zu sterben«, sagte ich, und wenn mir noch Tränen übrig geblieben wären, hätte ich geweint. Aber die Sonne hatte mich ausgetrocknet. »Es hat doch gerade erst angefangen, unser Leben ...«

»Es war ziemlich rasant, zuletzt ...«, sagte er mit einem leisen Lächeln.

Ich umarmte ihn. Und er hielt mich fest.

Es kam von weit her: Erst ein Schwirren. Dann wurde es zu einem Dröhnen. Wir knieten da auf der Erde und blickten hinauf in den Himmel, der sich über uns verdunkelte. Ein Helikopter.

Wie ein riesiges Insekt flog er heran, die Scheiben blitzende Augen.

Corey richtete sich auf und fing an zu winken.

»Rico hat uns Hilfe geschickt!«

Der Helikopter flog schon über uns, wirbelte uns den

Sand in die Augen, der Wind zerrte an unseren Haaren und Kleidern.

Wir duckten uns, zogen die Köpfe ein.

»Hier spricht die Polizei, legen Sie sich flach auf den Boden, Arme nach oben, und bewegen Sie sich nicht!«, tönte es aus dem Helikopter.

»Los!« Wir rannten vorwärts, einfach vorwärts, die Straße entlang, blind stolperten wir weiter, was vollkommen sinnlos war, denn der Helikopter verfolgte uns. »Bleiben Sie sofort stehen! Legen Sie sich auf den Boden ...« Und dann explodierte ein Schuss. Sand spritzte neben uns auf.

Wir ließen uns in den heißen Sand fallen und legten die Arme schützend über den Kopf.

»Corey, ich hab solche Angst zu sterben.«

»Ich auch«, keuchte er.

Unsere Hände tasteten nacheinander, fanden sich und hielten sich fest. Und so blieben wir liegen, bis sie kamen.

Anderthalb Jahre später

Endlich war es so weit. Mein Dad hatte sich freigenommen, damit er und Mom mich gemeinsam zur Schule bringen konnten. Darauf hatten sie bestanden.

Dad fuhr den Volvo aus der Garage, Mom zog ihre neuen Pumps an. Ich stand auf den spiegelnden Marmorfliesen im Flur und warf einen Blick in den Spiegel. Ich trug mein neues schwarzes Kleid.

Tim saß neben mir. Natürlich war er wie jede Nacht in mein Zimmer gekommen und hatte sich auf mein Bett ans Fußende gelegt.

»Tim, die machen heute nur so was Besonderes draus, weil es das letzte Mal ist. Ich verspreche dir, dass ich gleich wiederkomme. Und ich habe immer meine Versprechen gehalten, okay? Selbst ... selbst damals.«

Ich gab ihm einen dicken Kuss auf den Kopf und musste tatsächlich ein paar Tränen verdrücken. Das letzte Mal ...

Dad hupte ungeduldig.

»Jaja!«, sagte meine Mom nervös und griff nach ihrer Handtasche, warf noch einen hektischen Blick in den Spiegel an der Garderobe, fuhr sich durch die Haare und presste die Lippen aufeinander, damit sich der Lippenstift verteilte.

»Dass dein Vater aber auch immer so eine Hektik machen muss!«

Ich zuckte belustigt die Schultern. Irgendwie war es beruhigend, wenn sich manche Dinge nicht änderten.

»Wie seh ich aus?«, fragte sie mich. Sie trug ein enges grünes Kleid aus Seide.

»Super. Wie meine Mutter!« Ich grinste und setzte hinzu: »Das ist als Kompliment gemeint.«

»So hab ich es auch aufgefasst, Liebling«, sagte sie mit einem zufriedenen Lächeln. »Na schön, dann mal los, oder?«, und zu Tim, der unbedingt mitwollte: »Nein, du bleibst hier. Wir sind gleich wieder da.«

Mit einem Ruck zog sie die Haustür zu und schloss ab.

Dad hupte wieder.

Meine Mom stieg vorne ein, ich setzte mich hinter sie.

»Na, endlich!«, rief mein Dad und legt den ersten Gang ein.

Die Aula war bis auf den letzten Platz besetzt. Eltern, Schüler, Geschwister und natürlich Lehrer. Ich hatte mich nicht für eine der Schüler-Darbietungen angemeldet und saß nun einfach da und ließ die Reden von Lehrern, Elternvorstand und Dominik, der für die Schüler sprach, über mich ergehen. Die letzten Wochen hatte ich nur mit Lernen und den Abiprüfungen verbracht.

Als ich damals viel früher als geplant aus New Mexico zurückgekommen war, hatte ich mich so fehl am Platz gefühlt. Klar, alle waren total nett zu mir. Und das Erstaunlichste: Meine Eltern hatten sich während meiner Zeit in den USA wieder versöhnt und wollten sich nun doch nicht mehr trennen. In der Schule behandelten sie mich absurderweise wie einen Promi, bis auf Celina, mit der ich oft stundenlang telefonierte, und auf Jan vielleicht, der sich von alldem eigentlich nicht besonders beeindrucken ließ. Doch unter den anderen kursierten inzwischen die wildesten Gerüchte und Spekulationen. Dabei erzählte ich kaum etwas.

Mir kam es damals eine ganze Zeit lang so vor, als hätte ich mich da in der Wüste verloren. Die ersten Monate war ich ziemlich oft allein und vergrub mich in Geschichten anderer, in Filmen und in Büchern, die Jan mir immer mal wieder auslieh. Meinen Eltern wollte ich nicht die Wahrheit über Rico und Corey erzählen. Ich wollte nicht, dass sie schlecht über den einen oder den anderen sprechen, dass sie die beiden verurteilen würden. Und das hätten sie mit Sicherheit getan, denn aus ihrer Sicht war ja alles dumm und unüberlegt gewesen. Aus ihrer Sicht hatte ich mich von den beiden zu diesen idiotischen und gefährlichen Taten hinreißen lassen. Sie konnten einfach nicht glauben, dass alles nicht so einfach gewesen war ... dass eins auf das andere gefolgt war und wir immer wieder vergeblich hin und her überlegt hatten, irgendwann jedoch selbst nicht mehr weiterwussten.

Mit Niklas konnte ich auch nicht darüber reden. Er sah mich ganz komisch an, als ich zum ersten Mal wieder in die Schule kam. So als wäre ich total durchgeknallt oder sonst was. Na ja, er war vermutlich auch gekränkt, weil ich ihm kaum geschrieben ... und weil er irgendwann begriffen hatte, dass es mit uns beiden wohl nie was werden würde.

Nach einer Weile fing ich dann an, mich aufs Lernen zu konzentrieren. Obwohl ich null Ahnung hatte, was ich nach dem Abi tun sollte. Aber so konnte ich mich wenigstens von meinen Grübeleien, was mit Rico passiert sein mochte und wie es Corey wohl ging, ablenken.

Ich spürte einen Ellbogen in meiner Seite. Nele. Sie glühte vor Aufregung. »Jetzt, jetzt ... pass auf!«

Dr. Liebig, den wir auch Duck Face nannten – weil er vor einer Ansage immer die Wangen einzog und den Mund spitzte, was ihn wie eine Ente aussehen ließ –, stand vorn auf der Bühne am Pult und beendete gerade seine Rede.

»So, und nun, darf ich Ihnen das überreichen, auf das Sie so viele Jahre hingearbeitet haben. Ihre Abiturzeugnisse. Ganz besonders gratulieren möchte ich Jan Gaspari mit eins Komma null.«

Unter Applaus und »Hoh!«- und »Buh!«-Rufen kam der schlaksige Jan auf die Bühne und jetzt bekam ich auch noch Tanjas Ellbogen in die Rippen, die links von mir saß und sich gar nicht mehr einkriegte. In dem dunklen Anzug wirkte Jan noch dünner als gewöhnlich. In Jeans und Kapuzenpulli sah er eindeutig lässiger aus.

Duck Face schüttelte ihm die Hand und überreichte ihm feierlich sein Zeugnis. Jan verneigte sich übertrieben vor dem Publikum, worauf er weiteren Applaus erntete. Nele klatschte heftig und auch ich musste lachen. Wenn man ihn nicht kannte, sah man Jan den Witzbold erst mal gar nicht so an.

»Nele Büchner mit eins Komma eins!«

Nele sprang auf und stöckelte auf ihren ungewohnt hohen Absätzen zur Bühne. Ich hoffte, dass sie nicht der Länge nach hinfiel. Aber sie schaffte es und nahm strahlend von Duck Face Händedruck und Zeugnis entgegen. »... und Annanina Lose mit eins Komma drei!«

Ich hatte das Gefühl, alles um mich herum war in eine andere Zeitebene abgeglitten, nur ein paar Sekunden vor meiner.

Ich nahm unter Applaus mein Abiturzeugnis entgegen. Auf einmal spürte ich, wie mich ein tiefes Glück erfüllte.

... ich wollte euch nicht das Leben verpfuschen. Macht die Schule zu Ende. Studiert. Oder macht das, wozu ihr Lust habt. Ich nehme alles auf meine Kappe ... ich werde euch nie vergessen.

Ich hab's getan, Rico, dachte ich und ich hatte das Gefühl, er war in diesem Augenblick hier.

Nele stieß mir wieder ihren Ellbogen in die Seite. Sie hatte sofort gemerkt, dass ich ein bisschen neben mir stand.

Duck Face war noch nicht fertig.

»Zuletzt möchte ich Ihnen noch etwas mit auf den Weg geben: Bedenken Sie gut, was Sie mit Ihrem Leben machen wollen. Seien Sie aufmerksam der Welt und sich selbst gegenüber. Und besitzen Sie den Mut und die Größe, Fehler einzugestehen und zu korrigieren. Und noch etwas: Nicht alle Träume werden Wirklichkeit. Aber sie erhalten uns am Leben ... und sie geben uns den Mut und die Kraft weiterzumachen ...«

Überrascht starrte ich Dr. Liebig an. Woher wusste er das? Ich hatte ihn eindeutig unterschätzt.

Erneuter Beifall wurde laut.

Meine Eltern winkten mir von ihrem Platz in der fünften Reihe zu. Meine Mutter tupfte sich schon wieder die Tränen aus den Augen – wie schon vorhin, als Dr. Liebig seine Rede begonnen hatte.

»Schatz, wir sind ja so stolz auf dich!« Sie umarmte mich und gab mir einen Kuss, als ich von der Bühne stieg.

Dad umarmte mich auch.

Ich reichte ihnen mein Zeugnis. »Nehmt das am besten schon mal mit nach Hause.«

Ehrfürchtig nahm meine Mutter das Zeugnis in Empfang und betrachtete es.

»Na, herzlichen Glückwunsch zu so einer Tochter!« Die Gasparis, Jans Eltern, waren zu uns gestoßen, Frau Gaspari schüttelte mir die Hand und Herr Gaspari sagte an mich und meine Eltern gewandt: »Wer hätte gedacht, dass alles noch so gut wird, was? Nach dem, was damals vor zwei Jahren alles passiert ist!«

»Ach Gott, ja!«, rief Frau Gaspari aus. »Ich werde nie vergessen, wie mich deine Mutter damals angerufen und mir das alles erzählt hat ... dass du zusammen mit diesem anderen Jungen von einem Drogendealer als Geisel verschleppt wurdest.«

Herr Gaspari nickte. »Du hättest mal Jan sehen sollen, wie der reagiert hat, als er davon erfahren hat. Aber wirklich, Hut ab, dass ihr euch befreien konntet und durch die Wüste geflohen seid!«

»Ja«, sagte nun mein Dad und umarmte mich spontan. »Unsere Annanina ist eine echte Heldin!«

»Ach, Dad«, sagte ich. Mann, war das peinlich. »Ich will da lieber nicht mehr drüber reden.« Ich fühlte mich von Minute zu Minute unbehaglicher. Ich musste mich schleunigst von hier verabschieden ... Wo war Jan, wenn man ihn brauchte? Hoffentlich tauchte der bald auf und rettete mich vor seinen enthusiastischen Eltern!

»Nur keine falsche Bescheidenheit!«, rief Herr Gaspari prompt. »Der Typ hat doch vor euren Augen sogar einen Polizisten erschossen! Mannomann!«

»Das war Notwehr«, berichtigte ich und suchte verzweifelt nach einer Entschuldigung, hier abzuhauen.

»Weil er natürlich seine Geiseln nicht verlieren wollte – euch ...«, konterte Herr Gaspari triumphierend.

»Und dann hat er noch einen Tankstellenwart erschossen«, fügte seine Frau eifrig hinzu und warf meiner Mutter einen vielsagenden Blick zu, den diese mit einem ebenso vielsagenden Nicken beantwortete.

»Himmel!« Frau Gaspari schüttelte den Kopf, »was für Traumata! Nicht wahr, Britta, ich weiß noch, wie ihr damals Hals über Kopf nach Amerika geflogen seid!«

Meine Mutter nickte wieder.

Plötzlich hatte ich es wieder vor Augen, das ganze Horrorszenario. Der Helikopter hatte in der Wüste unser Auto entdeckt und kurze Zeit später Corey und mich auf der alten Straße. Die Polizisten hatte Corey und mich zuerst wie Schwerverbrecher behandelt.

Sie waren auf uns zugestürzt, die Gewehre im Anschlag, hatten uns die Arme auf den Rücken gedreht und Handschellen angelegt und dann in den Hubschrauber gezerrt. Später wurden wir dann auf einer Polizeistation verhört und erzählten denen unser Märchen von der Geiselnahme. Es fiel mir furchtbar schwer, Rico als Geiselnehmer hinzustellen, und ich hoffte die ganze Zeit inständig, dass er es nach Mexiko geschafft hatte.

Na ja, und irgendwann tauchten dann Coreys Eltern auf, die man natürlich sofort verständigt hatte. Die Nachricht von Coreys verlassenem Auto und den Toten auf dem Campingplatz waren für seine Eltern ein furchtbarer Schock gewesen – sie waren überzeugt, dass uns etwas zugestoßen sein musste. Meine Eltern wurden natürlich auch verständigt und sie buchten sofort den nächsten Flug nach Albuquerque.

Auch in den kommenden Tagen und Wochen waren wir in den Augen der Polizei weiterhin Hauptverdächtige in zwei Mordfällen. Es brauchte zwei Anwälte, um uns aus der Sache herauszuholen.

Das Schlimmste neben der Sorge um Rico war damals, dass wir die ganze Zeit entsetzliche Angst hatten, Ashton würde uns doch noch umbringen. Aber wir bekamen ihn nie wieder zu Gesicht.

Adam war damals übrigens völlig außer sich gewesen und hatte einen Riesenaufstand veranstaltet, als Corey und ich wieder zurückkehrten. Und Corey ... Er steckte mir beim Abschied, vor meinem Rückflug nach Deutschland, ein schmales Päckchen zu. Es sei zwar ein bisschen altmodisch, aber er wollte, dass ich was zum Anfassen und ein Bild mit nach Berlin nehmen konnte.

Später hörte ich mir die CD zu Hause an. »Dieser Song ist für dich, Annanina«, sagte Corey da als Einleitung. »Als ich ihn aufgenommen habe, wusste ich noch nicht, wie besonders du bist. Und ich wusste nicht, was noch alles passieren würde – und dass uns nur noch ein paar Tage blieben.« Das trieb mir Tränen in die Augen – und der Text dann auch:

What a journey with you!
The sun shines brighter
The sky is higher
The world is different with you!

And if you leave me now
It will really be hard
But you'll stay in my heart
Forever and ever and now.

Ich konnte den Song inzwischen auswendig.

»Was ich dich ja immer mal fragen wollte: Hast du noch Kontakt zu diesem Jungen?« Frau Gasparis Stimme riss mich aus meinen Gedanken.

»Zu welchem Jungen?«, fragte ich und war für einen Moment etwas irritiert.

»Diesem ... aus der Gastfamilie.«

Ich dachte an die Mail, die ich Corey letztes Jahr geschickt hatte. Im Internet war ich auf die Meldung gestoßen, wonach ein US-Cop in der mexikanischen Grenzstadt Tijuana Opfer einer Schießerei geworden war. Ich erkannte ihn sofort. Es war Ashton.

Natürlich fragte ich mich, ob Rico damit zu tun hatte, und schrieb an Corey – mal wieder. Ich hatte ihm vorher schon andere Mails geschrieben, die er aber nicht beantwortet hatte. Diese aber beantwortete er.

Liebe Annanina,
ich habe mir so oft gewünscht, dass wir an jenem Tag einfach den Film weitergesehen und Popcorn gegessen hätten. Dann wäre auch das an der Tankstelle nie

passiert. Aber wer weiß, was dann aus uns geworden wäre? Vielleicht wären wir uns nie so nah gekommen. Bitte verstehe, dass ich dir nicht mehr schreibe. Die Erinnerung tut zu weh. Ich werde dich nie vergessen. Du wirst immer in meinem Herzen bleiben.
Corey

Von Rico hörte ich nie wieder etwas.

»Nein«, sagte ich jetzt nur. Ich musste hier weg, das hielt doch keiner aus ...

»Hey Annanina!«, sagte da jemand neben mir. »Kommst du? Es ist Zeit fürs Abifoto!« Jan. Gott sei Dank. Er deutete zum Ausgang. »Nele und Tanja sind auch schon draußen.«

»Entschuldigung«, sagte ich schnell. »Wir müssen ...«

»Wir sehen uns später«, sagte meine Mutter und ich gab ihr noch einen Kuss, bevor ich mich mit Jan zum Ausgang durchschlug.

Draußen hatten sich alle Abiturienten schon beim Steinmäuerchen aufgestellt. Ich drängte mich zusammen mit Jan in die letzte Reihe zwischen Nele und Tanja.

Und wie wir so in die Kamera lächelten, träumte ich meinen Traum.

Das Ende und der Anfang

Herzlich willkommen in Belize«, kam es aus dem Lautsprecher über mir. »Bitte bleiben Sie noch so lange angeschnallt, bis wir unsere endgültige Parkposition erreicht haben. Wir bedanken uns, dass Sie mit uns geflogen sind, und würden uns freuen ...« Ich hörte nicht mehr zu. Ich war viel zu aufgeregt und konnte es kaum noch erwarten, endlich aussteigen zu dürfen. Dann war es so weit.

Warme Luft begrüßte mich und ein blauer Himmel. Weiter in der Ferne bogen sich Palmen im Wind. Es war wunderschön.

Ich ging die Gangway hinunter, als mein Blick auf eine weiße Limousine fiel. Sie fuhr langsam auf das Flugzeug zu und blieb vor der Gangway stehen. Die beiden vorderen Türen öffneten sich.

Rico und Corey stiegen aus. Ricos schwarze Haare und Coreys rotblonde Locken erkannte ich sofort.

Ich lief auf sie zu und wir umarmten uns. Sie trugen Sommerklamotten und ihre Haut war gebräunt. Ricos war ganz dunkel und Corey hatte viele Sommersprossen.

»Na endlich, hat ja ganz schön lang gedauert!«, sagten sie.

»Aber jetzt bin ich da!«

Ich setzte mich auf die Rückbank und Rico fuhr los.

»Bist du aufgeregt?«, fragte Corey.

»Und wie! Ich bin total gespannt!«

Beide lachten und Corey knuffte Rico in die Seite.

Wir fuhren durch einen grünen, dichten Dschungel. In den Bäumen saßen bunte Papageien und kreischten laut.

Warme Luft wehte durch die offenen Fenster. Corey hatte seine neue CD eingelegt.

Und dann kamen wir an.

Das Haus, das sie gekauft hatten, sah genauso aus wie in unseren Träumen. Es stand zwischen Bäumen und bunten Blütensträuchern und war aus Holz. Eine Veranda führte ums ganze Haus herum.

»Komm!«, sagten sie und nahmen mich an der Hand. Wir liefen die Holzstufen hinauf.

Ich war überwältigt!

Wir standen am Geländer und blickten aufs Meer. Und ich legte den Arm um sie und küsste sie beide.

»Annanina ...« Ich schreckte auf.

»Wirst du seekrank?«, flüsterte Jan neben mir.

Überrascht sah ich ihn an. »Keine Ahnung.«

»Ich hab ein altes Segelboot restauriert.«

»Davon hast du noch nie was gesagt!«

»Sollte eine Überraschung sein. Ich wollte nur mit dir rausfahren.«

»Warum mit mir?«

Er wurde ein bisschen verlegen. »Ich muss so oft an dich denken ... Wir können gleich los, zum See ... Kommst du?«

Ich würde Corey und Rico nie vergessen. Wir waren zusammen durch die Hölle gegangen. Und ich hatte dabei mich selbst kennengelernt. Aber es gab keine Zukunft für uns. Das sollte ich endlich akzeptieren.

Liebe ist wie das Meer. Weit und tief und ... viel größer, als wir ahnen, hatte Corey gesagt. Ja, Corey, du hast recht. Und ich flüsterte zurück:

»Okay, aber wenn ich seekrank werde, fahren wir sofort wieder an Land.«

»Versprochen.«